文春文庫

明治乙女物語

滝沢志郎

文藝春秋

明治乙女物語　目次

明治乙女物語

本書の主な登場人物

野原咲　数えで二十一歳、高等師範学科三年生。成績首位

駒井夏　数えで十九歳、高等師範学科二年生

柿崎久蔵　人力車夫。組合「車仁会」に所属

高梨みね　数えで十七歳、小学師範学科三年生

尾澤キン　数えで十七歳、高等師範学科一年生

森有礼　初代文部大臣。高等師範学校の総責任者たる「監督」

山川二葉　高等師範学校女子部寄宿舎の舎監。渾名《あだな》は「フタ婆」

大山捨松　大山巖陸軍大臣夫人。山川二葉の妹

内藤吉（お吉）　横浜遊郭の元新内流し（三味線の弾き語り）

○高等師《かうとうし》範學校《はんがくかう》女生徒《ぢよせいと》に天長節夜會《てんちやうせつやくわい》の招待狀《せうたいじやう》

來《きた》る十一月三日天長節《てんちやうせつ》には例年《れいねん》の通《とほ》り外務省《ぐわいむしやう》が皇族大臣各國公使《くわうぞくだいじんかくこくこうし》等貴顯《とうきけん》を招待《せうたい》して鹿《ろく》鳴舘《めいくわん》にて盛《さか》んなる夜會《やくわい》を開《ひら》かるゝよし　既《すで》に外務省《ぐわいむしやう》にては招待狀《せうたいじやう》を發《はつ》せられしが返信《へんしん》捗々《はか〴〵》しからずといふ　件《くだん》の暴徒《ぼうと》襲撃《しふげき》の噂《うはさ》故《ゆゑ》か　外務省《ぐわいむしやう》は踊手《をどりて》の不足《ふそく》を補《おぎな》ふため高等師範學《かうとうしはんがく》校女子部《かうぢよしぶ》（女高師《ぢよかうし》）の生徒《せいと》に招待狀《せうたいじやう》を發《はつ》したり　之《これ》は子爵森有禮文部大臣《ししやくもりありのりもんぶだいじん》の提案《ていあん》なりといふ　女高師《ぢよかうし》は先般《せんぱん》の爆裂彈事件《ばくれつだんじけん》の動搖《どうえう》も收《をさ》まらぬ内《うち》にて巷間《かうかん》不審《ふしん》の念《ねん》無《な》きにしもあらず……

『開化日報』明治二十一年十月二十二日号より

序章

昨日《きのう》の花は今日《きょう》の夢　今は我が身につまされて
義理という字は是非もなや……

夕暮れの長屋から聞こえてきたのは、明烏《あけがらす》の弾き語りであった。芯のある力強い声。あの人に間違いなかった。

「また縁起でもねぇ歌をうたって、仕様《しよう》がねえさあ」

少年の肩にたくましい手が置かれた。舟大工の鶴松《つるまつ》だ。あの人の夫である。このあたりの住人は「鶴さん」と呼んでいた。口では文句を言いながら、鶴さんの表情は優しい。

明烏が男女の心中の物語であることを、少年は知っている。座敷で女たちが弾き語るのを何度も聴いていた。だが、あの人より美しく、巧みに、そして情緒《じょうちょ》豊かに、明烏を弾き語る者はいないと、少年は信じている。

周囲の家から女房連中が顔を出し、夕餉《ゆうげ》の支度の手を休める。かしましく遊んでいた童《わらべ》たちも、きょとんとして歌を聴いていた。

少年の袖《そで》をつかむ手があった。見ると、三歳になるやならずといった童女がとなりに立っていた。歳の割に目鼻立ちがくっきりとしている。大人になればさぞや美人になるだろう。三味線の弾き語りが怖いらしく、少年の袖をつかみながら、どこから音がきこえるのかと周囲を見回していた。

少年はこの童女を知っていた。元町《もとまち》の家具屋の娘だ。一人で来たわけではないだろう。振り返ると、やはりこの子の父親と兄がいた。兄のほうは少年と同い年だ。二人は一竿《さお》の長火鉢《ながひばち》を抱えていた。鶴さんと一緒に来たところを見ると、鶴さんの買い物なのだろうか。

つかまれている袖と反対の手で、少年は童女の頭をなでてやった。この童女に初めて会ったとき、やたらに顔をなでまわされたものだ。少年の顔が珍しかったのだろう。

少年の顔は、西洋人のようだとよく言われた。髪の色は黒だったが、色合いが微妙に他の日本人と異なり、巻き毛であった。さらに、瞳の色は灰色がかった碧《あお》色をしていた。

少年には父も母もいない。父親は少年が生まれる二か月前に死んだ。母親は異人を相手にする遊女だったが、五年前の横浜大火の折、全焼した港崎《みよざき》遊郭から逃げ遅れた。

「洋妾《らしやめん》の子」

聞こえよがしにそんな陰口を叩かれた回数は、もはや数えきれない。

障子戸が開いて、弾き語りの声が鮮明になった。三味線を弾き語りながら、あの人が戸口から現れた。

美しい立ち姿だった。

三十路を迎えたばかりのあの人は、少年の目にも、艶やかで馥郁《ふくいく》たる色気を備えていた。故郷の伊豆下田《いずしもだ》では売れっ子の芸者だったという。

あの人がどんな理由で横浜に来たのか、少年は知らない。何度か尋ねてみたことはあるが、そのたびに冗談めかして逃げられてしまう。鶴さんをはじめ周囲の人々も、なぜかその点については言葉を濁《にご》した。触れてはいけないものがあるらしいことを、いつしか少年は悟っていた。

不意に袖が自由になった。童女が手を離したのだ。童女はふらふらと、あの人のもとに歩いていこうとしていた。

「だめだよ、お咲《さき》ちゃん」

弾き語りを邪魔せぬよう、少年は童女の肩をつかまえた。元気な童女は歳のわりに強い力で抵抗したが、なんとか胸に抱えておさえこんだ。

こちらに気付いたあの人が、弾き語りながら笑顔を向けてくれた。夕陽が逆光となって、瓜実顔《うりざねがお》の輪郭を黄金色に縁取っている。

少年の胸に温かいものがこみあげてきた。きっとあの人は、いつものように少年を抱きしめて家に招き入れてくれるだろう。きっとまた文字も教えてくれるだろう。もっと難しい本を読めるようになりたい。そして、夜は鶴さんとあの人の間に寝転んで、とりとめもなく語らいながら眠りたい……。

それは、元号が明治に変わって四年目の晩夏のことであった。
少年は後に知る。あの人にとって、この頃が生涯で最も幸福な日々であったことを。
そして、少年自身にとっても。

ひらりと飛ぶかと見し夢は　覚めてあとなく明烏《あけがらす》
のちのうわさや残るらん……

第一章　文部大臣の舞踏会

一

明治は二十一年目の秋を迎えていた。

東京は御茶ノ水《おちゃのみず》、神田川のほとりに、洋館風の二階建ての建物が並んでいる。高等師範学校《こうとうしはんがっこう》の校舎である。もともとは、江戸の最高学府たる昌平坂学問所《しょうへいざかがくもんじょ》があった敷地だ。神田川から見て右側が男子部、左側が女子部であった。

師範学校は学校教員の養成機関である。原則として、各道府県に一校ずつ尋常師範学校が設置されており、高等師範学校はそれらの上位に立つ機関であった。後に広島（男子）と奈良（女子）に高等師範学校が設立されるまでは、この学校が全国で唯一の高等師範学校である。帝国大学への門戸が女子には事実上閉ざされていた当時、高等師範学校女子部こと通称「女高師《じょこうし》」は、女子にとって学歴の頂点であった。

神田川に面した女高師の正門に、人力車《じんりきしゃ》が次々に吸い込まれていく。俥《くるま》から降り立つのは、洋装に着飾った紳士淑女たちである。

軍服に似た詰襟《つめえり》の制服に身を包んで、男子学生・生徒も門をくぐっていく。女子の学校の敷居をまたぐ機会など、彼らにはそうそうない。どの顔も緊張と期待に落ち着かない様子であった。

講堂からは、風琴《オルガン》と弦楽器による方舞《クワドリール》の軽快な音色が流れてくる。秋の土曜日の夕方、普段は静かな御茶ノ水の学舎は、浮き立つような空気に包まれていた。

次々と客を迎える校舎のとなりに、一階建ての、外観は日本風の建物がある。生徒たちの寄宿舎である。直方体の三棟が平行に並び、各棟の両端は廊下で結ばれている。空から見下ろせば、漢字の「日」の形に見えるだろう。

「早く支度しなさい。舞踏会に出たいと言ったのはあんたたちでしょう」

寄宿舎の一室で後輩を叱り飛ばしたのは、高等師範学科二年の駒井夏《こまいなつ》である。年齢は数えで十九歳。まもなく満十八歳の誕生日を迎える。

「みねちゃん、編み物はもう仕舞いなさい」

「すみません夏さん。もう少し、キリの良いところまで」

柿渋《かきしぶ》色の毛糸を、器用に二本の針で編み上げている。小学師範学科三年、夏より二歳年下の高梨《たかなし》みねである。

「いつも言ってるけど、編み物ばかりしてないでちゃんと勉学もしなさいね？」

「はい、すみません」

みねはまだ手を止める気配がない。夏がもう一度叱ろうとすると、もう一人の後輩が割り込んできた。

「みねちゃん、相変わらず編み物がお上手ですことね」

「うふふ、ありがとう、キンちゃん」

高等師範学科一年の尾澤《おざわ》キンである。学科と級は違うが、みねと同年齢であった。後に「女学生言葉」「てよだわ言葉」などと呼ばれる奇妙な言葉遣いは、この頃から流行《はや》り始めた。

夏も、同室の二人の後輩も、落ち着いた色あいの縦縞《たてじま》のドレスに身を包んでいた。スカートは腰の後ろが丸く大きくふくらみ、裾が踝《くるぶし》まで垂れ下がっている。この特徴ある形式は「バッスル・スタイル」と呼ばれるもので、二年前から採用された女高師の制服であった。もっとも、お世辞にも腕の良い仕立屋の仕事とは思えず、鹿鳴館《ろくめいかん》に通うような貴婦人のドレスに比べれば明らかに見劣りした。レースのような装飾も校則で禁止されているので、いたって地味なものである。

彼女たちの髪は日本髪ではなく、後頭部に髪留め《ヘーアピン》で簡単にまとめたものだ。「束髪《そくはつ》」と呼ばれる和洋折衷の巻き髪である。

そして、二人の後輩が笑い転げているのは、畳ではなく板の間に置かれた寝台《ベッド》の上であった。

洋装の女生徒たち、洋館風の校舎、洋風の家具。

後に「鹿鳴館《ろくめいかん》時代」と呼ばれる、欧化主義の華やかなりし頃である。欧化の波は女高師の正門から堂々と流入していた。官立の女高師は、さながら欧化主義の実験台の役割を担わされている。生徒たちは授業で西洋の舞踏《ダンス》さえ習っているのであった。

「キンちゃんは支度《したく》終わったの？」

「まだですわ、夏さま。新しい舌振り《したもじ》（早口言葉）を考えるのに忙しくって」

「あらそう」

「あ、冷たい。聞きたくありませんの？」

「ちっとも」

先輩と違って、みねはにこにこと笑って「聞きたい」と促した。

「さすが、みねちゃん。よくって？　ノリヨリ・ヨリモリ・モリアリノリ！　はい、りぴーと・あふたみー」

みねは全く言うことができず、キンと二人で笑い合っていた。キンが言うには、ノリヨリは『平家物語』の源範頼《みなもとののりより》、ヨリモリは同じく平頼盛《たいらのよりもり》だそうである。最後のモリアリノリは、今日の舞踏会の主催者の名であった。

森有礼《もりありのり》。

先年発足した内閣制度における、初代文部大臣である。高等師範学校の総責任者たる「監督」という立場でもあった。

森は文部大臣に就任後、小学校令・中学校令・師範学校令を矢継ぎ早に打ち出し、学制の整備を一気に進めていった。彼の業績は、後世、日本の近代教育制度の基礎を固めたと評されることになる。

夏たちは、明治政府が推進する近代教育の黎明期《れいめい》に育った世代であった。学制は政府の試行錯誤にともなって二転三転し、そこで学ぶ生徒たちは水面《みなも》の木の葉のように翻弄《ほんろう》された。今は、学制の変遷の最後の大波が、初代文部大臣によってもたらされている最中である。そもそも、夏が入学した頃には尋常師範学校だったこの学校を、高等師範学校に格上げしたのも彼なのであった。

この部屋の室長がいないことに夏は気付いた。ついさっきまで、寝台に腰掛けて本を読んでいたはずである。

「さっちゃんは？」

寝台の上には読みかけの洋書が残されていた。枕のとなりに綺麗に上下を整えて置かれているあたり、大雑把なのか几帳面なのか微妙なところだ。

本の表紙には、赤い服の男が吊るした燭台に火を灯そうとしている絵が描かれていた。表題は大きな赤い文字だが、近眼の夏には、「STUDY」という文字がどうにか読み取れただけだ。手にとって目を近づけてみたかったが、同室とはいえ他人の本なので自重した。理科の教本か何かだろうか。

寝台の下の行李《こうり》には、シェークスピアの戯曲からディケンズの小説、ベンサム、J・S・ミル、スペンサーなどの哲学書まで、英語の本が詰め込まれていることを夏は知っていた。そして、聖書があることも。

「咲《さき》さまなら、さっきバットを持って出て行かれましてよ？」

「ベースボールのバット？　なんで今」

「存じませーん。私たちの支度が遅いからじゃないかしら、ねえ？」

「ねえ？」

キンと顔を見合わせて、みねも笑う。おとなしい子なのに、なぜか正反対の性格のキンとは馬が合うらしい。みねはようやく編み物を終え、針と毛糸玉を巾着袋《きんちゃくぶくろ》に仕舞いはじめた。

この子たちと話していても腹が立つだけだ。夏は手袋をはめ、戸を開けて廊下に出た。こんなときに室長がどこで何をしているか、大体わかっている。

案の定、中庭でバットを振っているバッスル・ドレスの姿があった。高等師範学科三年、夏より二歳年上の満二十歳、数えで二十一歳。夏たちの四人部屋の室長である。

野原咲《のはらさき》という名の、美しい女性だった。

二

彼女はいつも、歌を口ずさみながらバットを振る。今日は夏が知らない西洋の唱歌であった。たまに讃美歌を唄いながら素振りをしていることもあり、彼女が信仰している耶蘇《ヤソ》（キリスト教）の神はそんな大雑把な行動を許すのかと、他人事《ひとごと》ながら心配になる。

「さっちゃん！」

夏の呼びかけに、晴れわたるような笑顔が応えた。

「なっちゃん、みんな支度できた？」

「おかげさまでね！」

野原咲がこの学校に入ってきたのは、三年前の秋だった。夏が附属校から編入学した半年後のことである。

咲が入学してきたときの寄宿舎のざわめきを、夏はよく覚えている。「横浜から西洋人みたいな女《ひと》が来た」と噂されたのだ。

当時はまだ制服が導入されておらず、ほとんどの生徒が着物姿だった。流行に敏感な生徒が何人か、自作のドレスを着ていた程度である。ただ、胴が長く丸顔が多い日本人には、洋装はあまり似合わなかった。そのうえ西洋人に比べて痩《や》せているため、洋装を着ると貧相にさえ見えたのだ。

そこに現れたのが、見事に洋装を着こなした咲である。彼女のドレスは故郷である開港地・横浜で仕立てたということだったが、ドレスの出来の問題ではなかった。姿形が日本人離れしていたのだ。綺麗な卵型の顔で、背が高く、腕も脚もすらりと長い。肩幅は広く豊かで、腹部は細く締まり、見るからに壮健な体つきである。洋装を着るために生まれたような体型だった。

「あのねえ、なんで今、バットなんか振ってるの！」

「ごめんなさい、舞踏会なんて久しぶりだから緊張してしまって」

身体の壮健さにかけて、咲は校内に並ぶ者がない。咲が駆け足をすれば、他の生徒を数歩で置き去りにする。バットを振ればボールは天高く舞い上がる。校舎の屋根の煙突の裏には、咲が昨年の今頃に打ち上げたボールが、今でも引っかかっているはずである。咲は勉学も抜群にできた。本人が言うには、運動すればするほど血の巡りが良くなり、脳に酸素が行き渡り、頭の働きも良くなるという。理屈以前に、この人は筋肉でモノを考えているのではないかと夏は思っているが、さすがに本人に言ったことはない。

今では全校生徒約九十人中、咲は首位の成績である。入学当初は夏より一級下だったのに、この学校が師範から高等師範に格上げされる際、級の再編によって、咲は夏の上級生になってしまった。

気取りのない性格の咲は、誰からも好かれている。頑固《がんこ》で気難しくて負けん気が強くて可愛げのない性分の夏には、それがまぶしい。あまりにまぶしい。

おまけに美人なのである。眼が大きく、睫毛《まつげ》が長く、鼻が高く、これまた日本人離れした容姿《ようし》だ。平安時代ならばともかく、文明開化のこのご時世では、紛《まご》うかたなき美女であった。「天は人の上に人を造らず」という書き出しの本がずいぶん流行ったものだが、咲を見ていると、夏にはそれが嘘に思えてくるのだった。

今日の舞踏会には、高等師範男子部や、本郷の帝国大学の学生も招かれているという。この女高師の名花は、さぞかし彼らの情熱的な視線を集めるだろう。舞踏の誘いは引きも切らぬであろう。さながら花に群がる蜜蜂のごとくに。

——守らなきゃ。

そう思った自分に、夏は驚いた。ごく自然にそう思ったのだ。私がさっちゃんを守らなきゃ——と。

三

咲は最後の一振りで音高く風を切った。

寄宿舎はひっそりとしている。舞踏会に参加する生徒はおおかた講堂に行ってしまったようだ。西洋かぶれの催しを嫌う生徒は、室内でおとなしくしているか、校内の図書室にでもいるのだろう。

欧化主義の氾濫《はんらん》には、世間からも反発が大きい。昨年は伊藤博文《いとうひろぶみ》総理（当時）が官邸で狂騒的な仮装舞踏会《ファンシーボール》を催し、民権派の新聞から一般国民まで、猛烈な批判を浴びたものだ。欧化主義はもはや曲がり角にさしかかり、代わって国粋主義が頭をもたげている。女高師の生徒たちにもそれは薄々と感じられた。

夏に続いて、ようやく身支度を整えたみねとキンが部屋から出てきた。

「あらキンちゃん、可愛らしいわね」

キンの髪には造花の百合の花が飾られていた。

「えへへ咲さま、これ、みねちゃんが作ってくれましたの」

みねがはにかむ。端切れで作ったらしい。みねはいつも針を使って細々《こまごま》したものを作っていた。手芸ばかりしていないで勉学をしろと、夏にはよく注意されている。裁縫と作文以外の成績が芳《かんば》しくないのは、咲も夏も心配しているところだった。

「上手ね、みねちゃん」

咲にほめられて、みねは顔を赤くしている。咲は下級生に慕われていた。夏には何かと突っかかるキンでさえ、咲には心酔している。もっともキンの場合は、絶対の自信を持っていた相撲で咲に七度挑み、七度敗れてからのことである。

「みねちゃんは何も髪飾りはしないの？」

「私は、そういうのあまり似合わないですから……」

「そんなことないわ、ちょっと待ってて」

装飾品は校則で禁じられているが、こんなときぐらいはお洒落《しゃれ》をさせてやりたい。みねのようにおとなしくて控えめな後輩であれば、なおさらである。

咲は部屋に戻ると、バットのかわりに薄紅色の生花を一輪、手にしてきた。野菊の花に似ている。

「咲さま、それはなんていう花でしたっけ？」

「コスモスよ」

明治から日本に根付いた外来種である。女高師の花壇で育てられており、今日の舞踏会の会場にも飾られているはずであった。「秋桜」という漢字を当てるようになるのは、ずっと後のことである。

「花瓶に挿《さ》していた花だけど、いい？」

みねが断るはずもない。耳まで赤くして、咲にされるがままになっていた。

「なんだ、似合うじゃないの」

「可愛らしくってよ」

夏とキンが口々にほめたたえた。みねの後頭部の巻き髪に、コスモスが一輪、つつましく咲き誇っている。みねは、はにかみながらも嬉しそうだ。

「なっちゃんはいいの？」

「私はいい、本当にいいから。さっちゃんだって何も着けてないじゃないの」

「私も別にいいわ」

そりゃあ、あなたは素材《もと》がいいからでしょうよ。嫌味が出そうになるのを、すんでのところで思いとどまった。夏とて、三歳年下の妹とともに「菊坂《きくざか》の小町姉妹」などと呼ばれたこともあるのだ。咲と長く一緒にいたせいか、ひがみっぽくなっている自分が情けない。

ようやく講堂に向かおうとしたとき、笑い声が聞こえてきた。

「今の笑い声、まさかフタ婆《ばあ》？」

キンが信じられないという顔をする。声は舎監《しゃかん》室のほうから聞こえてきた。

「フタ婆」とは、泣く子も黙る舎監・山川二葉《やまかわふたば》の渾名《あだな》である。謹厳実直を絵に描いて床の間に刀とともに飾ったような人だった。舎監は寄宿舎の監督として、生徒の生活全般の指導をする役職である。

「似てるけど……二葉先生はあんなに声が若くないわ」

みねが控えめに、だが、率直な表現で否定した。山川二葉は四十代半ばのはずだ。さきほどの笑い声は、まだ二十代と思われる若い声だった。そもそも、武家の女の権化《ごんげ》のような山川二葉が、あのような大声で笑うはずがない。

「ご来客じゃないの」

夏があまり興味もなさそうに言う。舞踏会には貴顕淑女が集まるのだ。二葉は旧会津藩の家老職の家柄の人だから、こんなときに知人が訪ねてきても何らおかしくはないだろう。

寄宿舎から外に移動するには、必ず舎監室の前を通らなければならない。生徒はいつもここで緊張する。だが、二葉がにらみをきかせているはずの窓口には、窓掛け（カーテン）が引かれていた。窓掛けの中から話し声が聞こえるので、やはり来客中のようだ。

窓口の横には、鍵の付いた扉がある。キンがはしたなく、鍵穴に目を近づけた。

「やめなさい、みっともない」

夏が後輩を扉から引きはがそうとする。キンが抵抗した。その拍子に、夏の肘《ひじ》が扉にぶつかって大きな音をたてた。

「何やってんの……!」

「ぶつかったのは夏さまですわよ……!」

二人は恐慌におちいり、たがいに声にならない声で責任をなすりつけあった。

「何事ですか!」

厳しく鋭い叱責《しっせき》が室内から飛んだ。小さな落雷を浴びたように、扉の前の四人は背筋を伸ばした。

「……謝りにいきましょう」

咲が率先して扉の把手《ノブ》を握り、他の三人もしおれてうなずいた。

四

山川二葉は、この学校が尋常師範学校だった頃から数えて十年もの間、寄宿舎の舎監として君臨している。実年齢は四十代半ばのはずだが、老年のような風格があった。

会津といえば、幕末維新の動乱の、常に中心にいた藩である。京都守護職にはじまり、逆賊として追討された戊辰《ぼしん》の戦、名高い若松城の籠城《ろうじょう》戦、そして不毛の斗南《となみ》藩への転封《てんぽう》。実年齢よりも年かさに見えるのは、そんな激動の時代を生き抜いた苦労が顔に刻まれているせいでもあろうか。

「籠城戦では二葉先生も銃を手に戦い、官軍の兵士を何人も撃ち殺したそうだ」

寄宿舎ではそんな噂さえ流れる「フタ婆」なので、夏とキンは虎の尾を踏んだような心地であった。

「失礼します」

扉を開けた生徒たちの目に映ったのは、厳しい表情の山川二葉。そして、その向かいに座る、穏やかな表情の若い貴婦人だった。

「どうしたのですか？」

二葉が厳しい口調で尋ねる。洋装が意外に似合っているが、本人は皇后宮が洋装を奨励する思召書《おぼしめししょ》を出すまで、頑《かたく》なに着物で通していた。軽薄な欧化主義の風潮を日頃から嘆いているのである。

「お話し声が聞こえたので、つい気になってしまいました。申し訳ございません。扉にぶつかったのは、わざとではありません」

咲につづいて、後の三人も頭を下げた。

「……わかりました。まあ、よろしいでしょう」

生徒たちは安堵《あんど》した。今日は二葉先生の機嫌が良さそうだ。安堵すると同時に、美しい貴婦人に関心が移った。二葉は仕方なくというふうに紹介した。

「大山《おおやま》陸軍大臣夫人ですよ。ご挨拶なさい」

「えっ、大山捨松《すてまつ》様ですか⁉」

驚くのも無理はない。大山捨松は彼女たち生徒の憧れの的だった。ちょうど彼女たちが生まれた頃、岩倉使節団に同行して米国留学を果たした五人の少女のうちのひとりである。日本人ではじめて、米国の女子大学で学士号を取得した人物でもあった。「洋行《ようこう》（西洋留学）したい」が口癖だった当時の女生徒にとって、捨松は伝説的な先駆者であったのだ。

捨松夫人が朗《ほが》らかに笑った。さきほど、咲たちが舎監室の外で聞いた笑い声だ。

「お姉さまったら、ずいぶん他人行儀に紹介するのね」

捨松は椅子《いす》から立ち上がって生徒たちに向きなおった。生徒たちとは比べ物にならない、仕立ての良いバッスル・ドレスがなびく。

「山川二葉の妹の捨松です。ごきげんよう」

そうだ、このお二人は姉妹だった。年齢は十五歳ほども離れているはずだが、よく見れば目鼻立ちが似ている。声も似ていた。

「私は野原咲と申します。お目にかかれて光栄です」

「私の幼い頃の名前と一緒ね。なんだかご縁を感じるわ」

「私も、おそれながら伯爵夫人に親しみを感じておりました」

捨松という風変わりな名前は、米国留学に幼い娘を送り出す彼女の母親が、「捨てたつもりで帰りを待つ（松）」という意味を込めて付けたものだそうである。

捨松が差し出した手を、咲は自然に握った。

夏は固くなりながら、自己紹介をはじめた。

「駒井夏です。ほ、本当に、お目にかかれて光栄に存じます！」

緊張のあまり、睨《にら》むような目つきになってしまった。捨松が微笑とともに差し出した手を、ぎこちなく握り返す。西洋式のシェークハンズの文化は、なかなか身に馴染《なじ》まない。

みねとキンが挨拶を終えると、捨松はあらためて一同を見渡した。

「あなたたちも舞踏会に参加するのね？ 一緒に行きましょう」

「大山伯爵夫人とご一緒できるなんて、光栄です」

咲が代表して答えると、捨松は笑った。

「捨松でいいわ」

「はい。捨松……さま」

ちらりと二葉を見やるが、無言でお茶を飲んでいた。湯呑みで表情を隠しているようでもある。黙認ということらしい。鬼の二葉先生も、妹には甘いのだろうか。

「お姉さまも誘ったのだけど、やっぱり断られてしまったわ」

捨松は悪戯《いたずら》っぽく笑った。

二葉が湯呑みを下ろすと、渋く結んだ口元があらわになった。

後に「車仁会事件《しゃじんかいじけん》」と呼ばれる一連の騒動、その発端となった女高師爆裂弾事件の当日である。この場にいる誰も、そのことを予期してはいない。

五

捨松夫人は、今日はひとりでここに来ているそうである。大山陸軍大臣は軍務のため不参加とのことだった。

講堂に行く前に、捨松は校舎を見学したがった。寄宿舎の部屋を見たいとまで言い出したので、咲たちは自分たちの部屋をご笑覧《しょうらん》に供することにした。

「話には聞いていたけど、本当に洋室なのね。寝台も机も椅子もあって」

「去年までは畳敷きだったんです。その前の年には、洋装が制服になりました」

咲の解説に捨松がうなずく。

「森さんが文部大臣になられてからよね。あの方らしい、思い切ったなさりかただわ」

今日の舞踏会の主催者である森有礼は、二十代の頃、日本初の駐米代理公使の任にあった。捨松たちが留学したとき、幼い彼女たちの世話役となったのが彼である。旧知の間柄なのだった。

「あなたたちは、この学校を卒業したら教師になるのね？」

師範学校は教員を養成する学校なのだから、当然そうなる。ちなみに、尋常師範学校を卒業すると公立小学校の教員免状が得られ、高等師範学校を卒業すると尋常師範学校女子部と高等女学校の教員免状が得られる。

「結婚はどうするの？」

単刀直入な質問に、生徒たちは思わず顔を見合わせた。咲が代表して答える。

「正直なところ、あまり考えられません」

師範学校の生徒は、学費が免除される。さらに、学用品代・食費・被服費なども学校から、つまり国庫から支給されていた。そのかわり、女高師の生徒は卒業後に最低五年間、教職に就く義務を負う。初めの二年は任地も希望が通るとは限らない。卒業した先輩の中には、そのうちに婚期を逃してしまう人が少なくなかったのである。

「私は結婚なんかしません！」

元気に言い放ったのは、年少のキンであった。

「教師になれば自立できますから。結婚して旦那と両親に尽くして一生を終わるなんて、まっぴら御免です。良妻賢母なんて、私には無理です！」

キンの意見は、当世、決してめずらしいものではない。女生徒はおおむね独立心旺盛《おうせい》であり、教職への道が保証されている師範生には特にその傾向が強かった。新聞には、彼女たちを蓮《はす》っ葉《ぱ》な明治女と揶揄《やゆ》する意見がたびたび掲載されている。

「キンちゃん、やめなさい」

夏が厳しくたしなめる。既婚者である捨松の前で言うべきではなかった。ただ、心情としては夏も同じである。捨松と大山陸軍卿《きょう》の結婚が報じられたとき、正直なところ落胆もしたのだった。

捨松は少し寂しげに微笑んだ。

「あなたたちが羨《うらや》ましい。私もあなたたちのように、自分の足で立って、自分の力で生きてみたかった——誰にも後ろ指をさされることなく」

最後の言葉は小さく、独り言のようだったが、生徒たちの耳には聞こえた。

夏は戸惑った。今の言葉は聞いてよかったのだろうか。まるで今の生活に不満があるように聞こえるのだが……。

生徒たちの戸惑いを察したのか、捨松は明るく笑った。

「誤解しないでね、結婚したことに後悔はないの。イワオと子供たちとの生活は本当に幸せよ」

イワオとは誰のことだろう。生徒たちは一瞬首をひねったが、大山巌《いわお》陸軍大臣のことであった。捨松夫人は西洋人のように夫を呼び捨てにすると噂されていたが、図らずもその真実を確認することになった。ちなみに、大山夫妻が結婚披露宴をおこなったのは、開館間近の鹿鳴館においてである。五年前のことだ。

「子供たちはみんな可愛いわ——一人は去年、産まれる前に神様に取り上げられてしまったけれど」

流産の原因は、喘息《ぜんそく》の子に使っていた酸素吸入器が破裂したことによる、心因性のものだったといわれる。

「もう一人……」おずおずと言葉を発したのは、みねだった。「もう一人、お腹にお子様がいらっしゃるのではありませんか。間違っていたらすみません」

　捨松は驚きとともに、会心の笑みを見せた。

「そうなの、つい最近わかったから、まだ公表していないのよ。二か月だとお医者様はおっしゃったわ」

「まあ、おめでとうございます！」

　生徒たちは口々に祝福の言葉を述べた。

「あなたは、みねさんだったかしら？　よくわかったのね。まだお腹も目立たないはずだけれど」

　捨松のドレスの腹部がゆったりしていることに、夏もようやく気付いたところだった。

「はい、故郷では身重《みおも》の人のお世話をよくしていました。小さい子の世話も。それで何となく」

「まあ感心ね。ご実家はどこ？」

「兵庫県の姫路です」

「遠くから来たのね。子供は好き？」

「はい、大好きです」

「そうね、子供はいいわね、本当に」

　捨松は目を細めた。結婚以来、すでに二人の子を出産している。「鹿鳴館の華」と謳《うた》われた大山捨松夫人は、じつは「鹿鳴館時代」の多くを身重の体で過ごした。

「みなさん、勉学のほうはどう?」

創立当初の女子師範学校は、アラビア数字が書ければ合格すると言われるほどの学力水準だった。それでも退学する生徒があとを絶たなかったのは、勉学が追いつかないためだけでなく、婚期を逃すことを家族が懸念したためである。そもそも、世論が女子教育の必要性を認めていなかった。

それから十年以上の月日が流れ、学力水準はおおいに上がった。だが、まだ男子と肩を並べるには程遠い。帝国大学の門戸も、女子には事実上、閉ざされたままだ。

そして、社会はいまだに女子教育の必要性に懐疑的《かいぎてき》だった。女子には家政を取り仕切る能力さえあればよく、学問はむしろ有害である――そんな世間の空気もなんら変わっていない。勉学に励む彼女たちは、あいかわらず大方の世間から白い目で見られていた。

捨松の質問に、「おもしろいです」と答えたのは咲。「難しいですが、やり甲斐があります」と答えたのは夏。「難しくて、ついていくのが大変です」と異口同音に答えたのは、みねとキンである。各級で最下位を争っている二人であった。

「卒業できるのか、不安です」

溜息《ためいき》をつくみねに、捨松は優しく微笑みかけた。

「大丈夫、あなたはきっと良い先生になれるわ」

みねの顔が輝いた。

「ありがとうございます、もったいないお言葉です」

だったら裁縫ばかりしてないでちゃんと勉強しなさい――捨松夫人の前なので、夏は心のなかで説教した。

そのとき、軍服姿の壮年男性が廊下の陰から現れた。背が高く、整った顔立ちに、ふさふさとした口ひげを生やしている。

「捨松、ここにいたのか。馬車はあるのに姿が見えないから、どこに行ったのかと思ったぞ」

男子部・女子部を併せた高等師範学校の校長、山川浩《ひろし》将軍であった。かの会津籠城戦や西郷の乱において、めざましい活躍をした名将である。森有礼文相の要請で、軍籍のまま校長に就任していた。

「お兄さま、ちょうどよかったわ。会場までエスコートしてくださらない？　女ばかりで舞踏会に行くなんて、あまり格好がよくありませんもの」

山川校長は捨松の兄である。顔を合わせるなり、捨松は会津の英雄をこき使うのだった。

六

講堂で舞踏会が開かれるのは、これが初めてではない。いつぞやはクリスマス会なるものまで開かれて、欧化主義も極まれりの感があった。そのときは夏も寄宿舎にこもり、同志の女生徒とともに西洋かぶれの風潮を嘆きあったものである。

今回は、室長の咲と年少組のキンにしつこく誘われたから、仕方なく参加することにしたのである。お祭り騒ぎが好きなキンはともかく、咲が積極的なのは意外だった。普段は他人に何かを無理強《じ》いするような人ではない。しかし説得のツボもよく心得たもので、いわく、「上級生には同室の下級生を監督する責任がある」「西洋の礼儀作法の実習にもなる」と。こう言われれば、意地を張るわけにもいかなかった。

みねは人見知りする質《たち》なので、華やかな場に出ることを当初は嫌がったらしい。だが、咲とキンがなだめすかして参加を承諾させた。

講堂に入ると空気が変わった。夏が最初に感じたのは、むっとする人いきれと、葉巻の煙の匂いである。次に、式部職の伶人《れいじん》が奏《かな》でる管弦楽と風琴《オルガン》の音。講堂の中央で男女がステップを踏む音。それを遠巻きに囲む紳士淑女の、笑いさざめく声。それらが天井と壁と床に響き、講堂に渦巻いていた。

――ああ、場違いだ。

七歩も進まぬうちに、夏の心はしおれていた。咲の背中に隠れるように歩きながら、後ろを振り向く。みねとキンが怯《おび》えていないか気になったのだ。もともと舞踏会に行きたいと言ったのはキンなのだから、彼女が帰りたいと言えば引き返す口実ができる。

だが、キンの表情には微塵《みじん》の怯えもなかった。それどころか、はしゃぎたいのをこらえるように瞳を輝かせている。みねでさえ、頬を上気させて舞踏の群れに視線を送っていた。

「ごらんあそばせ、綺麗なコスモスの鉢植えですこと」

「──本当ね、キンちゃん」

貴婦人ごっこをする余裕まであるようだ。

裏切られた気分で、夏は前を向いた。悔しいが、咲の広い背中がこんなときは頼もしい。

咲が夏たちを振り返った。

「校長先生と捨松様が、文部大臣閣下に私たちを紹介してくださるそうよ」

ああ、このうえ文部大臣に御目見得《おめみえ》しなければならないのか──夏はへし折れそうな心を精一杯に保った。文部大臣はこの舞踏会の主催者なのだから、挨拶ぐらいはするべきだろう。後ろでは、みねとキンが「ノリヨリ・ヨリモリ・モリアリノリ！」と小声ではしゃいでいる。

やがて音楽が終わり、踊りの男女が西洋式の礼をして別れた。

「森さん！」

捨松が周囲もはばからず、大きな声で文部大臣を呼んだ。大臣は踊りの輪の中にいたらしい。大声を出したことを兄の校長に注意され、捨松は顔を扇子《せんす》で隠しながら肩をすくめた。そんな仕草も日本人離れしていると、夏は思う。

「やあ、捨松さん！」

捨松に負けないぐらい大きな声で応えたのは、口髭《ひげ》と顎鬚《あごひげ》を豊かにたくわえた中背の男性であった。腕を広げて、笑顔で歩み寄ってくる。その大袈裟《おおげさ》な身振り手振りも、やはり日本人離れしている。

ああ、この人が森有礼閣下か。海外生活が長い文部大臣は、西洋かぶれどころか、西洋人そのものであるかのように世間から揶揄されていた。文部大臣に就任する際にも、保守派の官僚からかなりの反発があったそうである。

森有礼は山川校長と捨松に挨拶した。捨松とは旧知の間柄ということもあり、ずいぶんくだけた様子だ。

「森さん、こちらは、私をここまで案内してくれた素敵な生徒たちですわ」

咲はドレスの裾《すそ》をつまみ、軽く腰を屈《かが》めた。女高師の生徒の中で、誰よりも板についた西洋式の挨拶だった。

「野原咲と申します。文部大臣閣下にお目にかかれて光栄に存じます」

「ほう、これは美しい。それだけではない、礼儀作法も完璧だ。何より、まことに身体壮健そうな――そう、西洋の婦人と比べてもまったく遜色ない」

「成績も一番なんですって」

捨松が補足すると、森有礼は力強くうなずいた。

「じつに素晴らしい。How is the English?」

咲は微笑して答えた。

「The subject I am best at is English.」

「Do you read books in English?」

「Yes, I do.」

　森は試すような、不敵な表情になった。

「What kind of people does God help?（神はどのような者を助けるか？）」

「It is said that God helps those who helps oneself.（自らを助くる者を助く、と申します）」

「Do you think so, too?（君もそう思うか）」

「Sorry, I don't know. But I want to always be a person who helps oneself and who helps others, too.（わかりません。ですが、私自身は常に自らを助くる者でありたいし、他者を助くる者でもありたいと願っています）」

　森は感銘を受けたように両手を広げた。「You're amazing!」

「野原咲君と言ったね。見事だ。君は女子教育の理想形だよ」

　咲は苦笑して謙遜したが、文部大臣の目は満足そうに輝いていた。

「君のような女子を東京中、否、日本中の家庭に行き渡らせることが私の仕事さ。それが実現したとき、我が国はようやく西洋列強と肩を並べることができる」

　理路はよくわからないが、森有礼が女子教育にかなりの重きを置いていることは理解できた。

大臣の視線が夏に向けられた。挨拶を促されていることに気付いて、夏は慌てて背筋を伸ばした。

「駒井夏と申します」

咲と同じようにドレスの裾をつまんで腰を落とす。緊張してぎこちない動きになる。

「西洋の作法には、まだ慣れないかね？」

「は、はい」

見上げると、思いのほか大臣の視線は優しかった。切れ者で、相手が部下であろうが枢密院《すうみついん》議長であろうがかまわず叱りつける剛の者と噂されていたが、意外に穏やかな人柄なのだろうか。

「固くなることはない。場数《ばかず》を踏めばいずれ慣れるさ」

「ありがとうございます。精進《しょうじん》します」

みねとキンは、意外にそつなく挨拶をこなした。

再び演奏が始まった。講堂の中央に数組の男女が繰り出し、舞踏の花を咲かせる。円舞曲《ワルツ》であった。

「どうかね？」

森有礼が手を差し出した相手は、野原咲であった。

夏は目を丸くした。みねとキンも同じような顔をしている。だが、彼女たちの室長はいたって落ち着いたものだった。

「喜んで」

優雅な笑みをたたえて、文部大臣の手に自らの手を重ねる。踊りの輪にエスコートされていく室長を、三人の女生徒たちは半ば口を開けて見送った。

「森さんたら、よほどあの子のことがお気に召したみたいね」

捨松は苦笑して肩をすくめ、友人らしい大柄な西洋貴婦人に声を掛けにいった。

「ねえ夏さま、お料理を取りにいきませんこと？」

キンが夏の袖を引いた。

「しょうがないな。みねちゃんも行こう」

咲に悪い虫がつかないようにと気を張っていた夏だが、相手が文部大臣では是非もない。森閣下は女性に禁欲的で芸者遊びもしないという噂なので、それを信じることにした。

森有礼と咲が礼を交わしているのが見えた。咲の手が森の肩に、森の腕が咲の腰に回る。風琴と管弦楽の旋律《せんりつ》に乗って、二人は律動的《リズミカル》に踊りはじめた。

文部大臣を相手にまったく物怖《ものお》じしない学友の姿を見て、夏は馬鹿らしくなった。なぜあの人はあんなに堂々としているのか、心配して損した、と。

……その頃、茜《あかね》さす女高師の門前、御茶ノ水の谷のほとりには、人力車が群れをなしていた。招待客を乗せてきた俥《くるま》である。主人が帰るまでの間、俥夫《しゃふ》たちは思い思いに時間を潰していた。

「お前はよく落ち着いて本なんか読んでられるもんだよ、久蔵《きゅうぞう》」

中年の俥夫が、巻き毛の若い俥夫の手元をのぞきこんだ。

「暗くなるまでは動けねえからな。せいぜい怪しまれねえようにするこった」

踏み台に腰掛けた久蔵は、落ち着きのない仲間に余裕のある態度で答えた。

「図体のでかい奴は肝っ玉もでかいのかねえ。その本、おもしれえかい？」

「以前は面白かったんだがな――」

今の久蔵の目には、その書物に記された成功譚《たん》のすべてが上滑りする。

「やっぱり面白くもねえや。読むかい？」

「いや、俺もそいつは持ってるよ。半分も読んでねえけどな」

そうか。それなら――

「こいつも一緒にダイナマイト、ドンってことにしようか。そうすりゃあ、いっそ清々《せいせい》する」

「馬鹿、聞かれたらどうする」

流行歌をもじった久蔵の言葉に、中年俥夫は蒼白になった。もっとも、夕陽のせいで顔も茜《あかね》色にしか見えない。

久蔵は軽く笑い、半纏《はんてん》の襟を直した。半纏の背には「仁」の文字が染め抜かれている。

「車仁会《しやじんかい》」という俥夫の組合に属することの証である。

――あの人に会いに行くときも、いつも夕陽がまぶしかった。

そう思い返しながら、彼は夕陽に染まる御茶ノ水の渓谷に瞳を向けた。灰色がかった、碧《あお》い色の瞳を。

第二章　コスモスと爆裂弾

一

立食というのはどうも落ち着かない。饅頭《まんじゆう》や握り飯を頬張《ほおば》るならともかく、皿に乗った料理を立ったまま食べるというのは、お行儀が悪いのではないか。

そんなことに気を回している夏をよそに、みねとキンの年少組は元気に料理を小皿に盛っていた。

「みねちゃん、これも美味しそうよ」

「それ牛肉よね。私はちょっと……」

女高師《じよこうし》に来て二年余りにもなるのに、みねはまだ牛肉料理に慣れなかった。牛肉を食べて西洋婦人のように頑健な身体をつくることが、女生徒には奨励されている。だが、みねに言わせると獣臭いのが受け付けないらしい。

「牛肉が苦手なら、こちらはどうですか？」

親しげにみねに語りかけた声は、若い男のそれである。詰襟姿の青年がはにかんだ笑顔を浮かべていた。高等師範男子部の制服だ。

「何かはわかりませんが、鶏肉料理です。おいしいですよ」

「はあ、どうも……」

「私が取ってさしあげましょう」

青年はみねの小皿を奪い取ると、フォークを不器用に握って、何かわからない鶏肉料理をよそった。

礼を言って受け取りながら、みねは問いかける。

「あの、どこかでお会いしましたか？　男子部の方のようですけど」

「じつはこの前の考査のとき、答書を持って職員室に走っていくあなたを見かけました」

みねの顔がみるみる赤くなった。考査での醜態《しゅうたい》を思い出す。

前日、消灯時間後もこっそり勉強していたのがよくなかったのであろう、みねは考査中にうとうとしてしまった。考査の時間が終了したことにも気付かず、顔を上げたら監督の姿はなかった。提出済みの答書だけを回収して引き上げてしまったのである。急いで監督を追いかけたが、都合の悪いことに職員室は遠い男子部の校舎にあり、男子の視線を一身に浴びることになってしまった……。

「あんなみっともないところを見られていたなんて。お恥ずかしゅうございます」

「すみません。でも……とても可愛らしかった」

いま何と言った、この男。みね本人よりも、隣で聞いていた夏とキンが硬直してしまった。

「あなたにもう一度お会いできないかと、ずっと思っていたんです。そうしたら今日……夢のようです」

夏は焦《あせ》った。年長者として、ここは自分が割って入るべきだろうか。悪い青年ではなさそうだが、率直すぎる。男女交際というものは、もっと奥ゆかしく、そう、歌の交換などから始めるべきではないだろうか。いや、文明開化の世にそんなことを考える自分が古いのか？

先輩がひとり煩悶《はんもん》するのをよそに、みねは落ち着きを取り戻していた。

「訛《なま》りがありますね？」

「標準語」が公式に定められるのは、ずっと後のことである。だが、事実上の共通語として、学生たちの間では東京語が使われていた。東京語といっても、下町の「べらんめえ」口調ではなく、山の手の教養人の言葉である。地方出身の学生たちが上京してまず困るのは、学科よりもむしろ言葉の違いだった。

「は、じつは岡山の生まれで……」

「あら、私は兵庫県の姫路です。おとなりの県ですね」

「ああ姫路ですか。家族で白鷺城《はくろ》を見にいったことがあります。もんげえ美しいお城でした」

調子に乗って方言を混ぜてきた。

「うっとこからもお城が見えよってですよ」

みねも調子を合わせている。

「ほんなら、そんときどっかで会《お》うとったかもしれんですね」

他者が入り込めない雰囲気が出てきた。果敢に会話に混じろうとするキンを、夏は淡々と引きはがした。

「夏さま離して、私だって広島出身じゃけえのー！」

「はいはい、岡山のとなりだっけ？　いいから邪魔しなさんな」

若い二人が節度ある交際をするものと信頼して、夏は放っておいてやることにした。みねは慎ましすぎる性格だから、むしろこれが良い出会いになればとさえ思う。親の決めた相手と結婚して一生その家に仕えるような生き方を、みねだって望んではいまい。キンには食事を与えておけば放っておいてもよさそうなので、夏はようやく落ち着いて周囲を見回すことができた。

招待客は二百人ほどだろうか。男性はほとんど皆、洋装である。各校の教員、帝大生や師範生、それに官僚や軍人が多いようだ。

葉巻の煙がそこかしこから漂っていた。視界がうっすら白い膜に覆《おお》われているほどだ。喫煙所は一応設置してあるはずだが、紳士連は自由気ままに葉巻をくゆらせていた。地位の高い人々が集まっているはずであるが、それにしては行儀の悪さが目立つ。果物の種を床に吐く人、葉巻の灰を花瓶に落とす人。維新の功労者は下級武士からの成り上がりが多いというから、こんなものなのだろうか。

掃除が大変だな、と夏は思った。講堂の装飾は下級生たちが準備していたが、後片付けは手伝ったほうがよいかもしれない。

婦人の参加者は、洋装と着物が半々といったところであろうか。意外に洋装が少ない。着物の女性はまったく踊る気がなさそうだ。千人以上を招待する鹿鳴館の天長節《てんちようせつ》夜会では、ほとんどの婦人が洋装だと聞く。規模の小さな舞踏会ではこんなものなのか。それとも、昨年あたりから激しくなった欧化主義への非難が影響しているのか。

夏はいつのまにか壁を背に佇《たたず》んでいる自分に気付いた。

ああ、これが壁の花《ヲールフラワア》というものか。舞踏会で最もみじめといわれる立ち位置である。情けなくなってきた。

「君、師範の生徒かね?」

不意に声を掛けてきたのは、好色そうな笑みをたたえた初老の紳士である。葡萄酒《ぶどうしゆ》でも飲んだのか、息が酒臭く、顔が赤い。

「よかったら私と踊らんかね、ぐふふ」

夏の全身に鳥肌が立った。

「申し訳ないのですが、少し気分が悪いので……」

一言も嘘はついていない。より正しくは、気分が「悪い」のではなく、「悪くなった」

のである。たったいま。

「そう言わず、踊ろうではないか」

「いえ、本当に気分が」

「よいではないか」

「ご勘弁ください」

「どうしても駄目かね」

「すみません」

「……調子に乗るなよ、小娘が」

紳士の目が急に据《す》わった。好色な笑みが消えて、酷薄な表情に変化している。

「知恵の付いた女はこれだからな。従順さのかけらもない」

夏の全身に、今度は冷たい汗が流れた。情けないが、身がすくんで動けない。声も出ない。さっちゃん、助けて。

「御前《ごぜん》、こちらにおられましたか。あちらで奥様がお呼びです」

紳士の背中から声をかけたのは、従者と思しき男だった。慇懃《いんぎん》ではあるが、どこかうんざりした表情に見える。主人の酒癖の悪さに日頃から困り果てているようだ。

「うん？　そうか……わかった」

初老の紳士は吐き捨てるような一瞥《いちべつ》を夏にくれると、従者に導かれていった。従者が一瞬、夏にすまなそうな表情を残していく。

夏は心から安堵した。あの初老の紳士はなんなのだ。「御前」と呼ばれていたからには華族のはずだが、あんな下品な爺《じじい》が尊い生まれでなどあるものか。初老の紳士への怒りと、自分自身への悔しさに涙をにじませながら、夏の足は講堂の出口へと向いていた。こんな場所に、一分一秒だっていたくはない。

二

西の空は炎の色だった。

それは、夏に子供の頃に見た神田の大火を思い出させた。「火事と喧嘩は江戸の華」と言われたが、東京と名を変えても、この都市はたびたび大火に見舞われている。

校舎から校門までの前庭は、舞踏会に訪れる人々でざわついていた。守衛が馬車や人力車の交通整理に追われている。

ちょっと外に出てみようか。

普段なら門外に出るには舎監の許可が必要だが、これだけ人の出入りがあれば構わないだろう。少し往来の空気を吸ってみるだけだ。

校門を出ると、夏は右半身にたっぷりと西日を浴びた。

御茶ノ水《おちゃのみず》の渓谷は夕焼けの色に染められ、木々の紅葉が鮮やかである。対岸にはロシア人宣教師によって建設中の聖堂があり、景色に妙趣を添えている。神田川をはさみ、此岸《しがん》と彼岸に一双の屏風絵が現出されたかのようであった。

「きれい……」

この谷は「茗渓《めいけい》」と雅称されるほどの景勝地である。茗は茶を意味する。支那（中国）の古戦場にちなんで「小赤壁《しょうせきへき》」とも称された。

もともと、江戸城の防備のために徳川秀忠が開削させた人工の谷である。徳川の世ではここに橋を架けることが禁じられていたが、実は、いまだに架橋されていない。対岸に渡ろうと思えば、校門を出て右に坂を下りて水道橋まで回るか、左に坂を下りて萬世《よろずよ》橋まで回らねばならない。どちらも坂を下りなければならない（当然、帰りは登らなければならない）ので、よくよく不便なことであった。

道沿いには、招待客を乗せてきたらしい人力車の列ができていた。俥夫《しゃふ》たちが紙巻煙草や煙管《きせる》を吸ったり同僚と談笑したりと、思い思いに過ごしている。

夏は俥夫が苦手だった。夏の母は、俥夫を無教養で粗野で怠惰な者共と言ってはばからない人である。自分にもそんな意識が刷り込まれてしまっている。不愉快だった。そんなふうに人を見下す母の性格が、夏は大嫌いだった。だからこそ、女高師から徒歩二十分の本郷の実家にも、夏は滅多に帰省しない。

母も亡父も、もともとは町人だった。苦労して共稼ぎして御家人株を買い、その御家人の養子に入ることで武士の身分を得た。

そんな経歴であれば貧しい俥夫にも同情的になりそうなものだが、実際は逆だった。

母は士族の身分をことさらに誇りとし、貧窮者を向上心がないものとして見下すのである。

俥夫たちは皆、道の端に俥《くるま》を寄せ、渓谷を眺めていた。夕陽に照らされる顔はどれも穏やかである。そうだ、美しいものを美しいと感じる心に、貴賤《きせん》も教養も関係あるものか。夏の中で、彼らへの苦手意識がいくらか薄らいだ。

ふと、一人の俥夫が目に留まった。

梶棒《かじぼう》を下ろして、客が足を置く「蹴込《けこみ》」に腰掛け、本を読んでいる。夕陽が逆光になって横顔を縁取っていた。近眼の夏にもはっきりわかるほど鼻が高い。髪はザンギリだが、巻き毛の髪質なのか、房《ふさ》が好き勝手な方向にうねっている。平均的な男性より一回り以上も背が高く、脚が長く、胸板も厚そうだ。一見して、他の俥夫とは異なる雰囲気があった。というより、日本人離れしているように見えた。

「西洋人……？」

まさかとは思いながらも、夏は好奇心に駆られて近づいた。できるだけ、さり気なく。

やはり西洋人ではなさそうだ。なぜなら、読んでいる本が縦書きである。そもそも、条約によって内地雑居が認められていない外国人が、築地《つきじ》や横浜の居留地外で俥夫などできるとも思えない。

その俥夫は本を閉じると、夏に視線を向けた。若い男だ。まだ三十路《みそじ》にはなっていないだろう。西洋人のように彫りの深い顔立ちだが、西洋人そのものかと言われればやはり違う。女にもてそうな顔だ、と夏は思った。

「乗るのかい」

「え？」

「乗るならほかを当たってくれ。この俥《くるま》は貸切だ」

「の、乗りません」

「ならいいさ。だが、お嬢様があんまり人の顔をじろじろ見るもんじゃねえな」

気付かれていたらしい。夏は羞恥《しゅうち》しつつも、青年の言い方に抵抗を覚えた。

「不躾《ぶしつけ》なことをしたのは謝ります。でも、私はお嬢様なんかじゃありません」

「この学校の生徒だろ？　だったらお嬢様じゃねえか。ここの生徒は毎日、俥で学校に通ってるぜ？」

「それは同じ敷地の高等女学校の娘《こ》たちですよ。私たち師範生は、ほとんどが地方から出てきている娘です。官費で学資を支給されるから、この学校には貧しい家の娘でも入れるんです」

夏の反論を、青年俥夫は鼻で笑った。

「この学校は試験に受からなきゃ入れないんだろう？　試験に受かるには、学校で勉強しなきゃいけねえよな。だが残念、本物の貧乏人ってのは、学校に通う金も時間もねえときたもんだ」

意外にも理詰めで攻め込まれて、夏はひるんだ。

この頃、義務教育は男女ともに尋常小学校の四年間である。だが、就学率は男子で六割余、女子にいたっては三割にとどまっていた。学費は無償ではなく、貧しい庶民の家計には重い負担である。特に農村では、子供も貴重な労働力だ。埼玉県で秩父《ちちぶ》困民党《こんみんとう》を名乗る農民が武装蜂起《ほうき》したとき、彼らが掲げた要求のなかには、地租の軽減や負債の減免に並び、「義務教育の延期」もあったのである。

「世の中には俺みたいに小学校も出てない奴がごろごろいるんだぜ。女の身でこんなに立派な学校に通ってるあんたは、十分恵まれてるさ」

夏は拳を握りしめた。この青年の言うことはもっともだ。だが。

「……あなたに何がわかるんですか。そりゃあ確かに、あなたよりは恵まれてるかもしれません。でも、私だって楽に生きてきたわけじゃないんです。女が学問で身を立てるのがどれほど難しいか、あなたにわかるんですか」

母は女子教育にまったく理解のない人だった。女に学問はいらないからと、夏を当時の小学校三級までで退学させようとした。読み書き算盤《そろばん》の初歩だけ身に付ければ十分だというのだ。

勉学が好きで成績も首位だった夏は、泣き叫んで反発した。学校に行けないなら井戸に飛び込んで死ぬとまで言った。子供の頃のこととはいえ、あれほど激しく感情を露わにしたことは、後にも先にもない。

父のとりなしで小学校は卒業できたが、それ以上の進学は望めそうになかった。夏も一度はあきらめて裁縫の稽古などを始めたが、やはり向学心やみがたく、家族が寝入った夜半、ランプの光を頼りに押入れで父の蔵書を読みふけった。おかげで目を悪くしたが、後悔はしていない。父に連れられて図書館にも通った。

そんな長女の姿に父は感じるものがあったのだろう。梅雨の晴れ間の一日、夏を呼んで一枚の紙片を差し出した。それは東京女子師範学校予科の補欠入試の通知であった。夏の数え十三（満十二）歳のときである。

いま思えば、それは父からの最高の、そして最後の贈り物だった。夏が本科に上がって一年半後に、父は急病死した。駒井家には男子がいなかったため、長女の夏が数え十八（満十六）歳にして戸主となった。

当時の「家」は小さな会社のようなものであり、戸主は社長である。戸主は家族の冠婚葬祭や人生設計に絶大な権限を持つかわりに、家族を食べさせる責任を負う。

十代で家族を背負うことになった夏は、学校を辞めて婿《むこ》を取れと、親類縁者からたびたびせっつかれた。とりわけ母は、師範学校の寄宿舎にまで面会に訪れて、なぜお前はそう可愛げがないと愚痴を連ねた。やはり学問などをさせたのがいけなかった、お父様が甘やかすから、とまで言われて、夏は決心した。決して婿など取らぬ、学校も辞めぬ、この人の望みどおりになど生きてやらぬ、と。

家族を背負うのもやめるつもりである。幸い、父がささやかな蓄《たくわ》えを残してくれたので、実家の暮らしは内職でもすれば当面困らない。卒業までに妹に婿を取らせて、戸主権を相続させよう。私は分籍して独り立ちしよう。分籍すれば士族の身分を失うが、母の虚栄心の源である士籍など、整備されはじめたばかりの西洋式下水道に流しても惜しくはなかった。

三

むろん夏は、見ず知らずの俥夫にそんな身の上を話しはしなかった。

しかし俥夫のほうでは、拳を握りしめて睨みつける夏の剣幕に、何か感じるものがあったようだ。小馬鹿にした表情を改めて、「誰にでも苦労はあるみたいだな」と苦笑していた。

「おい、久蔵」

仲間らしい中年の俥夫が、青年に声を掛けた。なぜか声を潜《ひそ》めている。青年の名がキユウゾウということを夏は知った。

久蔵は「わかってるよ」と、あまり声も潜めずに答えた。

「それじゃお嬢さん、俺は野暮用《やぼよう》があるんで、そろそろ戻りな。別品《べつぴん》がお迎えに来てるぜ」

夏が振り返ると、「別品」の学友のすらりとした立ち姿があった。

「なっちゃん、どこにもいないから心配したわ。勝手に学校の外に出たら駄目じゃないの」

子供を諭《さと》すような言い方が気に喰わないが、とりあえず「ごめんなさい」と謝っておく。

咲の怪訝《けげん》そうな視線が久蔵に向けられていた。しまった、と夏は思う。なりゆきとはいえ、はしたなくも往来で若い男と二人で話しているところを見られてしまった。

「さっちゃん、違うの。この人が失礼なことを言ったから」

「何も言ってないわ、私」

「そ、そうね、勘違いしないでね」

「だから何も言ってないのに」

基督《キリスト》信徒である咲には、「男女七歳にして席を同じうせず」などという儒教的な道徳律はないのだろうか。

「そのお嬢さんの言うとおりだ。たいした話はしてねえよ」

久蔵が割り込んでくる。夏は腹を立てて振り返った。

「ですから、お嬢さんはやめてください」

「と、こういう話を延々とやってただけさ。わかってくれたかい？」

久蔵の人を喰った顔に、夏は絶句し、咲は苦笑した。

「よくわかりました。お嬢さんにお会いになりたければ、ここではなく華族女学校に行かれたほうがいいですね」

「あんたは毛並みが良さそうに見えるがね？」

「そんなことはありません。横浜の西洋家具店の娘です。平民ですよ」

久蔵の目に、はっきりと驚きの光が見えた。咲の顔から足の先まで、二往復ほど視線を上下させる。育ちの良さそうな咲が平民であることが意外だったのだろうか。そうではなかった。

「……あんた、もしかして元町《もとまち》の野原商店の娘か」

今度は咲と夏が驚く番だった。

「そうです、野原咲です。どうしてご存知なんですか？」

「どうしてって……昔住んでたからな、横浜に」

「まあ、ご同郷なのですね」

「同郷、そうだな。しかし驚いたな、世の中せまいもんだ――」

久蔵は遠くを見るような目をした。

夏にはそれほど驚くべきこととは思えない。横浜出身者など、東京にはいくらでもいるだろう。ただ、咲は同郷者に会えて本当に嬉しそうだった。

「もしかして、横浜でお会いしたことがありますか？」

「む、なんでだ？」

「横浜には、ほかにも西洋家具店が何軒もあります。どうして野原商店とおわかりになったのかと思って」

青年が答えるまでに間があった。やがて、にやりと笑う。

「野原商店の娘が別品《べっぴん》だってのは有名さ」

夏は不自然なものを感じた。今、この人は嘘をついたのではないか。つい長話をしているが、この男は何なのだ。あまり、さっちゃんを近づけないほうがいいのではないか。だが、咲は疑うふうもなく「あらお恥ずかしい、オホホホ」などと笑っている。否定しないのはたいしたものだ。

「おい久蔵」

先刻とは違う中年俥夫が、今度は強めに呼びかけた。久蔵は「ああ」とうるさげに返事をして、咲たちに向きなおった。

「それじゃ、お嬢さんたちは校内《なか》に戻りな。無学な俥引《くるまひ》きなんぞと話してたら、あんたたちまで馬鹿になるぜ」

性懲《しょうこ》りもなくお嬢さんと呼ばれたが、夏はもう構わなかった。とにかく、この男とは関わらないほうがいい。

咲を促して戻ろうとすると、その背中に久蔵の声が飛んできた。

「お嬢さんたち、今日は校舎の中にいろよ」

その声がこれまでになく真剣だったので、二人は思わず振り返った。だが、振り返ったときには、久蔵はまた人を喰った表情に戻っている。

「風邪引くからな」

ことさらに子供に言い聞かせるような声音であった。

やはり何かおかしい。夏は咲の腕を引いて、足早に校内に向かった。

「あの人、キュウゾウって呼ばれてたわ。何か覚えてない？」

咲は顔をしかめて記憶を辿《たど》ったが、すぐに頭を振った。

「覚えてない、と思う」

「なにそれ」

「覚えてないけれど、少し懐かしい感じがしたの。同郷だからかな」

「会ったことあるんじゃないの？」

「そうかしら。わからない」

振り返ると、久蔵と呼ばれた青年俥夫は、立ち上がって二人を見送っていた。丸めた本を振ってみせている。

「ああいう容姿《かお》の人、横浜ではよく見かけるから」

咲がぽつりと言った。

四

福永《ふくなが》男爵は不機嫌の極《きわみ》にあった。

講堂に用意された椅子に座り、三本目の葉巻をくわえる。喫煙所など知ったことではなかった。従者が急いでマッチを擦《す》るが、なかなか火がつかない。その手際の悪さにも苛立つ。ようやく葉巻に火がともされたのを確認して、福永男爵は改めて不機嫌の原因を思い返した。

西洋の舞踏《ダンス》とやらをせっかく習ってはみたものの、小娘どもは自分が近寄るとさっと逃げていく。先刻など、ようやく女高師の生徒に声をかけたと思ったら、無礼にも誘いを拒絶された。古き良き時代を思わせる古風な顔立ちが気に入ったのだが、やはり女に学問などをさせるものではない。知恵をつけて従順さを失わせるだけだ。

そもそも、なぜ自分があの森有礼とかいう西洋かぶれの若造の舞踏会に出なければならないのか。蓄妾《ちくしょう》（妾《めかけ》を養うこと）を廃止すべしだの、男女は同権たるべしだのと、あの男は女を甘やかすことばかり考えている。生家にては父に従い、嫁しては夫に従い、夫死すれば子に従う。この三従の教えこそが婦女の道であり、我が国の美風である。西洋の猿真似などもってのほか。あの若造、昨年は伊勢神宮の本殿に土足であがり、御簾《みす》をステッキで持ち上げたという。皇室のご聖殿に対し、なんたる不敬。森有礼ではなく森無礼だ！

福永男爵は思わず頬をゆるめた。秀逸な洒落ではないか。もっとも、同じ駄洒落《だじゃれ》を思いついた人は世に数多かったのだが。

福永男爵はゆるんだ頬と気を引きしめ、森有礼の悪口を考える作業に戻った。

あの芋侍《いもざむらい》、撤回はしたものの、英語を公用語にせよだのと世迷《よま》い言《ごと》を抜かしおった。

耶蘇《ヤソ》教の信者だという噂もある。あんな男を文教の府の長にしたのが間違いなのだ。そう、やはり文部大臣には私が就任するべきだったのだ。薩長出身ではないばかりに冷遇されているが、代々続く儒道の大家であり、藩主の侍講《じこう》も務めたこの福永清純《せいじゅん》こそが、我が国の文教を導くにふさわしい！

結論を出したところで、福永男爵は口いっぱいに吸い込んだ葉巻の煙を吐き出した。顔中が紫煙に包まれる。

「帰るぞ！」

男爵が立ち上がると、従者が慌てて男爵夫人を呼びにいった。

この頃は妻との仲も冷えきっている。あの女、近頃は妾《めかけ》との同居に不満そうな顔を露骨に見せるようになった。かつては貞淑で従順だったが、男女同権などという軽薄な風潮にあてられたらしい。娘と同じ年頃の妾なのだから、娘がもう一人できたと思って慈《いつく》しめばよいではないか。まったく情の薄い女である。私の寛大さに甘えるのも大概にすべきであろう。

福永男爵はいらだちと一緒に再び紫煙を吐き出した。通りすがりに植木鉢があったので、ほとんど消費していない葉巻をねじ込んでいく。

わずかに消え残った葉巻の煙が、コスモスの薄紅の花弁をなぶっていた。

「よかった。あの人、帰ったわ」

福永男爵が馬車で校門を出ていくのを、夏は安堵とともに見届けた。講堂に戻りたくないので、前庭のベンチに座っていたのだ。

「それじゃ、戻りましょうよ。もう暗いし、寒いわ」

夏に付き合っていた咲が、腕をさすりながら言う。

日はすっかり暮れて、前庭は瓦斯《ガス》灯の炎に照らされていた。この頃の瓦斯灯は白熱式ではなく裸火なので、提灯《ちょうちん》よりはましな程度の光量しかない。橙色《だいだい》の炎は、どうにか二人が互いの顔を見分けられる程度にしか働いていなかった。

「それにお腹もすいたわ。私、何も食べてないのよ」

「そういえば私も。何か残ってるかな」

「キンちゃんがぜんぶ食べてしまったかも」

咲が真面目くさった顔で言った。真面目な顔で冗談を飛ばすのがこの人の妙な癖だと、夏は思った。

二人が去った後も、前庭は招待客の出入りでざわついていた。一台の無人の俥《くるま》が校門をくぐっても、注意を払う者はいない。俥の前後には一人ずつ、露払いのように俥夫仲間が従っていた。

俥を引いているのは、ひときわ背の高い巻き毛の男である。半纏の背中には「仁」の文字があった。前庭の俥の並びに自分の俥を停めると、男は藁《わら》を敷き詰めた座席から人の頭ほどの大きさの風呂敷包みを取り出した。

そうして彼らは、瓦斯灯の光の届かない闇の中に消えていった。

五

二人が講堂に戻ってみると、まだ十分に料理が残っていた。とりあえず「サンドウィチ」を手に取り、空腹を応急処置する。

「なっちゃん、見て。みねちゃんが男の人と踊ってるわ」

「さっき声を掛けてきた男子部の人よ。みねちゃんにずっとご執心だったみたい」

岡山出身と言っていた男子部の生徒だ。二人ともあまり巧くはないが、互いに恥じらって踊る様子が微笑ましい。

「あれが文明人の男女交際というものかしらね」

舞踏会で知り合って懇意になるなど、西洋の流儀そのものであった。

「キンちゃんはどこだろう？」

夏は先ほどから周囲を見回しているのだが、姿が見えない。

曲が終わり、踊っていた男女が礼をする。講堂が拍手に包まれた。拍手という習慣も文明開化によってもたらされたものだ。

みねが咲と夏を見つけ、頬を上気させて戻ってきた。

「みねちゃん、あの人と一緒にいてもいいのよ？」

咲が優しく微笑むと、みねは頭を振った。

「あまり急にお近づきになると、なんだか怖くなりますから」

みねらしい慎ましさだった。こんなに幸せそうなみねの顔を見るのは、咲も夏も初めてかもしれない。

「みねちゃん、キンちゃんがどこにいるか知らない？」

「あら、咲さんと夏さんを探しに行ったんですよ？」

入れ違いになったらしい。

「だったら戻ってくるよ。子供じゃないんだから、放っとこう」

夏が素っ気なく言うと、「そうね」と咲もうなずく。薄情なものだが、要領の良いキンをそれなりに信用してのことである。

捨松《すてまつ》夫人と大柄な西洋婦人が、咲たちのほうに歩いてきた。飲み物を取りに来たのだ。捨松は咲たちに微笑を送ってくれた。西洋婦人も愛嬌のある視線を向ける。二人は両手にグラスを持って、戻っていった。

咲と夏は、見るともなくその二人の背中を見送っていた。捨松と西洋婦人は、植木鉢の薄紅色のコスモスを見ながら、何か談笑している。

みねが二人の先輩の袖を引く。

「キンちゃんが戻ってきましたよ」

さぞや怒っているだろうと思いきや、キンはこれまでに見たことのない表情をしていた。顔面蒼白になっているのだ。

「どうしたのキンちゃん？」

夏と咲が驚いて尋ねると、キンは頭を横に振った。つばを飲み込んで、普段の大声からは想像できない弱々しい声を出す。

「咲さま、夏さま、カバサンって……」

「カバサン？」

「咲さまたちを探して藤棚に行ったら、カバサンの二の舞いは御免だって、男の人の声が……」

まるで要領を得ない。

「キンちゃん、落ち着きな。何があったの？」

夏が叱りつけると、キンは突然しゃくりあげ、震えだした。

「ひゃ、はゃぐぅ、んげ、げ、逃げないと、みんな……！」

夏の皮膚《ひふ》が粟立《あわだ》った。早く逃げろと言っているのだ。只事《ただごと》ではなかった。

咲と夏が顔を見合わせた、その瞬間。

落雷のような轟音《ごうおん》が外から聞こえた。

講堂の壁が鳴り、床が震える。天井のシャンデリアの炎が小刻みに揺れた。

講堂は悲鳴と怒号で騒然となった。なんだ今の音は！　外だ、何か爆発した！　爆裂

弾か⁉

そんな声に混じって、「ご婦人方をお守りせよ！」という声が聞こえる。森有礼だ。だが、文部大臣の声は人々の耳にほとんど届いていないようだ。

そのとき、ガラスの砕ける音が一瞬の沈黙を呼んだ。講堂に窓はない。飲み物のグラスが落ちて割れた音だった。

続いて、破裂音。今度は室内だ。

「ステマッ！」

英語の発音の声が講堂に響き渡る。

コスモスの植木鉢から、薄い煙が立ち上っていた。

もう一度、破裂音。コスモスの薄紅色の花弁が二、三片、床に落ちる。植木鉢で何かが爆発しているのだ。

そのすぐそばには、大山捨松夫人がいた。西洋婦人が捨松を引きずるようにコスモスから引き離そうとしている。捨松夫人は脚がすくんで動けないようだ。

「捨松さん！」

森有礼が駆け寄り、西洋婦人とともに捨松を避難させようとする。

――何が起きているのだ。

夏はこの非現実的な光景の前に、なすすべもなく立ち尽くしていた。みねも、キンも同様だった。

そのとき、夏の横を突風が吹き抜けた。

「――さっちゃん！」

左手でスカートの裾を持ち上げ、右手で水差しを抱え、猛然と駆けていく咲の背中だった。

「さっちゃん、駄目、危ない！」

叫んだつもりが、声にならない。

咲はコスモスめがけて駆けていく。

「君――！」

文部大臣の声を、咲は一顧《いっこ》だにしない。

コスモスに辿りつくが早いか、水差しの水をぶちまけた。

破裂がひとまずおさまる。だが、まだ火がくすぶっているかもしれない。

咲は水差しを豪快に投げ捨て、植木鉢を小脇に抱えた。

「道を空けて！」

走る。人の群れを両断しながら咲は駆けた。

演壇の下に到達する。誰もいない場所はここしかない。咲は全体重をこめて植木鉢を演壇上に放り投げた。

「離れて！」

くすぶった火が残りの火薬に引火するかもしれない。あるいは、衝撃で爆発する型の爆裂弾が仕込まれているかもしれない。咲が呼びかけるまでもなく、皆、すでに遠ざかっていた。

咲自身はその場に残り、演壇の下に伏せた。段差に体を押しつける。膝ほどの高さしかないが、こうすれば、爆風は背中の上を通り過ぎてくれるはずだ。咄嗟《とっさ》の判断だった。

「伏せろ！」

その声は山川浩校長のものだった。百戦錬磨の武人だけに、その声には人々を従わせる力があった。講堂にいる人々が姿勢を低くする。ただ二人、夏とみねをのぞいて。

咲は耳をふさぎ、固く目を閉じ、顔を伏せた。

同時に、放物線を描いた植木鉢が、演壇の奥の壁に衝突する。

鉢が割れ砕け、黒い土と、緑の葉と、薄紅の花弁が舞い散った。

咲の背中に、豆粒ほどの土塊《つちくれ》がいくつか転がり落ちてきた。

だが、それだけだった。

夏は棒立ちのまま、蒼白な顔で学友を見つめていた。そのとなりで、やはり蒼白な顔のみねがつぶやく。

「……鳴らない」

キンは床に伏せ、二人のスカートを引っ張っていた。姿勢を低くさせようとしているのだ。だが、状況が飲み込めてきて、涙と鼻水で汚れた顔を上げた。

コスモスの植木鉢は、もう爆発しなかった。

第三章　そこにあるはずのもの

一

咲の周囲に人が集まってきた。

演壇にもたれて座り込んだ咲に、山川校長が声を掛ける。

「君、なんて無茶なことを……大事ないか」

「だ、大事ないです」

咲はさすがに動悸《どうき》がおさまらない。全身から汗が噴き出していた。

森有礼が人垣を割って入ってきた。

「君はなんという……私の考えも及ばぬ、見事な女子だ」

咲は文部大臣に問いかけた。

「捨松さまはご無事ですか？」

「友人の方々が落ち着かせている。心配はいらない」

咲が聞きたいのは、お腹の子は大丈夫かということだった。だが、それについては何とも言えないと、森の表情が語っていた。

森を半ばおしのけるようにして、今度は学友の顔が正面に現れた。

「なっちゃん――」

夏の後ろには、みねとキンもいる。咲の表情が安心感にゆるむ。

逆に、夏の表情はこわばっていた。唇をかたく結び、眉間《みけん》に深いしわを寄せ、目が血走っている。

夏の手が咲の頬に添えられた。冷たい手だった。きっと心配させてしまったのだろう。

「なっちゃん、ごめんね、心配――」

言い終わる前に、頬を強くひっぱられた。

「い、痛い！　なっひゃん、いらい！」

「なに考えてんの、馬鹿！　死んだらどうすんの、この大馬鹿！」

みねとキンが、あわてて夏の腕を両側から抱える。引きはがされつつも、夏は「くたばっちめえ、ばっきゃろう！」と江戸っ子丸出しの罵声《ばせい》をぶつけ続けた。

文部大臣が座りこんだままの勇者に微笑んだ。

「良い学友を持っているようだね」

「普段はあんなに乱暴な子じゃないんですけれど……」

頬の痛みで涙目になりながら、咲はなんとか微笑み返した。

「立てるか」

「恐れ入ります」

文部大臣が差し出した手に助けられ、咲は立ち上がった。

「——火事だ！」

講堂の入口から大声が聞こえた。

再び緊張が走る。先刻、最初の爆発音は外からだった。講堂を震わす轟音からして、そちらのほうがはるかに強力だったはずだ。

「どこだ！」

山川校長が鋭く問う。軍人校長らしく、非常時にも冷静である。

「校庭の藤棚です！」

藤棚は女高師の名物であった。今は花の季節ではないが、生徒たちのささやかな憩《いこ》いの場所である。火災の規模によっては、校舎に延焼する危険があった。

「師範男子部の生徒は手を挙げよ！」

校長の声に、詰襟姿の若者の手が即座に、何十本と挙がった。

「急ぎ消火に努めよ。指揮は各級の級長に任せる。水は藤棚のそばの池から調達せよ。駆け足！」

男子部の生徒は姿勢を正して指示に応えた。素早く、妙に統率のとれた動きで講堂を出て行く。

まるで兵士のようだ、と咲は思った。男子部は生活全般を軍隊のような厳しい統率下に置かれている。寄宿舎の舎監が退役軍人なのだ。兵式体操という授業があり、さらに修学旅行や運動会と呼ばれる軍事訓練のような行事も行われていた。

「さすが山川将軍、見事なものです」

森有礼が校長を讃《たた》える。男子の師範学校の寄宿舎に兵営のような規律を導入したのは、この文部大臣である。軍人の山川浩を高等師範学校の校長に据えたのも、その一環であった。

森有礼は講堂の人々に向きなおった。

「Ladies and gentlemen」

流暢《りゅうちょう》な英語で呼びかける。

「どうも今夜は、少し騒々しいようですね」

控えめすぎる表現で状況をまとめてみせる。

「ですが、どうかご安心ください。すでに警察に連絡しております。まもなく薩摩の芋《いも》侍《ざむらい》どもがオイコラと押し寄せてくることでしょう」

講堂に笑いの波が起こった。警視庁の警察官に旧薩摩藩出身者が多いのは、周知の事実である。そして、森有礼自身も薩摩人なのだ。

「みなさんの御身《おんみ》の安全には私が責任を持ちます。安全が確認できるまで、会場の外には出ないでください。ああそれから、植木鉢にも近寄らないほうがいいですね。あくまで念のため、念のためです」

森は社交的な笑みを絶やさなかった。文部省に入る前は外交官だった男である。洗練された振舞いはお手のものであった。

「警察が来るまでの間、どうかごゆるりと、おくつろぎください。お騒がせしたお詫《わ》びに、一曲、舞踏《ダンス》をご披露しましょう。舞踏会の礼法《マナー》には反しますが、我が妻、寛子《ひろこ》と踊らせてください」

森が手を差しのべた先から、寛子夫人が現れた。森の後妻である。

森有礼には常子《つねこ》という先妻がいた。本邦最初の契約結婚と新聞でも話題になったものだが、いかなる理由によってか、離縁している。寛子とはお互いに再婚であった。

森は楽隊に「ミニュエットを」と指示した。

落ち着いた旋律が流れてくると、森は妻と組み合って優雅に体を揺らしはじめた。

咲は、会場の空気が落ち着きを取り戻すのを肌で感じていた。そして、森有礼という男の凄みも。

二

夏は講堂を出て、前庭にいた。

男子部の生徒が騒々しく消火に駆け回っている。火災現場の藤棚は校舎の反対側なので、ここからは様子がわからない。

隣の寄宿舎からは、山川二葉の鋭い声が響いている。生徒たちが外に出るのを制止しているようだ。

「夏さま、どうしてそんなに怒ってるんですか？　咲さまは正しいことをしたんですから……」

キンはまだ混乱しているようだ。その証拠に女学生言葉が出てこない。キンが女学生言葉を使うのは、余裕のあるときだけである。

「……私、咲さんが心配だから戻ります」

みねがおずおずと告げる。わあ逃げた、と啞然とするキンを尻目に、足早に講堂に戻ってしまった。

夏は息を大きく吐き出し、心を鎮《しず》めた。生意気な後輩といえど、いらついた先輩と二人きりでは気の毒だ。冷たい夜気も気分を落ち着かせてくれた。

「キンちゃん、火事の様子を見にいこうか」

「ええっ、危ないですよ、やめましょうよ、怖いですよ」

普段は野次馬根性の旺盛な後輩が、ずいぶん嫌がるものだ。

「離れて見てれば大丈夫だよ」

「そうじゃなくって、きっとまだ犯人が近くにいますよ！」

迂闊《うかつ》にも、はじめて夏は気付いた。そうだ、爆裂弾による火災なら、当然それを仕掛けた犯人がいるはずなのだ。興奮状態が続いて、状況をまるで把握できていなかった。

しかもつい先刻、キンはその犯人らしき者に接触したようなことを口走っていなかったか。あの怯えようは只事ではなかった。

「キンちゃん、あなた何を見たの？」

「見たというか、暗くて全然わからなくって、何がなんだか――」

校門から馬蹄《ばてい》の音が轟《とどろ》いてきた。

「警察だわ」

近くの警察署から駆けつけてきたのだろう。とりあえず五騎ほどだが、まだ応援が来そうであった。各々下馬して歩いてくる。

山川校長が講堂から出てきて、警官隊を迎えた。

「ご苦労」

「山川将軍ごあんそかい、ご苦労さまです《おやっとさあごあんそ》」

この警官隊の中では上司にあたるであろう、中年の警察官が挨拶した。薩摩訛りを隠そうともしない。やはり山川校長は、世間的には軍人としての名のほうがはるかに通っているようだ。西郷の乱では警視庁の抜刀隊と共に戦ったから、戦友意識もあるのだろう。

「爆発があったのは校舎の裏だ。まだ暴徒が潜んでいるかもしれん、用心してくれ」

さすがに山川校長は状況を的確に把握していた。

「火事はうちの生徒に消火させている。招待客は講堂に集めてある。君たちはひとまず表門と裏門を固めて、怪しい人間の出入りを見張ってもらいたい。私は火事の様子を見にいく」

「はっ」

おそらく山川校長に警察に命令する権限はないであろうが、警察官は素直に指示に従っていた。

夏は火事場に赴こうとする校長に声を掛けた。

「校長、私たちも一緒に行かせてください」

「オイコラ、主《ぬし》ゃ何《な》を言《ゆ》ちょっとか。中《な》け入っちょれ」

夏は横入りしてきた警察官を無視した。あなたには言ってないし、オイコラなどと言われる筋合いもない。

「彼の言うとおりだ、中に入っていなさい。危険だ」

「この子、爆裂弾を仕掛けた犯人を見てるんです」

「えっ、私⁉」

まさか自分をダシに使われるとは思わなかったキンである。

「君、本当に見たのか」

山川校長が真剣に、キンに問う。

「見たというか……」

「顔を見たか」

「見えませんでした。暗かったので」

「男か、女か」

「男の人です。三人だったと思います」

複数犯ということか。爆裂弾を用意するぐらいだから、何らかの組織である可能性もある。キンの証言は、話を振った夏自身が驚くほど重要なものだった。

「身なりは？」

「それもよくわかりません。ただ、洋装ではなかったと思います」

「ほかには？」

「一人は、影がすごく大きかったんです」

「影――？」

「あ、わかりにくいですよね。ええと、つまり――」

校長はここで一旦、問答を打ち切った。

「わかった、とりあえずついてきなさい。どんな状況だったのか、歩きながら聞かせてもらおう」

キンはまだ気が進まない様子だったが、校長の指示には逆らえなかった。

夏がふと校門のほうを見ると、すでに野次馬がたかっていた。その一番後ろに、ひときわ背の高い男がいた。夏の視力では顔は見えないが、その背丈と巻き毛らしい輪郭でだいたいわかる。

「あの人、まだいたのね」

俥夫《しやふ》の久蔵であった。

三

キンが「暴徒」を見かけたのは、二人の先輩を探しにいったときだ。すでに夜の帳《とばり》が下りた時間帯であった。寄宿舎に帰っていないことを確認し、玄関を出ようとしたとき、校舎裏の藤棚の下を、豆粒のような小さな光がうごめいているのが見えた。

「蛍《ほたる》……？」

夏の季節には、御茶ノ水の渓谷を無数の蛍が舞って人々を楽しませる。舎監の「フタ婆《ばあ》」こと二葉先生のはからいで、寄宿舎の生徒たちで蛍狩りを楽しんだこともある。

だが、今は十月の初旬である。さすがに蛍の季節ではない。

好奇心旺盛なキンは、藤棚に近づいてみた。この時間になると、そこはほとんど暗闇である。藤棚の向こうには附属幼稚園の園舎があるのだが、寄宿舎制の女高師と違い、そちらは夜になると無人になる。本郷通りの灯りが遠くに見えるだけだ。

キンを背後から照らす寄宿舎の灯りが、長い影をつくっていた。キンは自分の影がだんだん薄くなることに不安を覚えながらも、「蛍」に近づいていった。

ゆらゆら揺れるように飛んでいた「蛍」が、ひゅっと藤棚の上に消えた。

「点《つ》いてるか」

「ちょっと弱いな」

声が聞こえた。中年の男の声だ。

マッチを擦る音とともに、小さな炎が藤棚の上に現れた。炎の中に、二人の男の目元だけが浮かび上がった。黒っぽい服を着て、黒い頭巾で顔を隠しているのだ。

「用心しろよ」

「ああ、カバサンの二の舞いにはなりたくねえからな」

カバサンとはなんだろう。否、それ以前に、この男たちは何者だ。こんなところで何をしているのだ。

「蛍」がふたたび藤棚の下に落ちてきた。しかし地面には落ちず、宙で跳《は》ねまわっている。

あれは蛍ではない、火種だ。ぶらさがった導火線の先に火が点いているのだ。そう気付いて、キンは危うく声をあげそうになった。花火か爆竹か、何らかの爆発物を仕掛けているのだ。それと同時に、キンの脳裏で、先ほどの「カバサン」という語に「加波山」という字があてられた。先輩の「夏さま」には勉強が足りないと説教されるキンも、女高師生徒の端くれである。社会の動向への感受性は強いし、時事的な知識はひととおり身に付けている。

——あれは爆裂弾だ。

四年前、茨城県の加波山で民権派の激化事件が起きた。暴徒たちは政府高官を爆裂弾で暗殺する計画を立てていたが、製造中の爆裂弾が暴発し、製造者自身が負傷して病院に運ばれたことで発覚した。

キンの全身に鳥肌が立った。早く、咲さまや夏さまに知らせなければ。いや、まず先生たちに知らせるのだ。

キンが慎重に体の向きを変えようとしたとき、周囲が暗くなった。同時に、キンの口が大きな手でふさがれた。

「……………！」

「騒ぐな」

男の声。藤棚の上の男たちと違い、若い声だ。

「動くなよ」

男のもう片方の手が、キンの目元に迫ってきた。目隠しをされる直前の一瞬、キンの目に大きな影がうつった。地面にのびた影だ。先ほどまでは自分の影だったが、今は男の大きな影がかぶさっている。背後にいるのは、かなり背の高い男のようだ。

おそらく一分程度だったはずだが、キンにとっては長い長い時間が過ぎた後、男たちが藤棚の上から飛び降りた。正確には、その音が聞こえた。

キンは目と口をふさがれたまま、体の向きを百八十度変えられた。

「振り向くな。ゆっくり歩いて戻れ」

目と口が自由になるや、軽く背中を突き飛ばされた。もとより、恐ろしくて男たちの顔を見る気にはなれない。

「ゆっくりだ。時間はある」

爆発までの――ということだろう。

震える脚で数歩を進んだとき、また同じ声が背中に飛んできた。

「校舎の中にいろよ」

どういう意味だろう。校舎の中なら安全だと教えてくれているような気がした。なぜそんなことを教える必要があるのだ？

もっとも、そんな疑問をつきつめる余裕などない。一刻も早くこの場から離れたい。だが、ゆっくり歩けと言われている。彼らが逃げ出すための時間稼ぎであろうが、律儀に守るしかない。

校舎の陰に入った。もう彼らからは見えないはずだ。キンは一息ついた。歩を速める。恐る恐る振り返る。ついてきていない。涙は出ないのに、何度もしゃくりあげてしまう。

キンは駆け足になり、講堂に戻った。

……そして今、広大な藤棚の一角が崩れ落ち、炎上している様子をキンは見ている。

やはり爆裂弾だったのだ。

山川校長の表情は苦々しい。

男子部の生徒が桶《おけ》をリレーして藤棚に水をかけていた。

先輩の駒井夏は、怒ったような表情を炎に浮き上がらせていた。

四

講堂にはミニュエットが流れつづけている。森有礼夫妻だけでなく、他の参加者も何組か、踊りに加わっていた。

演壇上には砕けた植木鉢とその中身がぶちまけられたままだ。その周囲を、警察官と文部省の官員たちが取り囲んでいる。

「爆発したのはこれですな」

警察官が土まみれの床からつまみ上げたのは、円筒の束だった。一本が子供の小指ほどの大きさである。何本かは爆発したはずだが、まだ五本以上は残っていた。

「それは、爆竹ではないか？」

「まあ、ダイナマイトには見えませんな」

官員の問いに、警察官が人を喰った返答をする。

「ほかに爆裂弾らしきものは見当たりません。外で爆発したものに比べれば、玩具みたいなもの——否、玩具そのものですな」

文部省の官員たちが青ざめる。屋外で爆裂弾、屋内で爆竹。逆であったら多数の人命が奪われたはずだ。これを仕掛けた者たちがあえてそうしなかったのは、自分たちの力を誇示するためか。いつでもお前たちの懐に入りこみ、殺戮《さつりく》する用意はできている、と。

「ふざけおって……！」

嘲弄《ちょうろう》されたのである。これは暴徒からの宣戦布告なのだろうか。だとしたら、これで終わりではない。おそらく明日にでも、暴徒から何らかの声明が発せられるであろう。

「とりあえず、ここは片付けても構わぬか」

官員が問うと、警察官は「どうぞ」とあっさり答えた。この頃の刑事事件の捜査手法は、江戸の昔とそう変わらない。聞き込みをして怪しい人間を割り出し、しょっぴいて罪を白状させるのである。現場検証して物証を集め、それを分析するといった科学捜査の手法は、まだ確立されていなかった。

「待ってください。まだ片付けないでください」

彼らが振り返ると、背の高い美女と、おとなしそうな娘が立っていた。二人とも女高師の制服、つまり洋装である。

「誰かね、君は」

警察官の炯々《けいけい》とした視線をまっすぐ受け止めて、咲は答えた。

「高等師範学科三年の野原咲です。気になることがあるので、私にその土を調べさせてください」

「ほう？」

警察官は軽く嘲《あざけ》るような表情を見せた。

「この娘は、この爆裂弾――否、爆竹から我々を救ってくれたのだ」

周囲の官員が助け舟をだす。

「そうです、その植木鉢を壊したのは私です。ですから、片付けるなら私がやります」

表情はいたって真面目なので、冗談なのか本気なのか判別しがたい。警察官はふっと鼻を鳴らした。

「さすが女高師の生徒は口が達者だな。よろしい、存分に調べるといい」

警察官は輪の中に咲とみねを招き入れた。

「何を調べるつもりかね」

警察官が問う。文部省の官員たちも、咲を注視していた。

「私は、この爆竹が破裂するまでずっと見ていたんです。捨松さまがご友人の方とこのコスモスをごらんになっているのを、遠くから見ていましたから」

「それで？」

「誰も触れていないのに破裂しました。何か仕掛けがあるはずです」

警察官は顎に手をあてた。

「それは、導火線を長くとっておけば済むことではないかね？」

「舞踏会に来てすぐ、近くでこの鉢を見ました。そんなに長い導火線があれば気付いたはずです」

爆竹の本体は、土に差し込んで軽く土をかぶせていたのだろう。だが、導火線は土の上に出ていたはずだ。燃焼には酸素が必要だし、細い導火線が土に触れれば、水分と低温で火が消えてしまうだろう。

「何か仕掛けがあります、きっと」

床には、土と、植木鉢の破片と、コスモスがぶちまけられている。咲はそれをひととおり眺め渡した。膝に手をついて、低い姿勢でもう一度よく見る。

今度はしゃがみこんで、手袋をぬいだ。手袋をポケットにしまい、ハンカチーフを取り出す。ハンカチーフを口にくわえ、土を撫ではじめた。窓を拭く要領で、右から左へ、少し下がって左から右へ。時折視線を上げるのは、視覚に頼らず、掌《てのひら》の感覚に集中するためである。山になっているところは崩して、平らにならしていった。

ハンカチーフをくわえているのは、集中すると口が開いてしまう癖があるためだ。これだけの人前でよだれを垂らしたら、さすがにみっともない。しっかり者の学友には、よく笑いながらその癖を注意される。

――なっちゃん、どうしてあんなに怒ったんだろう。

集中が途切れ、手が止まった。

「見つかったのか？」

警察官の声が降ってくる。慌てて咲は頭を振った。集中せねば。

やがて咲は深い集中に落ちていった。スカートの裾が土を引きずるのも気付かないほどに。

蒼白な顔で立っていたみねが、慌てて咲のスカートの裾を持ち上げた。咲がもごもごと何か言っている。礼を述べたのだろう。

咲の口からハンカチーフが落ちた。土の上から慌てて拾い上げる。土に汚れたハンカチーフはポケットにしまい、手袋を口にくわえた。スカートを持ち上げるみねの手は震えていた。

それから数十秒後、咲の手が止まった。土をひとつかみ掬《すく》い、掌の上で転がす。指をふるいにして、余分な土を落とす。

咲が身を起こし、歓喜の表情を浮かべた。「あった！」と言いたいのだろうが、手袋をくわえたままだ。みねが丁重に、咲の口から手袋を抜きとった。

「――ありました！」

警察官と文部省の官員が、咲の掌をのぞきこむ。

それは一見すると、大人の爪ぐらいの大きさの土塊《つちくれ》であった。だが、よく見ると繊維《せんい》があり、焦げ目がある。

「葉巻の吸い殻です」

人々の顔に合点の表情が浮かんだ。さすがに察しは良い。

「葉巻の残り火が、導火線か、あるいは爆竹に直接引火したんです。葉巻はゆっくり燃えますから、爆竹に引火するまで時間が稼げます」

「なるほどな……こんなに小さな吸い殻をよく見つけたものだな」

警察官の声には、当初の軽侮《けいぶ》も皮肉もなかった。

「あるはずと思って探したからです」

胸を張るでもなく、咲は応えた。

「誰がこんなことを……」

みねは蒼白な顔をしている。怖くて仕方がないのだろう。後輩をいたわるように、咲は肩を抱いてやった。

「そう、問題は誰がやったかだ」

「葉巻の銘柄を調べれば、ある程度絞りこめるでしょう。舞踏会の参加者のなかに、この葉巻を吸っている人がいるはずです」

「持ち主を特定すればそいつが犯人。そいつをしめあげれば共犯も芋《いも》づる式に出てきそうだな」

警察官の言葉は要を得ているが、咲にはひどく乱暴に聞こえる。釘《くぎ》をさしておく必要を感じた。

「この葉巻が、爆竹に引火させる目的で仕掛けられたとはかぎりません。単に捨てただけとも考えられます」

「そんなことがあり得るかね？」

「舞踏会の参加者の中には、正直に申し上げて、礼法《マナー》の悪い方もおられました。私は紙巻煙草の吸い殻を花瓶に落としている方を見ました。葉巻の吸い殻を植木鉢に捨てた方もいらしたかもしれません」

官員たちが苦笑する。たしかに、講堂の床には葉巻の灰や海老の殻があちこちに落ちていた。

「しかし、誰ぞが捨てた葉巻から引火したとすると、犯人の意図に反して破裂したことになるが？」

「違う時間に破裂させるつもりだったのかもしれません。あるいは、破裂させるつもりが本当になかったのかもしれません」

たとえば、犯行声明で爆竹の在処《ありか》を示し、捜索させる。爆竹が見つかれば、犯行声明は真に犯人からのものと証明される。すでに懐《ふところ》に迫っていたという脅威を与えれば、それでよいのだ。

「よくもまあ、『かもしれない』をそれだけ並べられるものだ」

「私が思いつくだけでも、いく通りもの見立てができるということです。ですから、どうか予断なく、慎重にお願いします」

「よくわかった。まあ、自分が見つけたブツのせいで他人があらぬ疑いをかけられては、寝覚《ねざ》めも悪かろうしな」

口は悪いが、咲の願いを受け入れたのであった。

周囲の輪を割って、別の警察官が現れた。薩摩訛りを隠そうともせず、頓狂《とんきょう》な声を上げる。

「藤田《ふじた》警部、ないごて、ここにおられるのですか《こけおいやっとごあんか》？」

「帰り道で爆発音が聞こえたから寄ってみただけだ。この娘のおかげで面白いものが見つかったぞ」

藤田警部と呼ばれた男は、咲を顎でしゃくってみせた。

第四章　藤棚の乙女たち

一

高等師範学校女子部（通称・女高師）講堂において文部大臣・森有礼《もりありのり》によって催された舞踏会が、爆裂弾による襲撃を受けた。

その事実はその夜のうちに東京府を駆けめぐった。翌日には電信に乗って概要が全国に届き、さらに、各国の公使館・領事館および商社の日本支店などを通して諸外国にも届いた。人と物と情報が、江戸の昔とは比べものにならない速さで動く時代である。

渦中の女高師の生徒たちは、事件の夜をまんじりともせず過ごした。希望する生徒は府内の保証人宅に緊急外泊を許された。寄宿舎に残った生徒たちは不安と恐怖に身を寄せ合い、明け方まで眠れなかった。

例外は野原咲で、当夜は初めこそ上級生らしく下級生を落ち着かせて回っていたが、自分の部屋に戻って椅子に腰掛けたかと思うと、三十秒後には寝息を立てていた。いくら起こそうとしても起きないので、同室のみねとキン、それに他室の生徒が協力して、女性としては大柄な先輩をようやく寝台《ベッド》に運んだのだった。同室の駒井夏は手伝おうとせず、廊下に放り出しておけと言ったそうである。

咲がそんな話を聞いたのは後刻のことで、日曜の朝はいつもどおりに目覚めた。ほとんどの生徒がまだ夢の中だったが、明け方まで眠れなかったのだから無理もない。

咲は身支度を整えると、外出許可をとって本郷の教会まで歩いていった。教会といっても、京都の同志社から来た宣教師が間借りで開いている日曜学校のようなものだ。女高師にも何人か、ここで洗礼を受けた生徒がいる。厳密には咲の教派とは異なるが、許可を得て礼拝に参加させてもらっていた。

礼拝を済ませ、「かねやす」という雑貨店で裁縫の糸を買うと、昼前に女高師に戻った。さすがに生徒たちは起床しているようで、ざわざわとした人の気配が感じられた。

寄宿舎に戻る前に、咲は爆裂弾に襲われた藤棚を見に行くことにした。火災は昨晩のうちに男子部の生徒が消し止めたはずである。

藤棚は校舎の裏手にあった。裏手といっても、同敷地内にある附属幼稚園から見れば表である。同じ敷地の南側に女高師と高等女学校、北側に附属幼稚園があるという配置であった。藤棚は、女高師・高女と幼稚園の領域を分けるように、敷地全体のほぼ中央の広大な空間に位置した。面積でいえば教室およそ四室分、講堂と同じぐらいの広さがある。

「ああ、こんなになって……」

生徒たちの憩いの場である藤棚の一角が、黒く焼け焦げ、崩れ落ちていた。広い藤棚の一部ではあるが、藤蔓《ふじづる》が支えを失って地面まで垂れさがり、無惨《むざん》にちぎれて地上に散らばる光景に胸が痛む。

規制線が張られているようなこともなかったので、咲は遠慮なく現場に足を踏み入れた。まだ焦げ臭い。消火に使った水で地面が泥だらけなので、スカートをつまんで持ち上げる。

藤棚に直径一・五メートルほどの穴が開いて、青空が見えている。どんな爆裂弾だったのだろうか。どれほどの火薬量でこれだけの破壊が可能なのだろうか。これが招待客でごった返す講堂内に仕掛けられていたら、どれほどの惨事になったことか――。

咲はそこを離れて、寄宿舎に戻ろうとした。そのとき、近くのベンチに座ってこちらを見ている女生徒に、はじめて気付いた。

「びっくりした。なっちゃん、いつからいたの？」

「ずっといたってえの。気付かないほうがびっくりだわ」

二

咲が歩み寄ってくる。

「座っていい？」

夏は黙って腰をずらし、咲の座る場所を空けた。咲が腰をおろすと、夏は努めて無表情に問いかけた。

「教会に行ってたの？」

「うん」

「よく続くね」

「続くもなにも、そういうものだから」

幼少期からの習慣なので、日曜に教会に行かないと落ち着かないという。

「さっきまで、警察が来てて大変だったよ。下級生の子たちがいろいろ訊《き》かれたみたい」

「どうして？」

「講堂の飾り付けをしたのは下級生でしょう。植木鉢に爆裂弾――じゃないか、爆竹を仕掛けた者がいるんじゃないかって、疑われてるみたい」

「みんなの様子はどう？」

「怯えてるよ、そりゃあね」

聴取の場には山川二葉が立ち会ってにらみを利かせていたので、それほどひどいことは言われなかったようだ。ただ、怖くて泣き出してしまう生徒もやはり続出した。

「かわいそうに……」

「学校が爆裂弾で襲われただけでも怖いのに、そのうえ犯人と疑われたらね。ひどいよね」

「みねちゃんは怖がり疲れたみたいで、意外と落ち着いてる」

「よかった。キンちゃんは？」

「あいつはね――」夏は顔をしかめた。「昨晩あんなに怖がってたのに、朝になったらケロリとしてた。警察にも調子に乗っていろいろ喋ったみたい。警察官が苦笑いしてたわ。今も寄宿舎でみんなを集めて、講談みたいに調子よく話してるよ」

「キンちゃんらしい」

咲が笑った。つられて夏も少し笑ったが、すぐに不機嫌な表情に戻す。まだ仲直りはしていない。

「そういえば昨日、警察に協力して何か見つけたらしいね。みんな噂してたわ」

「葉巻の吸い殻を見つけたの。そこから爆竹に火が点いたのね」

「お手柄」

「本で読んだことを真似してみただけよ。倫敦《ロンドン》の友達が送ってくれたんだけどね――」

倫敦に友人がいるという、咲の思わぬ人脈を夏は知ることになった。もっとも、咲は開港地・横浜の出身で西洋家具店の娘なのだから、西洋人との交流があっても不思議ではない。

「もしかして、部屋で読んでたスタディ何とかいう本？」

「〝A Study in Scarlet〟よ」

前年に英国で発表された、コナン・ドイルという医師兼作家の小説である。後年、『緋色の研究』の題で邦訳されるが、名探偵シャーロック・ホームズが初めて登場した作品として知られる。

「足跡とか埃《ほこり》とか、現場に遺《のこ》された小さな痕跡を調べて、そこで何が起きたかを読み取るの」

「ふうん。それで、ここでは何か見つかった？」

咲が頭を振った。足跡は消火の際に踏み荒らされているし、細かい遺留品など燃えてしまっているだろう。

夏は立ち上がり、爆発痕まで歩いた。咲もついてくる。

爆裂弾が空けた穴から、二人は青空を見上げた。うろこ雲が広がり、すっかり秋らしい空になっている。澄んだ陽光がまぶしい。

「どんな爆裂弾だったのかしら」

咲の疑問に、くしゃみを我慢しながら夏は答えた。

「警察が言うには、陶器の壺か木の箱に黒色火薬を詰めたものだろうって」

蒙古《もうこ》襲来の時代から使われているような、原始的な爆裂弾であった。火薬さえ手に入れば誰にでも作れるだろう。

夏は爆発痕の中心を指差した。

「ここで爆発したのよね」

「そうね」

「ドーンと爆発して、爆風が半球状に広がるよね」

「そうね」

「小さな物だったら、かなり離れたところまで飛び散るんじゃないかしら。ここを中心として、半径何十メートルかの範囲に」

「ああ——そうね！」

咲の声が弾んだ。

——こいつ、探す気か。

思いつきを軽々しく口にするものではない。夏は露骨に後悔の表情を見せたつもりだが、咲は気にした様子はなかった。

三

「このへんまで？」

「念のため、もう三歩後ろに下がって」

夏の足元に藤蔓《ふじづる》が落ちている。爆発で吹き飛ばされたものであろう。あまり範囲を広げてもきりがないので、藤蔓が最も遠く飛ばされた距離を基準にする。咲の指示どおり、夏はそこから三歩下がった。夏は糸巻を持ち、爆発痕の中心に立つ咲が糸の端を握っている。

夏と咲の距離は、およそ三十メートルである。その間に、女高師の生徒がおよそ二十人、等間隔に並んでいた。手すきの生徒をかき集めたのだ。全員が箒《ほうき》やハタキを持ち、四人に一人の割合で手に木桶をぶらさげていた。

「みんな、来てくれてありがとう。ここから私を中心にぐるりと一周してください。地面と藤棚の上をよく見て。藤の蔓と葉っぱ以外のものが見つかったら、何でもいいから桶に入れてね」

生徒たちがうなずく。みねとキンもその中にいる。みねは畏《かしこ》まった顔をしているが、キンはあからさまに面白がっていた。

「それじゃあ、なっちゃん、時計の針の方向にゆっくり進んで」

夏は糸巻を握ったまま、咲を回転軸としてゆっくり歩きだした。生徒たちは糸の位置を基準に進みながら、地面を観察する。軸の中心に近い生徒たちは藤棚の下にいるので、頭上の棚にも目をこらす。目視するだけでなく、箒《ほうき》やハタキでつついたり叩いたりして、何か落ちてこないか確認した。

夏は生徒の動きを見ながら、歩く速さを慎重に調節しなければならなかった。ときおり「ちょっと待って」という声が列の中からあがる。そんなときは歩みを一旦止めて、列が整うのを待つ。進むにつれて、陶器のかけらのような固いものを桶に投げこむ音が混じるようになった。糸が藤棚の柱にぶつかったときは、夏が柱を回りこんで修正する。中心に立っているだけの咲が一番楽をしているが、基督教《キリスト》には安息日というものがあり、日曜はあまり活動的なことをしたくないそうである。夏から見れば、咲は日曜日であろうと平日であろうと十分すぎるほど活動的なのだが、細かいことは言わぬことにした。

全員が藤棚の下に入りこむと、一歩進むごとに全員が箒やハタキで藤棚を叩きはじめた。なんとも珍妙な光景であった。

「いったい、あなたたちは何をしているのですか」

まったくだわ、と夏は心のなかで相槌《あいづち》を打った。直後、それが舎監の山川二葉の声であることに気付き、跳び上がる。

いつからそこにいたのか、「フタ婆《ばあ》」の厳格なたたずまいが夏の背後にあった。生徒たちは我知らず背筋を伸ばした。

二葉は少し咳《せ》きこみ、胸元をさすっている。首には手拭《てぬぐ》いが巻かれていた。昨夜からの無理がたたったのか、持病の喘息《ぜんそく》の症状が出ているようだ。

「すみません、私がみんなに頼みました」

咲が駆け寄ってきて答える。

「責めているわけではありませぬよ。何をしているのか説明なさい」

咲の説明は完璧だった。私たちの学校が狙われたこの事件、生徒として何もしないではいられません。犯人を突きとめようなどと自惚《うぬぼ》れてはいません。ただ、少しでも警察のお役に立ちたいと思い、手がかりになるものがないか、みんなで探しているのです——。

「わかりました。結構な心がけです」

二葉先生は感銘を受けた様子で、作業を続けることを許してくれた。先刻まで咲と夏が座っていたベンチに腰を下ろす。見物するつもりらしい。

やりづらい——とはさすがに言えず、生徒たちは作業に集中することにした。二葉の視線を極力意識しないように。

生徒の列が咲を中心に一周するまで、三十分ほどの時間がかかった。桶はそれなりに重くなっている。

生徒たちは物置から筵《むしろ》を出してきて、桶の中身をぶちまけた。二葉先生も興味があるらしく、筵を囲む輪に入ってきた。

筵の上にちりばめられたのは、石ころ、陶器のかけら、一銭銅貨、髪留め、紙くずなどであった。いつか生徒が藤棚に打ち上げたまま行方不明になったテニスボールまで出てきたのは、ご愛嬌である。

「咲さん、これが本当に手がかりになるの?」

「わからないわ。ひとつひとつ調べてみましょう」

まず、大きめの石ころ。これらは爆裂弾に仕込まれていたものかもしれない。破壊力を上げるための古典的な手法だが、そこに元々あった石と区別のしようがなかった。陶器のかけらも同様だが、こちらは爆裂弾の外殻そのものかもしれない。ひとつの桶にまとめて、必要があれば警察に提出できるようにしておく。

一銭銅貨は錆《さび》がひどいので、ずっとそこにあったものだろう。爆裂弾とは関係ないものとして、二葉先生が預かることになる。

髪留めも、ごくありふれたものである。これも生徒が落としたものだろう。

最後に、紙くず。指先ほどの大きさの、四枚の紙片であった。爆発と火災で焼け残ったらしく、縁が黒く焦げている。

最も期待が薄かったそれに、生徒の関心が集中した。

「これ、何か文字が書いてあるよね」

「書いてあるんじゃなくて、刷ってあるんだわ」

文字が印刷されていたのは、四枚のうち二枚。印刷されているのは片面だけ。残り二枚は白紙だったが、どちらもはっきりと折り目がついていた。

「袋とじの本の切れ端じゃないかしら」

咲が一片一片つまみあげ、一同に見せる。紙片はすべて紙質が同じなので、同じ本から千切れ飛んだ可能性が高い。

読み取れる文字は、「士禮《スレイ》」「㊇瓦《ワッ》」である。どちらも振り仮名がついている。

生徒たちが各々の記憶をたどる。この文字をどこかで見たような気がする。何だったろう？

「……『西國立志編《さいごくりっしへん》』じゃないでしょうか」

おずおずと回答したのは、みねであった。

生徒たちは正しく一秒間考えたあと、「それだわ！」と異口同音に叫んだ。

「これ、『西國立志編』の目次よ。みねちゃん、よく気付いたわね」

生徒たちが口々にほめたたえるので、みねは耳まで赤くした。

『西國立志編』は、サミュエル・スマイルズの著書"Self Help"の邦訳である。『自助論』の邦題でも知られ、西洋の成功者たちの逸話を集めた啓蒙《けいもう》書であった。当世の立身出世主義を象徴する一冊であり、福澤諭吉《ふくざわゆきち》の『學問のすゝめ』と並ぶ大部数を売り上げていた。

女高師の生徒のなかには、小学校で修身の教科書としてこれを読まされた者も多い。翻訳者の中村正直《なかむらまさなお》は、この学校が東京女子師範学校として開校したときの初代摂理《せつり》（校長）でもある。そんな縁もあり、『西國立志編』を読んだことのない生徒はこの場にいなかった。

「士禮《スレイ》」の文字は、「垤士禮立《ズスレイリ》」すなわち英国の元首相ディズレーリを指す。おそらく、目次の第一編三十一章「垤士禮立《ズスレイリ》失敗ニ遇《フ》テ志氣ヲ挫《クジカ》ザル事」の一部と思われた。同じく、「㊇瓦《ワツ》」は第二編八章、すなわち「㊇瓦徳《ワツト》蒸氣機器ヲ作《リ》シ事」の一部であろう。蒸気機関を飛躍的に発展させたジェームズ・ワットの逸話である。

『西國立志編』にはさまざまな版があるが、これは生徒たちにもなじみの深い明治四年七月新刻版と思われた。半紙を折って袋とじにした、いわゆる「半紙本」である。目次があることから、八分冊で出版されたうちの第一冊であることもわかった。

紙片の正体はわかったが、そうなると、新たな疑問が出てくる。

「どうしてこんなところに『西國立志編』があるのかしら？」

藤棚に元から置かれていたとも思えず、犯人が故意に爆発させたものと考えるのが自然であった。なんのためにそんなことをするのか。生徒たちが口々に意見を述べはじめる。

「立身出世主義への異議申し立て、というのはどうかしら」

「それなら学校が狙われたのも説明がつくわね」

「でも、それなら帝国大学か、となりの男子部を狙うんじゃないかしら」

「女子の学校だから狙いやすいと思われたのかもね」

「馬鹿にしてるわ」

本邦最高の頭脳を持つ女性が二十人集まっても、なかなか答えは出なかった。

「……これは、わからないわね。材料もないのに無理に結論を出すのはよくないわ。今はここまでにしておきましょう」

咲が一旦打ち止めを宣言した。二葉が後を引き継ぐ。

「みなさん御苦労さまでした。さあ、きちんと片付けるのですよ」

四

生徒たちは片付けを終えて寄宿舎に戻ったが、咲だけは二葉に呼びとめられた。先刻、咲と夏が座っていたベンチに、今度は咲と二葉が腰を掛ける。

「今朝、大山《おおやま》様から知らせがありましてね、捨松もお腹の子も大事ないそうです」

「まあ、よかった……！　本当によかったです」

教会でも無事を祈った咲である。

「お礼を申し上げねばなりませんね。咲さん、捨松を助けてくれて、まことに、まことに、ありがとうございます」

「いえ、そんな……」

他の生徒ほどには二葉に苦手意識を持たない咲だが、頭を下げられてはさすがに妙な気分だ。

「あの子は……捨松は、爆裂弾が怖いのですよ。きっとそうなのですよ」

それは奇妙な言葉であるように、咲には思えた。

「二葉先生、爆裂弾が怖くない人なんていません」

「たしかにそうですね」二葉は微笑んだ。「ですがね、あの子は人一倍怖がっていると思うのですよ。幼い頃、お城でむごいものをたくさん見ましたからね。大蔵《おおくら》――山川校長の前の奥方は、大砲の弾の破裂で死んだのです。それはもう無惨な死に様で……」

二葉が声を詰まらせた。山川校長の前妻が会津の籠城戦で亡くなったことは、生徒たちの間でも知られている。会津鶴ケ城の女性たちは、官軍から撃ちこまれた榴弾《りゅうだん》の破裂を防ぐため、濡れ布団でおさえる役割を担った。その作業に、山川校長の亡き妻も、二葉も、そして幼い捨松も従事していたのである。

「捨松の目の前だったのですよ。あの子もそのとき首を怪我して……。覚悟があったので怖くなかったなどとあの子は言いますが、そんなはずがないのですよ。私でさえ、今でも夢に見るのですから」

二葉が軽く咳きこんだので、咲は背中をさすった。

「あの子は陸軍大臣の奥方ですから、演習の花火や砲弾の音には慣れているでしょうがね。昨晩のように不意打ちの形になると、やはり身がすくんでしまうのだと思いますよ」

たしかに、昨晩の捨松は歩くこともままならないほど怯えていた。あの爆竹が捨松を狙ったものとは考えにくいが、よりによって捨松が近くにいるときに破裂したのは、あまりに間が悪かった。

「たった一人でメリケンに送ったことも含めて、私はあの子にどこか負い目のようなものがあるのかもしれませんね。ですから、咲さんがあの子を守ってくださったこと、本当に感謝しているのですよ」

二葉は立ち上がった。「よいしょ」などと声を出さないのは、旧家老職の家柄の気品というものであろうか。

咲も立ち上がり、二葉と一緒に寄宿舎の玄関まで歩くことにした。

「咲さんはどこか捨松に似ているような気がしますよ。物腰は柔らかいですが、妙に頑固なところがありますね」

「……そうでしょうか？」

「信念を持つのは良いことですが、あまり頑《かたく》なになると、いつか身を危うくします。今はわからなくとも、胸に留めておきなさい」

漠然とした話である。二葉の言葉どおり、今は胸に留めておくだけにした。もっとも、咲が身をもって二葉の言葉を嚙みしめるまでに、そう長くはかからなかったのである。

玄関の前に駒井夏が待っていた。咲に用があるらしいと察したのか、二葉は何も言わず玄関に入っていこうとする。

「二葉先生！」

大声で舎監に呼びかけたのは、風呂敷包みをぶら下げた三人の女生徒であった。昨晩は外泊して、いま戻ってきたところのようだ。三人とも息を切らして、丸めた新聞を振り回している。

「なんですか、はしたない」

「新聞の号外です！　きのうの爆裂弾の犯人が糾弾状《きゅうだんじょう》を出しています！」

「なんですって？」

号外を受け取った二葉が目を通す。読み終えると、眉間にしわを寄せ、めずらしく逡《しゅん》巡《じゅん》の表情を見せた。二葉が何を考えているか、咲は察した。

「二葉先生、これを読むことを禁じたら、かえってみんな動揺します」

二葉は観念とも覚悟ともつかぬ表情で新聞をたたんだ。

「そうですね、いずれわかることです。私からみなさんに読んで聞かせるべきですね」

間が悪いな――と夏は思った。犯人からの声明があることは予想されていたが、何も昨日の今日でなくてもよかろうに。おかげで、とうとう咲に謝りそびれてしまった。

山川二葉は寄宿舎の食堂兼談話室に生徒たちを集めた。

「みなさん、決して動揺してはなりませぬぞ」

釘を刺してから、新聞を読み上げた。

第五章　文部大臣と人力車夫

○女高師《ぢよかうし》襲撃暴徒《しふげきぼうと》による糾弾状《きうだんじやう》

女高師《ぢよかうし》にて爆裂彈《ばくれつだん》を破裂《はれつ》させたるは吾《われ》なりと稱《しよう》する者《もの》より本社宛《ほんしやあて》に糾彈狀《きうだんじやう》が送付《そうふ》されたり　左《さ》の通《とほ》り全文《ぜんぶん》を掲載《けいさい》し讀者諸賢《どくしやしよけん》の考察《かうさつ》を期待《きたい》するものなり

糾彈狀《きうだんじやう》

惟《おも》らく我邦《わがくに》の榮《さか》えあるは畏《かしこ》くも萬世一系《ばんせいいつけい》の
御皇室《ごくわうしつ》の御稜威《みいつ》によるものなり
然《しか》るに貧者《ひんじや》の血涙《けつるい》は龍顔《りゆうがん》を曇《くも》らしめ給《たま》はざるか
歐化《おうくわ》の悪弊《あくへい》は宸襟《しんきん》を惱《なや》ましめ給《たま》はざるか
其《そ》は何者《なにもの》の所爲《しよゐ》ぞ
樞密院議長《すうみつゐんぎちやう》伊藤博文《いとうひろぶみ》の所爲《しよゐ》にあらずや
文部大臣森有禮《もんぶだいじんもりありのり》の所爲《しよゐ》にあらずや

吾等《われら》畏《おそ》れ多《おほ》くも
天朝様《てんてうさま》に敵對《てきたい》するにあらず
唯《たゞ》君側《くんそく》の奸賊《かんぞく》を糾彈《きうだん》せんとするのみ
貧者《ひんじや》の血税《けつぜい》にて放蕩三昧《はうたうざんまい》の政府《せいふ》を糾《たゞ》さん
異人《いじん》の鑑《かゞみ》にて古來《こらい》の婦《ふ》徳《とく》を貶《おとし》めんとする文教《ぶんけう》を糾《たゞ》さん
吾等《われら》が一《いち》の矢《や》は女高師《ぢよかうし》を射《い》たり
二《に》の矢《や》は鹿鳴舘《ろくめいくわん》を射《い》抜《ぬ》かざることなし

『開化日報』明治二十一年十月七日号外より

一

月曜の朝五時、女高師の寄宿舎に柝《き》（拍子木）の音が鳴り渡った。

最初に目覚めたのは駒井夏である。夏が室長の野原咲を起こしている間に、みねが起き上がった。みねがキンを優しく揺するが、起きる気配もない。頰を軽く叩くと、ようやく反応を見せる。この部屋での、いつもの起床の光景だった。

他の部屋からも、寝台をきしませて起き上がる音、眠たげな足音、学友を起こす声などが聞こえてきた。十月の上旬とあって、外はまだ薄暗い。女高師の朝は早いのである。

部屋ごとに順番に洗面をすませ、大鏡の前で束髪を結う。いつもなら、ついお喋りに花を咲かせて舎監に叱責《しっせき》されることもあるが、この朝は皆、押し黙っていた。表情も沈んでいる。それは、冬の気配を感じさせる冷たい空気のせいばかりではなかっただろう。

朝の掃除を終え、食堂で朝食をとる段になって、舎監の山川二葉から達しがあった。

「今日は朝礼で校長からみなさんに訓示があります。例の爆裂弾と糾弾状の件でしょう。心してお聴きなさい」

生徒たちは神妙にうなずいた。

食事を終えた生徒たちは、そのまま食堂に残って口々に糾弾状について語りあった。

「私たちが学問をすることって、そんなに悪いことなのかしら」

「学問をすることが悪いとは書いてなかったわ。西洋の流儀を重んじるあまり古来の婦人の徳を貶《おとし》めている、そういうことでしょう」

「同じじゃないかしら。そうでなければこの学校を狙わないと思う」

「世間の人はどう受け取るかしらね。あの糾弾状を読んで、我が意を得たりと思った人はきっと多いはずよ」

義務教育にさえ国民の十分な理解が得られていない時代である。まして女子教育、その最高学府たる女高師への風当たりは強い。政府内においても、女高師廃止論が公然と出てくるような状況だったのである。そもそも先代の校長からして、妻たり母たる者の学歴が低いほど家庭は円満になるとうそぶくような人物であった。

「咲さんはどう思う？」

ずっと黙っている咲に、生徒の一人が水を向けた。文部大臣に「女子教育の理想形」とまで讃えられた咲の意見は、当然、誰もが気になる。

咲は「うーん」と首をかしげて答えた。

「私はあまり難しく考えてない。学問が好きだから学びたい。子供が好きだから先生になりたい。それを叶えられる学校があって、私はここにいる。それで十分だと思ってる。世間《よのなか》の人はいろいろ言うかもしれないけれど、今は気にしても仕方がないんじゃないかしら」

それは卑怯《ひきょう》ではないか、と夏は思った。自分たちは否が応でも女子教育の象徴的存在と見られているのだ。その重圧から一人だけ超然としていたいとでも言うのだろうか。虫が良すぎないか。

他の生徒も夏と同じように感じたらしく、食堂にはどこか白けた空気が流れた。正論ではあるので、積極的に反論もできない。もやもやとした沈黙を破ったのは、意外な生徒だった。

「……咲さん、それはずるいんじゃないでしょうか」

みねであった。誰もが我が目と耳を疑った。おとなしくて誰にも逆らったことのないみねが、よりによって、最も敬愛しているであろう咲に異論を述べようとしている。しかも、その表情にははっきりと怒りの色があった。

「好きだからやっているだけだなんて、そんなのずるいです。私は講義についていくのが大変で、みんなについていくのが大変で、辛くて辛くて仕方ないです。それでも、こんな私でも国家のお役に立てると信じて、両親に孝行ができると信じて、日々励んでいます。ですから、どこの誰にだって、女子に学問はいらないなんて言われたら辛いんです。それなのに、ただ好きだからやっているなんて、簡単に言わないでください……」

みねの目には涙すら溜まっていた。

みねの言葉はいささか筋がずれている。成績優秀な先輩と成績不振の自分を比べて、勝手にいじけているだけだ。夏はそう思おうとしたが、正直なところ、共感できてしまう自分がいた。

そうだ、自分も咲に対して、たしかにそういう感情を抱いていた。才能にあふれ、好きな道を進み、あらゆる人生の障害と無縁に生きてきたような学友に、ずっとわだかまりを抱いていたのだ。

この学校が尋常師範から高等師範に格上げされたのは、二年前のことである。その翌年には、従来の尋常師範の生徒の全級を一旦解体し、成績順に高等師範学科二年・一年とし、あるいは小学師範学科卒業とするという、乱暴な再編が行われた。その際、咲は一気に高等師範学科二年に進級する。家庭の不幸で成績を落としていた夏は、一級下の一年となった。咲は夏に半年遅れて入学した下級生だったが、このとき、夏の頭を飛び越えて上級生になってしまったのだ。勉学しか取り柄《え》がないと思っていた夏にとって、これは打ちのめされるに十分な出来事だった。

咲を嫌いになれればむしろ楽だったのだが、夏がそれ以上に成績を落とさずに済んだのも咲のおかげだった。夏が家庭の不幸で長期にわたり講義に出られなかったとき、級が違うのに講義の帳面《ノート》をまとめてくれていたのは咲だった。夏と同級の生徒から帳面を借り、自分の勉学や睡眠の時間を削ってまでそうしてくれたのだと、後で人づてに聞いた。当時は同室ではなく、それがきっかけで親しくもなったのだが、逆に親しくもない自分になぜそこまでしてくれるのかと不思議だった。基督《キリスト》教の隣人愛というものだったのか、いまだにはっきりした理由は聞いていない。

わだかまりを抱いているのは夏だけではなかった。生徒たちの誰もが咲を愛し、慕っていたが、同時に誰もが心のどこかに咲への割り切れぬ思いを抱いていた。それを初めて本人にぶつけたのが、よりによって、みねだったのである。

夏は、咲の顔をちらりと見て、すぐに目をそらした。なんという顔をしているのだろう。傷ついた子供のようだ。そんな咲を見るのも辛かった。

誰より困惑していたのは、みね自身だったかもしれない。敬愛する先輩が、想像以上に傷ついていることがわかったのだ。

「さ、咲さん――」

きっと謝罪の言葉を続けるつもりだったのだろう。

だが、小間使いが鳴らす柝《き》の音がそれを遮《さえぎ》った。

講堂に移動する時間だった。

二

二日前に舞踏会が催された面影を残すのは、天井に吊るされたシャンデリアだけである。講堂はもう、いつものように生徒たちが並んで、校長の訓示を拝聴する場となっていた。

山川校長は、生徒たちに動揺することなきようにと言い聞かせた。

「……先ほども申したとおり、警察には校舎周辺の警戒を厚くするよう申し入れてある。君たちの身に危険が及ぶことは決してない。安心して、普段どおり勉学に入精するように。以上」

校長の力強い言葉は、生徒たちの不安を半分だけ払拭《ふっしょく》した。警察が守ってくれる。それは信じてよさそうだ。信じるしかない。

だが、生徒たちを沈鬱《ちんうつ》にさせていたもう半分の要素については、校長は何も言わなかった。治安を第一にするのは当然であったが、やはり軍人だから、そこまで思いが至らないのだろうか。私たちはなんのために勉学に励むのか。爆裂弾で襲われるほどの嫌悪を浴びてまで、なぜ学ぶのか。教えてほしい。

そのとき、生徒たちの後方の扉が音高く開いた。無作法を咎《とが》めようとした校長が、そこに現れた人物を見て思いとどまった。

「森さん……」

文部大臣・森有礼は秘書官を伴い、当然のごとく講堂に入ってきた。森の大きな足音と、秘書官の控えめな足音だけが、講堂に響く。

「山川校長、突然おしかけて申し訳ない。私からも生徒たちに話がしたいのだが、よろしいか？」

校長はうなずき、演壇を下りた。かわりに森有礼が演壇に上がる。

森は生徒たちをねめまわした。

突然の文部大臣の登場にざわついていた生徒たちが、しだいに静まる。やがて、水を打ったような静けさが講堂を包んだ。それを待っていたかのように、森有礼は語り始めた。

「私が欧州に渡ったのは、まだ、あなた方が生まれる前のことだ」

静かな、よく通る声であった。

「日本は、徳川の世がまもなく終わろうとする頃だった。私は藩命を受け、まず英国に渡った。数えで十九の頃だ。そう、今のあなた方と同じぐらいの年頃だな」

薩摩藩が幕府に内密で敢行した、留学生の派遣である。藩ぐるみの密航であった。

「私は欧州でさまざまなものを見た。鉄道、蒸気船、工場、瓦斯《ガス》灯、電信、博覧会、自由な新聞、そして憲法。どれも、日本では見たことのないものばかりだった。圧倒された。だが、こうも思った。これなら日本はすぐに追いつける、と」

事実、鉄道も蒸気船も工場も瓦斯灯も電信も、現在の日本の都市では、当たり前の風景の一部である。欧州の万国博覧会に出展した日本の文物は大好評で、現地に日本趣味《ジャポニスム》の流行を生み出しているという。万国とはいかないが、上野で内国勧業博覧会も開かれた。新聞は讒謗律《ざんぼうりつ》と新聞紙条例によって言論を制限されてはいるが、自由民権運動の波に乗り、空前の活況を呈している。かつては森有礼自身が、福澤諭吉や中村正直らとともに明六社《めいろくしゃ》という啓蒙思想団体を結成し、『明六雑誌《めいろく》』という機関誌を発行していた。憲法は現在、枢密院議長の伊藤博文を中心に作成中であり、来年には発布される見通しである。

およそ二十年で、日本はここまで追いついた。だが。

「私が最も衝撃を受けたのは、鉄道でも電信でもない。軍艦でもアームストロング砲でもない。それは、西洋における婦人の地位だ」

森は生徒たちの反応を確認するように一呼吸おき、続けた。

「西洋の上流階級の婦人は、夫と並んで歩く。日本の上流階級の婦人は、夫の後ろをついて歩く。それどころか、外出すら滅多にはせぬ。西洋では子弟の教育は母親の責務である。日本では専《もっぱ》ら父親がそれを行う。西洋の婦人が我が子の問いに知識をもって答えるとき、我が国の婦人は答える言葉を持たぬ。西洋の婦人の壮健なる身体を見よ。ひるがえって、我が国の婦人の薄き背中を見るがよい」

生徒たちは表情にこそ出さないが、日本婦人の悪口を次々に言い立てられて、あるいは意気消沈し、あるいは反発している。

「我が国の婦人に三従《さんじゅう》の訓《おしえ》あり。家にありては父に従い、嫁《か》しては夫に従い、老いては子に従う。それはかつて美風であったやもしれぬ。だが今や、三従の訓は盲従の訓と成り果て、妻に妾《めかけ》との同居を強いるがごとき、万邦《ばんぽう》に恥ずべき悪習の温床である」

蓄妾《ちくしょう》（妾を養うこと）の廃止は、かつて森有礼が『明六雑誌』において主張したことである。明治政府の要人をはじめ蓄妾が当然とされる世情にあって、森有礼は妾を持たず、芸者遊びすらしなかったと言われる。前妻の広瀬《ひろせ》常子《つねこ》とは二年前に離婚しているが、その原因は不倫だと噂されていた。森有礼ではなく、常子の、である。真偽は不明だが、常子が「青い目の子を産んだ」――つまり、外国人と不貞をなしたという噂が、当時から存在した。

「我が国の婦人は、父に仕え、夫に仕え、子に仕えることのみが務めであろうか？　否《いな》である。断じて否である。婦人が仕えるべきは、第一に国家である。何をおいても国家に仕えることである。国家に仕えることが、婦人の務め、帝国臣民の務めである」

生徒たちの表情が変わった。森は、婦人を男子と対等の「帝国臣民」としたのだ。

「国家に仕えるには、国家に有用な人材とならねばならぬ。そのために何が必要か。教育である。正しく教育である。教育によって、婦人は国家に有用な人材たるを得るのである。日本の婦人が西洋の婦人と同等の知育・徳育・体育を修めたとき、はじめて我が国は西洋列強と肩を並べるのである」

そして森は、後世に残る言葉を発した。

「富国強兵の根本は教育にあり。教育の根本は女子教育にあり。国家の行く末は、女子教育の成否にかかるものと心得よ」

それは森文部大臣がたびたび披瀝《ひれき》した信念であった。

「あなた方は胸を張らねばならぬ。顔を上げねばならぬ。世間がいかに誹謗《ひぼう》しようと、あなた方は女子教育の尖兵《せんぺい》である。国家発展の先頭に立つ者である」

顔を上げろと文部大臣が言っているのに、夏は顔を伏せてしまった。涙がこみあげてきたからだった。この人は私たちを認めてくれている。いつもいつも世間から白い目で見られる私たちを、家族からすら理解されない私を、この人は認めてくれている。そして、役割を示してくれている。他の生徒たちも同じ気持ちと見え、あちらこちらからすすり泣きの音が聞こえた。

夏は、ちらりと後ろに視線を送った。生徒の中で最も背の高い咲が、一番後ろで頭を半分、黒山の上に出している。咲は文部大臣の言葉をどう受けとめたのだろう。

咲の表情は不明瞭だった。夏のように泣いてもいなければ、笑ってもいない。何かを真剣に考えているときの癖で、わずかに眉をひそめている。怒っているようにも見えるその表情を、夏はやはり美しいと思った。

夏の視線に気付いた咲が、微笑をおくった。夏は思わず視線をそらす。盗み見に気付かれてしまい、ばつが悪い。

その間にも、文部大臣の演説は続いていた。

「暴徒ごときを恐れて歩みを止めてはならぬ。よしんば爆裂弾に倒れたとて、何を悔やまん、何を惜しまん。職に殉《じゅん》じ、国家に殉じることこそ本望である。あなた方はすでに心得ているはずだ。むろん、この森有礼も同じ覚悟である」

森有礼は、文部省の官員に対しても「その職に死するの精神覚悟」を求めている。卒業後に教師となる生徒たちにも、同様のことを求めたのだ。

「あなた方の勉学は、己《おのれ》一身のためのみならず、国家のために行うものである。かように心得て、今後もひたすら勉学に励まれんことを期待する。以上！」

森は歯切れよく演説を締めくくり、踵《きびす》を返して演壇を降りた。山川校長と二言三言かわした後、秘書官をともなって講堂を出ていく。

山川校長は生徒たちの間にみなぎる熱気を察した。朝礼の終了を告げ、次のように指示する。

「生徒は文部大臣閣下をお見送りせよ」

生徒たちは先を争うように講堂を出て、前庭に並んだ。

森有礼は人力車でここまで来たようだ。大臣ともなれば馬車での移動が普通だが、人力車のほうが小回りが利く。急遽《きゅうきょ》の訪問だったので、そうしたのだろう。

森にかしずく俥夫は、日本人離れした背の高い男だった。

「あら、あの人……？」

夏は俥夫の顔に見覚えがあった。爆裂弾事件の日に校門の前で会話した、あの彫りの深い顔立ちの青年だ。名は確か――

「あの人、キュウゾウさんね」

いつの間にか、咲が隣に並んでいた。

「どうしてここにいるんだろう」

夏は疑問を抱いたが、俥夫ならば一日中、東京府中を駆けまわっているはずである。どこにいようと不思議ではない。ただ、爆裂弾事件の当日に出会った俥夫ということで、妙に気にはなった。

「あの俥屋《くるまや》さん、男振りがよろしくってね」

奇妙な言葉遣いで賛嘆したのが誰なのか、確認するまでもない。

「そうかしら」

キンの隣にいるみねは、あまり興味がなさそうだ。

「あらあら、みねちゃんは例の男子部の君にしか興味がないことね」

「そ、そんなことない!」

つい声が大きくなったところで、二人は上級生に注意された。

森有礼が人力車の席におさまると、久蔵は車体を起こした。そのとき、久蔵の視線が咲と夏に向けられた。久蔵は二人に一瞬だけ笑いかけ、前を向いた。二人が反応に迷っているうちに、周囲の生徒たちが一斉に頭を下げる。森が帽子を取り、生徒たちに挨拶したのだ。咲と夏も、あわてて頭を下げる。

夏は車輪が遠ざかっていく音を額のあたりで聞いていた。顔を上げたときには、文部大臣の人力車はすでに見えない。秘書官を乗せた人力車が、門を曲がっていくところだった。

生徒たちは三々五々、解散した。どの顔も上気して、文部大臣演説の感想を熱っぽく語り合っている。

夏はその場に残っていた。咲が動こうとしなかったからだ。何か言いたいことがあるのか、単にぼんやりしているだけなのかは知らないが、なんとなく一人にしておけない感じがした。みねに言われた言葉を、まだ引きずっているのかもしれない。

「ねえ、なっちゃん」周囲に誰もいなくなってから、ようやく咲が口を開く。「『西國立志編』のこと、覚えてる？」

藤棚の爆裂弾の跡から、彼女たちが見つけた紙片だ。

「もちろん覚えてるよ。それがどうかしたの？」

「ただの偶然かもしれない。たぶん、ただの偶然だと思う。だから、ここだけの話にしてほしいんだけど……」

「なに、早く言いなよ」

「あの俥屋さん——キュウゾウさん。あの人、あの日、『西國立志編』を読んでいたわ」

「えっ……」

久蔵が何か本を読んでいたことは覚えている。ただ、目の悪い夏には、書名までは見えなかった。あれは『西國立志編』だったのか。

「図書室で確かめたけど、同じ版の同じ巻だったわ。ただの偶然だと思うけど」

咲はしつこく繰り返した。

たしかに、『西國立志編』ほど大部数を売り上げた本であれば、誰が持っていてもおかしくはない。同じ巻といっても第一巻だから、最も売れたはずだ。ただ、あの日、あの場所でそれを所持していたという事実は、偶然とだけ片付けてよいものだろうか。

三

「急にすまなかったな」

最初に会ったときから、奇妙な人だとは思っていた。いまや文部大臣閣下ともなった人が、一介の俥引きに詫びを入れる必要などないだろうに。

柿崎《かきざき》久蔵は「とんでもねえことです」と答えた。すっかり江戸弁になったつもりだが、生粋《きっすい》の江戸っ子に言わせれば、おかしな発音に聞こえるらしい。久蔵自身は、横浜と江戸とで特に言葉の違いを意識したことはなかった。子供の頃に江戸に出てきたせいかもしれない。いや、当時はもう東京と言ったか。エドと言ったりトウケイと言ったりトウキョウと言ったり、人々の間でも呼称が入り乱れていた頃だ。ここ一、二年でトウキョウという呼称が急速に定着してきたように感じる。

「旦那様、まっすぐ文部省に戻っていいんですか」

「ああ、そうしてくれ」

わざわざ確認した意図を、森も察したらしい。自分から話題を振ってきた。

「常子の様子はどうだ」

「近頃はずいぶんお元気になられました。天気の良い日には、俥で近所を一回りすることもあります」

「そうか——それはよい」

独り言のような声だった。

「体のほうはどうだ」

「常子様ですか？」

「そうではない」

「何ともねえですよ」

「そうか、それはよいな」

森は同じことを繰り返したが、今度は独り言ではなかった。

久蔵はそれ以上は何も言わず、黙々と俥を引いた。

旦那様——森有礼と初めて会ったのは、十年近く前、久蔵が数えで十九歳の雪の夜のことだ。その頃、森有礼はまだ外務省にいた。

省庁の退勤時刻は、俥夫にとっての稼ぎ時である。久蔵はその時刻になると、日比谷《ひびや》や曙町《あけぼのちょう》の官庁街を流して官員の送迎に精を出していた。

その日は高熱で三日も寝込んだ後だった。俥夫仲間との客引き合戦にも負け続けた。毎日、食べていくのにやっとの生活である。三日も休んだ後で客が取れないとなると、深刻であった。久蔵は「番《ばん》」に所属していないので、病気で休むと、そのぶん収入は減る。

「番」とは府内各所の駐俥場に属する俥夫の組織である。株を買ってその組織に入ると、その駐俥場で優先的に客を取れるうえ、病気や怪我で休んだときは見舞金も支給された。久蔵は株を買うだけの蓄えがなかったので、いまだ流しの俥夫であった。俥夫の多くは貧しかったが、その中にもさらに格差があるのだった。

久蔵は官庁街をあきらめて、新橋ステーションから銀座煉瓦街《れんがガい》あたりまで流してみた。誰もつかまらない。疲労で風邪がぶりかえしてきた気配を感じる。おまけに雪までちらついてきた。こうなれば、せめて一人でも客を取って、今夜は温かい食事にありつきたい。

そうしているうちに、すっかり夜も更《ふ》けた。もはや残っている官員もほとんどいないだろうが、もう一度、官庁街を回ってみよう。

官庁街の建物の窓は、すでに灯りもまばらだった。俥夫仲間も引き上げてしまったようだ。うっすらと積もりはじめた雪に、久蔵の足跡と人力車の轍《わだち》だけが刻まれていった。

外務省の門前を通ったときに、洋装のオーバーコートが妙に板についた紳士が現れた。さすが外務省の官員だ、西洋人みたいな空気をまとっている——そんなことを思いながら、参りましょうと声を掛けた。それが森有礼だった。

「雪の中を帰るのは難儀だと思っていたところだ。ありがたい」

遅くまで仕事して、森はいかにも疲れた顔をしていた。座席に深々と身を沈める。

「雪で道が滑りますんで、ゆっくり走ります。お疲れみたいですが、眠らねえほうがいいですよ。この寒さじゃ風邪をひくか、下手《へた》すりゃ死にます」

「ああ、忠告ありがとう」

森は愉快そうに笑った。久蔵の率直な物言いが気に入ったらしい。

しばらく無言で俥を引いていると、森が話しかけてきた。

「眠るなと言われたが、どうにも難しい。話をして気を紛らわしたいのだが」

「どうぞ」

質《たち》の良さそうな客なので、久蔵も心安くなっていた。客の中には、ステッキで俥夫を小突いたり、酔って背中を蹴ってきたりする者もいる。この客はいささか風変わりだが、紳士とはこういうものかと思わせる雰囲気があった。

「君は何歳だ」

「十九です」

「収入はどれほどだ？　暮らしは立っているか？」

なかなか率直に聞いてくる。もっとも、興味本位というより、世情を知るための質問であろう。久蔵が適当に答えると、さらに質問を重ねてきた。

「その収入では、家族を養うには厳しいのではないか？」

「身寄りはいません。親父もお袋もとっくに死にました」

「そうか……いつ亡くなられた？」

「二人とも、明治になる前に死にました」

森は頭の中で、年号と久蔵の年齢を計算したようだ。

「では、十にもならぬ頃に両親と死に別れたのか。どうやって暮らしていたのだ？」

「東京に出てくるまでは、横浜の遊郭《ゆうかく》で下働きをしていました。それに、親代わりみたいに親身になってくれる夫婦がいたんです」

その夫婦は久蔵が東京に出てくる前に故郷の下田《しもだ》に帰った。夫のほうはすでに亡くなったが、妻のほうはこれから小料理屋を経営すると言って張り切っている。今も手紙のやりとりが続いていた。

「遊郭で働いていたと？」

「ええ、お察しのとおり母親は遊女ですよ。お袋が火事で死んで、俺はそのまま廓《くるわ》で養われたってわけです」

「父親は？」

「お袋の客だったそうです」

めいっぱい事情を省略して答えた。

「父君もやはり火事で亡くなったのか」

「もっと前に死んでます。俺が生まれる二月《ふたつき》前だったそうですが」

「気の毒に。では、君は父親の顔を知らぬのか」

「別に知りたくもねえですよ」

母を金で買った男たちには軽蔑の念しか抱いていない。まして、実父は権力すら利用した。そして何より、あの人の運命を狂わせるきっかけをつくった男である。軽蔑してもしきれるものではない――はずだが、なぜか憎みきれない部分もあった。やはり肉親だからだろうか。それとも、母が実父の思い出を語るときの、優しく懐かしげな顔を覚えているからだろうか。

久蔵は激しく咳きこんだ。「失敬」とそのまま俥を引こうとする。まずいと思ったが、案の定、紳士が「停めよ」と声を掛けてきた。どうやら、病み上がりがばれたらしい。

「どうも失礼。感染《うつ》るのがお嫌なら降ろしますが――」

久蔵が言う前に、紳士はすでに俥を降りていた。

「馬鹿者、具合が悪いなら、なぜ早く言わぬ」

そりゃどうもすみませんね、ただし、ここまでのお代はいただきますよ――と言う前に、紳士はすたすたと歩き出した。人の話を聞かない男だ。

「ちょっと旦那、お待ちを」

「ついて来なさい。ここからは私も歩こう」

久蔵は耳を疑った。家まで人力車と並んで歩くつもりか。とんだ変わり者だ。

「散々身の上を聞いておきながら、名を聞いていなかったな」

「――久蔵」

「キュウゾウか。良い名だ」

「ありふれた名前です。死んだ親父の名から一字取ったそうですが」

ほどなくして、変わり者の紳士の屋敷に着いた。

これじゃあ料金が取りづれえな、なにしろ客を自分で歩かせちまったんだから――久蔵がどうしたものかと考えていると、紳士は当然のように久蔵を門内に招じ入れた。人力車は門前に停めておくように言われた。

屋敷の外観は日本家屋だったが、内装は洋風であった。板の間にテーブルと椅子が置かれ、暖炉がある。どうにも落ち着かない。

森は着替えのため自室に戻り、執事が久蔵を案内した。客間らしい部屋に通されたが、そこは畳敷きだったのでほっとした。それがよくなかった。

背の高い久蔵は、鴨居にしたたかに頭をぶつけた。いつもなら気をつけているのだが、一瞬の油断であった。ただでさえ熱で朦朧《もうろう》とする頭への痛打である。目が回る。緞帳《どんちょう》が下りるように、目の前が暗くなった。

「大丈夫ですか」

心配する執事の声に、「大丈夫です」と答えたような気はする。覚えているのはそこまでだ。

四

目覚めたとき、久蔵は暖かい布団の中にいた。障子を透かして、柔らかい日光が室内に満ちている。

起き上がってみると、濡れた布が腹の上に落ちた。額にのせられていたようだ。寝間着に着替えさせられていた。自分の荷物は部屋の隅に置いてあるが、着ていた半纏《はんてん》などは見当たらなかった。

襖《ふすま》がそっと開いた。

久蔵が身を固くすると、二十代半ばと思しき婦人が顔を出した。

「おき……」

久蔵はその顔を見て、思わず声をあげた。一瞬、あの人の面影を感じたのだ。よく見ると全然似ていない。しかし、瓜実顔《うりざねがお》のとても美しい婦人だった。

「よかった、目が覚めたのですね」

婦人は優しく微笑むと、襖を大きく開けて入室してきた。洋装であった。スカートの裾を畳に引きずりながら、婦人は久蔵の枕元に膝をついた。

婦人が無造作に額に手を当ててきたので、久蔵は身動きできなくなった。

「熱は下がったようですね。昨晩はひどい熱でしたよ」

「……看病してくれたんですか」

婦人はにこりと微笑んだだけだった。

「ご迷惑かけてすみませんでした。俺、帰ります。この御恩は……」

「いけません」

ぴしゃりと婦人は言った。柔和な顔に似ず、はっきり物を言う。

「しばらくはこちらで休んでいらっしゃい。昨晩、あなたが眠っているあいだにドイツの優秀なお医者様に診ていただいたんですよ。体が弱っているので、二、三日は安静が必要だそうです」

「そんなご迷惑はかけられません」

「迷惑などと思う必要はありませんよ。これもきっと神のお導きです」

よくわからないことを言っているが、ともかく、早く仕事に戻らねば。

「そんなに休んでいられねえんです。休んだ分だけ収入《みいり》が減るんですから」

「お金より体が大事でしょう」

「そんなこと、金持ちだから言えるんです！」

思わず、きつい言葉が出た。婦人は口をつぐんだが、その目はじっと久蔵を見据えたままだった。

「……わかりました、たしかにお金は大事です。では、こうしましょう。体が治ったら、しばらくこの家に俥夫として雇われてください。働き次第で、お給金には手当を付けます。ただし、療養の費用はそこから引かせてもらいます。それでいかがですか?」

屋敷のお抱え俥夫。久蔵は耳を疑った。俥夫ならば誰もが羨《うらや》ましがる立場である。久蔵の収入《みいり》の心配を解消し、俥引きとしての矜持《きょうじ》も傷つけない、空恐ろしいぐらいの好条件だった。

「……そんなこと、あなたが勝手に決めていいんですか」

昨晩の変わり者の紳士は、この婦人の亭主ではないのか。顔を出さないところを見ると、すでに出勤しているのだろう。普通、上流階級の婦人というのは、夫の許可なく物事を決めたりしないものだ。

「いいのですよ。アリノリは、家のことは私が勝手に決めたほうが喜ぶのです」

アリノリというのは苗字だろうかと、久蔵はまず思った。だが、すぐに思い当たることがあった。

「ここは、もしかして森有礼様のお宅ですか」

「あら、ご存知なかったのですね。そうですよ、ここは森有礼の屋敷。私は有礼の妻、常子です」

この夫婦は、何年か前に世間の話題になったことがある。結婚式のときだ。西洋人のように契約書をかわして結婚の証明としたことが、新聞に報道された。福澤諭吉が証人となり、新聞人も自分たちで招待したそうだから、世間に知られることを望んでのものだったろう。会場はたしか、築地《つきじ》の精養軒《せいようけん》だったか。西洋料理店で西洋風の結婚式を挙げた夫婦は、文明開化のひとつの象徴と言われたものだった。

「久蔵さんでしたね。お腹が空いたでしょう、ソップを用意させますね」

「そっぷ?」

「汁物です」

昨日の昼から何も食べていないので、正直、もっと腹にたまるものを食べたかった。だが、弱った胃には毒だろう。おとなしく従うことにした。

常子は部屋を出るとき、ためらいがちに尋ねてきた。

「あなたのその瞳《め》……生まれつきですか?」

予想していた問いだった。先ほどから、常子夫人は無遠慮とも思えるほどに久蔵を見つめることがあった。きっと、久蔵の瞳の色が気になっていたのだ。

「生まれつきです。白そこひ(白内障)じゃありませんよ」

久蔵の瞳は、灰色がかった碧色をしていた。これでも、子供の頃に比べれば黒に近くなっている。今はもう、明るい場所で近づいて見なければ気付かない程度であった。

……結局それから十か月もの間、久蔵は森家のお抱え俥夫として働くことになった。

その年の十一月に、森有礼が英国公使として妻子を連れて渡航するまで、それは続いた。

森有礼は自身の蓄財には無頓着で、久蔵には月々の給金に加えて、驚くほどの心付け《チップ》を与えてくれた。

英国に旅立つ前に、森夫妻は久蔵に別の屋敷のお抱え俥夫の職も世話してくれた。だが、その屋敷の奥方が久蔵に色目を使うようになり、それが亭主にばれて久蔵は追い出されてしまった。「この毛唐《けとう》が！」という罵声とともに。

自身に責任があるとは思わなかったが、結果的に久蔵は森夫妻の顔に泥を塗ることになった。そのため、森夫妻が帰国後も、しばらく顔を合わせることはなかった。

森家で得た収入で、久蔵は念願の俥夫株を買った。「番」に入り、しばらくはうまくやっていたはずだった。だが、酔った仲間に異人のような容姿をしつこくからかわれ、ついに殴ってしまった。

仲間に怪我を負わせたことで、久蔵は「番」から追放された。もともと疎《うと》んじられていたのかもしれない。父母のどちらをとっても、忌避《きひ》される血の生まれである。

森有礼とたまたま路上で再会したのは、流しの俥夫に戻ってしばらくしてからのことであった。そのときには夫妻はすでに別居中で、間もなく離婚が成立した。夫妻の帰国から二年半後のことである。結婚の際と同じく、離婚の際にも契約書を交わしたといわれる。

森有礼と久蔵、そして常子は、そのような縁であった。

第六章　良妻賢母《りょうさいけんぼ》

一

前・内閣総理大臣にして現・枢密院《すうみついん》議長の伊藤博文《いとうひろぶみ》は、重い気を奮い起こして文部省の大臣室の扉を叩いた。

文部省を統《す》べる男は、堂々と部屋の中央に陣取っていた。自分の執務室なのだから当然だが、いかにもふてぶてしく見えるのは気のせいだろうか。誰がこの部屋の主にしてやったと思っているのか。

森有礼と英国で出会ったとき、教育に関する意見をかわして意気投合した。だからこそ、外交畑の森を文部省にねじ込んだ。本人の強い希望もあってのことだ。内閣制度をつくって自分が初代総理大臣になったときは、文部省の官員がこぞって反対するのを押し切り、文部大臣にもしてやった。少しは恩義を感じるのが人情というものであろう。だが、この男は恩義などどこ吹く風、自分は伊藤さんではなく国家のために働いているのだと言わんばかりの態度だ。まったくもって正しいのだが、普通はもっとこう、あるだろう。

「これはこれは、伊藤さん直々のお出ましとは、恐縮です」

「なに、君の顔が見たくなってね」

大嘘である。今では、この男の顔を見ただけで鳥肌が立つ。

森は執務机から離れて、応接用の革張りの長椅子に伊藤を促した。

「お顔の色が冴えませんな、伊藤さん」

お前のせいじゃ、お前のせいで体調が悪いんじゃ、森有礼ならぬ森無礼め。伊藤は表面上は笑顔をつくり、内心で毒づいた。ちなみに、森有礼を「森無礼」と悪意をこめて呼ぶのは、彼の同郷の偉大な先輩である故・木戸《きど》孝允《たかよし》の真似である。

現在、伊藤にとっての最大の使命は、憲法制定である。彼が議長を務める枢密院では、今まさに憲法草案の審議を進めている最中であった。そこで伊藤に対して最も強硬に論戦を挑んでくるのが、この森有礼である。

森いわく、「憲法草案に記載の『臣民の権利義務』は、『臣民の分際』と改めるべきである」と。

伊藤は反論する。「第一に君権を制限し、第二に臣民の権利を保護するのが、憲法の精神である。臣民の権利を明記せず、責任のみを記載するなら、そもそも憲法など不要である」と。

完膚《かんぷ》なきまでに叩き潰してやったと伊藤は思ったのだが、あろうことか森は涼しい顔で再反論してきた。いわく、「臣民の権利は天から自《おの》ずと与えられるものであって、憲法によって初めて生まれるものにあらず。憲法に明記しようがしまいが、権利は天賦《てんぷ》のものとして臣民のうちに存在するものである」と。

屁理屈を言うなと。減らず口を叩くなと。伊藤は森の顔に靴でも投げつけたい気分であった。結局、森の提案は容《い》れなかったが、万事がこの調子である。伊藤は議長権限で一度ならず森の発言を禁じたものだ。

「それで、今日はいかなるご用件でしょうか」

森が長椅子の上で脚を組む。西洋人のようなその仕草も、伊藤には気に喰わない。だが、自分も同じように脚を組んでいることに気付き、憮然《ぶぜん》と脚を解く。

「ほかでもない、天長節《てんちょうせつ》の件じゃがの」

「ほう、もうそんな時期でしたか」

天長節とは天皇誕生日である。祝日として学校や公共機関は休みになる。明治の天長節である十一月三日まで、ひと月もなかった。

「聖上《おかみ》は満《まん》でおいくつになられますかな」

「三十六におなりじゃな」

森有礼より五歳、伊藤博文より十一歳年少の天皇である。即位時には十代の若者だったのだから、明治も二十一年を数える今となっても、なお若い。

「そんな世間話をしにきたんじゃあない。夜会のことで相談がある」

天長節の当日は、昼には練兵場での陸軍大演習、夜には鹿鳴館での大夜会が開かれる。いずれも、国内外の要人を招いての大行事である。大演習は前年までの日比谷《ひびや》練兵場から、今年は青山《あおやま》練兵場に変更される予定だが、そちらは問題ない。問題は後者だ。

「夜会の招待客の確保が、どうも難しくなっているようでの」

毎年、天長節夜会には千人以上の客を招待する。日本人だけでなく、日本に駐在している外国の使節や商人を招き、盛大な舞踏会を催す。欧化主義の極として世間から非難の対象ともなっているのが、この大夜会であった。

「招待客が確保できぬと。どういうことでしょう？」

本当にわかっていないのか、わかっていてとぼけているのか、伊藤には判別しがたい。

「女高師の爆裂弾事件と、例の糾弾状じゃ。次の標的は鹿鳴館じゃと、はっきり書かれておるわな。ここ数年、加波山《かばさん》、秩父《ちちぶ》、大阪と、暴徒がやかましくなっておる。此度《このたび》、いよいよ東京が狙われたというわけじゃが……」

考えてみれば、欧化主義への批判の理由のひとつが、農村の貧困をよそに豪奢《ごうしゃ》な宴会にふける政府への不満である。欧化主義の象徴たる鹿鳴館がこれまで狙われなかったのが、逆に不思議なくらいだ。

「当日は万全の警備体制を敷くから安心するよう、招待客には説明しておるのじゃがな」

「先方の反応は？」

「大方は納得してくれておる。じゃが厄介なのは、夫人や令嬢の同伴を見合わせたいとの申し出が相次いでおることじゃ。女子供だけは念のために、という思いは納得できよう。じゃが、ご婦人方のおらぬ舞踏会など話にならんでな」

伊藤の熱弁に、森は薄く笑った。

「彼らがご婦人方を参加させたがらないのは、伊藤さんが誰彼かまわずお手つきをされるからでは？」

「冗談を言うておる場合ではない！」

「冗談ではありませんよ。少しは自重されたらいかがか」

伊藤の女癖の悪さは、つとに有名である。これまで何度、新聞に面白おかしく書き立てられたことか。鹿鳴館の華と謳われた戸田《とだ》伯爵夫人のように、伊藤との不義の噂が立って以来、鹿鳴館に顔を出さなくなってしまった婦人もいる。

伊藤とは対照的に、森は女性関係については潔癖であった。地方の学事巡察の際、現地の役人が気を利かせたつもりで森の部屋に娼妓《しょうぎ》を派遣したときも、森は逃げるように宿を出て、別の宿に泊まった。妾の一人さえ囲ったという話を聞かない。

伊藤に言わせれば、国事を背負う重圧を女遊びで解消しているだけだ。文句を言われる筋合いではない。面と向かって苦言を呈されたのは初めてだが、以前から森のような人間が身近にいるだけで気詰まりだった。何やら咎《とが》められているような気がするのである。

妻を寝取られた男が偉そうに何を言うか——そう口にしそうになって、さすがに伊藤は思いとどまった。その噂の真偽を伊藤は知らないし、たとえ真実でも、これから頼みごとをする相手を罵倒《ばとう》してどうする。

「まあ、君の忠告はありがたく受け取っておくとしよう。ただ、大隈《おおくま》さんは本当に困っているようでな。無理を言うて外相の椅子に座ってもろうたんじゃ、彼の面子《めんつ》を潰すわけにはいかん」

天長節夜会を主催するのは外務大臣である。昨年までその地位にあったのは、鹿鳴館の建設を主導した井上馨《いのうえかおる》伯爵であった。だが、井上は新聞に暴露された条約改正交渉の内容が世論の反発を受け、その座を追われた。

今年新たに外務大臣に就任したのが、大隈重信《しげのぶ》伯爵である。大隈にとって、今回が初めて主催する天長節夜会である。新外相のお披露目の場ともなるであろう。大隈が招待客の外国人に侮《あなど》られては、悲願の条約改正交渉にも支障をきたす。失敗は許されなかった。

「なるほど。そうなると伊藤さんと私は、是が非でも夜会に出席しなければなりませんな」

伊藤は、聞き間違えたのかと思った。ここまで説明すれば、普通は察するだろう。自分と森は、暴徒からの糾弾状で名指しされたのである。暴徒の襲撃を誘発しないよう、我々二名は天長節夜会を欠席すべきであった。

ないでしょうね」

「まさか伊藤さん、我々は夜会への出席を控えよう、などとおっしゃりにきたわけでは
「そ、そんなことを……」

そんなことを言うつもりはない。ただ、天長節の前後の期間、地方の巡察にでも行ってこいと言おうとしただけだ。伊藤自身も、泣く泣くそうするつもりであった。

「そんなことをしたら、鹿鳴館の警備に不安があると認めるようなものです。諸外国にも、国内の不平分子にも侮《あなど》られますぞ。毅然《きぜん》としておいでなさい。事《こと》ここに至ったからには、どんな理由があろうと我々は欠席するわけにはいかない」

伊藤は内心で頭を抱えた。森の意見はたしかに一理ある。だが、それはあえて人々を危険にさらすほどの理だろうか。

伊藤の逡巡をよそに、森はさらにとんでもないことを言い出した。

「ご婦人の出席が少ないことをご懸念でしたな。それならば良い案があります」

その提案を聞いたとき、伊藤は目の前の男が得体のしれない妖怪に見えた。

二

御茶ノ水の高等師範学校女子部は、秋の夜長の中にいた。

毎晩、生徒たちは本館二階の自習室に集まる。九十人近い女子部の生徒全員が、寄宿

舎の部屋ごとに机を並べ、自習するのである。そういう規則であった。

自習の際は舎監が生徒を監督する。ただ、鬼の「フタ婆《ばあ》」は、先ほど山川浩《ひろし》校長に呼ばれて自習室を出ていった。二葉が戻ってくる気配がないのを確認すると、生徒たちは思い思いに体を伸ばしはじめた。

「ああもう、眠くて眠くてたまりませんわ……」

「本当ね。編み物もしたいのに、勉学だけで疲れきってしまうわね」

キンとみねがさっそく私語を始める。

「静かにしなさい」

夏が注意すると、二人はしゅんと押し黙った。

夏のスカートが引っ張られる。隣席の咲だった。小さく折りたたんだ紙を握っている。受け取って紙を開くと、「ありがたう」と鉛筆で走り書きされていた。本来なら室長である自分が注意すべきだった、ということだろう。

夏は「不及」と走り書きして返した。いつものことなので、「礼に及ばず」を省略している。この間、二人は一度も目を合わせない。

二人は黙々と今日の授業内容を清書している。授業中は鉛筆で帳面（ノート）を取り、夜に筆で清書するのが日課である。女高師の授業に教科書はないので、この帳面が生命線になる。

夏の帳面の取り方は、咲のそれを参考にしていた。父の不幸で長期欠席したとき、咲がまとめてくれた帳面の見やすさに驚き、以来、そのやり方を真似ているのだった。

夏はちらりと横目で咲を見た。石油ランプに照らされた横顔は、思わず息をのむほど美しい。残念なのは、清書に集中するあまり口を半開きにしていることだ。帳面によだれを落とさないかと、気になって仕方がない。

夏は紙片に「口」とだけ書いて咲に渡した。咲が静かに椅子を引いて姿勢をただすのが、視界の端に映る。よだれをすする微《かす》かな音を、夏は聞き逃さなかった。

自習室に四人の生徒が入ってきた。どの顔も火照《ほて》っていて、髪がつややかだ。入浴を済ませてきた生徒たちであった。入浴は部屋ごとの順番である。

その生徒たちが、何やら戸惑った顔をしていた。誰ともなく、どうしたのかと尋ねる。

「さっき舎監室の前を通ったとき、二葉先生と校長が言い争いをなさっていたの」

自習室がざわつく。めずらしいこともあるものだ。二葉先生と山川校長は姉弟であるが、校内では二葉が常に校長を立て、言い争うようなことはなかった。いったい何が原因で「姉弟喧嘩」などをしているのか。

「よくわからないけれど、鹿鳴館がどうとか仰《おつしや》ってるのが聞こえたわ」

鹿鳴館――欧化主義の象徴であるあの洋館を、知らぬ生徒はいない。鹿鳴館がどうしたというのだろう。

生徒たちの視線が、咲、夏、みね、そしてキンの四人に向けられた。次の入浴の順番は、彼女たちの組である。

キンが皆の期待を正しく受け取り、胸を叩いた。

「よくってよ、しっかり盗み聞きしてきますわ！」

「……キンちゃん、言い方ってものがあるでしょうが」

夏が注意すると、キンは素直に言いなおした。

「よろしゅうございます、しっかり盗み聞きしてまいります」

「そこじゃない！」

表現はともかく、行為そのものについては夏も否定しないのであった。

三

夜會招狀

拝啓陳者來ル十一月三日
天長節奉祝ノ爲メ鹿鳴舘ニ於テ夜會相催候間同日午後九時ヨリ御來臨被下度希望致
候敬具

明治二十一年十月

外務大臣大隈重信

校長が持ってきた紙片を手に、山川二葉は声を震わせた。

「生徒たちを鹿鳴館に、それも天長節の夜会に招待するなど——正気の沙汰《さた》とは思えませぬぞ」

山川浩校長は、姉のそんな反応を予想していた。

「舎監どの、我が校の生徒が鹿鳴館に招待されるのは、これが初めてではござらぬ」

校長の言葉は事実である。この学校の生徒たちは、鹿鳴館が開かれたばかりの頃、よく舞踏会に招かれていた。やはり踊り手の不足を補うためである。当時は西洋の舞踏ができる婦人が少なかったので、授業で舞踏を習っている女生徒たちが重宝されたのであった。現在は、欧化の波に伴って舞踏を嗜《たしな》む婦人が激増し、女高師にもぱったりとお呼びがかからなくなっていた。

「四、五年も前の話ではございませぬか。そもそも、あの時だって私は反対だったのでございますよ」

「ならば、今回も聞き分けてくだされ」

「そうは参りませぬ」

「暴徒のことを心配されるのはわかります。しかし万全の——」

同 綾子

「暴徒のことなど、どうでもようございます」

言い切った。戸惑う校長をよそに、二葉は続けた。

「暴徒を恐れるような腑《ふ》抜《ぬ》けた生徒はここにはおりませぬ。女子《おなご》といえど、御国の御用に身命を擲《なげう》つ覚悟ぐらいできておりましょう」

会津の籠城戦を戦い抜いた女傑は、どこまでも武家の女だった。

山川校長は啞然とするしかない。姉の覚悟には敬服するが、明治女の生徒たちに同じ覚悟を要求するのは酷であろう。

「では、何がご不満なのです？」

「今や鹿鳴館は淫靡《いんび》の巣窟《そうくつ》です。あの頃とは違います」

ああそちらのことかと、校長は合点した。確かにここ一、二年で、世間における鹿鳴館の評判は地に落ちた。もともと、あまり評判はよくなかったのだが。

「天長節夜会には、あの伊藤博文も来るのでございましょう？」

前・内閣総理大臣を、二葉はためらいもなく呼び捨てにした。官立学校の舎監として政府の禄《ろく》を食《は》む身とはいえ、会津人の二葉は薩長の人間に良い思いを持っていない。

「それはまあ、来るでしょうな」

鹿鳴館の悪名の半分は、伊藤博文のせいだと言っても過言ではない。その女癖の悪さは天下に鳴り響いている。伊藤が首相だった昨年、総理官邸における仮装舞踏会《ファンシーボール》の狂騒は世間の眉をひそめさせ、国粋主義者の格好の攻撃材料となった。

「あの男がいる場所に私の生徒たちを送るなど、もってのほかです」

いくら伊藤伯とはいえ、さすがに生徒に手は出さないでしょう——校長はそう弁護しようとして、「あの男」が十二歳の芸者を愛人にするような男であることを思い出した。

二葉の舌鋒《ぜっぽう》はまだまだ鋭い。

「天長節夜会ともなれば、異人も多く招かれるのでしょうね」

「それは無論です。各国使節をはじめ、我が国に滞在する多くの外国人が招待されます」

「生徒を異人の慰《なぐさ》みものにするつもりでございますか」

「な、慰みもの？」

「生徒を洋妾《らしやめん》のように扱うなど、言語道断でございましょう」

外国人相手の娼妓を「らしゃめん」と呼んだ。外国人の妾となった日本人女性一般への蔑称《べっしょう》として使われる場合もある。毛織物の「羅紗《ラシャ》」に由来する言葉で、外国人が羅紗服のように肌身離さず愛する女だからとも、外国船の船員が性欲解消のために綿羊（羅《ラ》紗緬《シャめん》）を獣姦するという俗説から連想されたともいわれる。

「洋妾《らしやめん》などと大袈裟《おおげさ》な。一緒に踊るだけです。西洋ではごく当たり前のことです」

「ここは日本でございますよ」

これでは埒《らち》が明かぬ。山川校長は頭を抱えた。

「とにかく、現にこうして招待状をいただいたのです。断るわけには参らぬのです」

「何故でございます。命令ならばともかく、招待ならば断ればよいではございませぬか」

「命令にも等しいものです。招待状は外務大臣からですが、その実、これは文部大臣の意向。女高師は森閣下の意向には逆らえませぬ」

「何か言われたのですか、あの文部大臣に」

文部大臣の森有礼は薩摩人である。伊藤に対してほど露骨ではないが、二葉の声に敬意はない。

山川浩校長はしばしの沈黙の後、やむなく答えた。二葉と二人きりでいると、校長と舎監ではなく弟と姉に戻ってしまう。どうにもやりにくい。

「はっきりと何事かを言われたわけではありませぬ。ただ、女高師の生徒は国庫から学資を支給されていることを忘れぬように、と」

二葉の顔がみるみる紅潮した。生徒たちから鬼とも恐れられる山川二葉だが、このときの表情は鬼をもひしぐものだった。

「なんたる卑劣な。金銭を盾《たて》に脅《おど》すつもりですか！」

「お怒りはごもっともです。私もその場で抗議しました。しかし、官費の支給を打ち切ると明言されたわけではないので、どうにも攻め手がなく」

「明言しないのが卑劣だと申しているのです！」

二葉の言い分はもっともである。

「姉上――」ついに呼びかけが変わってしまった。「姉上も、生徒たちにいつも仰せではありませぬか。あなた方は官費を支給されているのだから、その御恩には必ず報いなければならぬ、と」

「それとこれとは話が違います。生徒たちにとっては、教師となって後進を訓《おし》え導くことが国家の御恩に報いる道です。洋妾《らしやめん》になるような約定《やくじょう》はしておりませぬ」

「ですから、洋妾は大袈裟です」

校長は溜め息まじりに諭した。洋妾云々はともかく、姉の言葉が正論であることは重々承知である。

「大蔵《おおくら》」山川校長の旧名である。「あなたは妙に文部大臣の肩を持ちますね。私の気のせいですか？」

山川校長は、深く椅子に座りなおした。やはり姉は鋭い。

「姉上、今、女高師の廃止論があるのはご存知でしょう」

「むろんです。今とは言わず、それがなかったときなどありませぬ」

「女高師廃止論を抑えているのは、閣下――森有礼です」

「………」

「あの男がいなければ女高師は、否、女子教育は十年は遅れていたでしょう」

「何が言いたいのです？」

「女子教育が国家にとって有用であることを示さねばならぬということです。そのために天長節夜会で生徒たちをお披露目するのです。そうして国内外に示すのです、日本の女子教育はここまで来たと」

めずらしく熱心に女子教育を語る弟を、二葉は驚きをもって見つめていた。校長とはいえ、あくまで軍人である。女子教育への思い入れがさほどあるようには見えなかったが。

「姉上は奇妙にお思いでしょう。私も、女子教育がまこと世に必要とされているのか、いまだわかりませぬ。ただ、ここで熱心に学ぶ生徒たちの顔を見ていると、役に立とうが立つまいが、どうにかこの場所を残してやりたいと思うのです」

二葉にはもう、何も言えなかった。説得のために修辞を弄《ろう》しているのでないことは、弟の顔を見ればわかる。

「……わかりました」二葉の声は静かだった。「それでは、私に命じなさい。舎監として、鹿鳴館に送る生徒を選び出せ――と」

それは逃げであったかもしれない。だが、命じられでもしなければ、二葉にはこの任務が許容できなかった。

校長は姉の意を汲《く》んだ。

「それでは校長として、舎監どのに命じます。鹿鳴館に送り出す生徒を十名選抜のうえ、私に報告してください。期日は十月二十日とします」

天長節のおよそ二週間前である。

「かしこまりました、校長」

二葉は完璧に礼儀を保って頭を下げた。

「なお、生徒の選抜にあたって森閣下からひとつ要請がありました」

どうせ命令も同然なのだろう——姉の表情がそう語っているのが校長には読み取れた。

「捨松を助けたあの生徒、なんという名でしたか」

「咲さん——野原咲ですか」

「そうです。彼女をぜひ、鹿鳴館に迎えたいとのことです」

一瞬、二葉は校長をにらみつけるような表情をしたが、すぐに目を伏せた。

「……わかりました。本人にそう伝えます」

校長はうなずくと、席を立った。あまりに静かな動きで、物音ひとつ立てない。校長が舎監室の扉を素早く開くと、そこに四人の女生徒が立っていた。

四人のなかでひときわ背の高い女生徒が野原咲本人であることに、校長は気づいた。

四

「君は、野原咲君だな」

「はい」

「聞いていたか」

「……はい」

　咲は戸惑っていた。鹿鳴館からの招待。想像外のことだった。

　それより、本当に危険はないのか。爆裂弾の襲撃を受けた女高師の生徒を、次の標的とされる鹿鳴館に招く。なぜそこまでするのか。暴徒に屈せぬという政府の意志を示そうとしているのはわかる。だが、私たちの心情は考慮されないのか。いたずらに暴徒を挑発する必要もないではないか。文部大臣の意向だというが……。

「……嫌ならば、断ってもよいのだ」

　二葉に言ったのとは逆のことを、校長は口にした。生徒本人を前にして、つい甘さが出てしまったようだ。

　校長を押しのけるようにして、山川二葉が咲の前に立った。

「咲さん、断ることは許しませぬぞ」

　峻厳《しゅんげん》な気迫に誰もが息をのんだ。

「あなたが断れば、私は代わりの者を選ばねばならなくなります。あなたは上級生です。断ってはなりませぬ」

　なんということか――山川校長は見るに堪《た》えなかった。責任が下へ下へと押し付けられていく。結局、割りを食うのは最も弱い立場の生徒ではないか。覚悟はしていても、その光景を目の前で見せられると目眩《めまい》がした。

「二葉先生、私も選んでください」決然と申し出たのは夏だった。「さっちゃん――野原さんが行くなら私も行きます。お願いします」

「あ、私も、お願いします！」

夏に続いて、キンが元気に頭を下げる。みねだけが無言であった。

二葉は生徒二人の束髪《そくはつ》を見下ろして、おもむろに口を開いた。

「そうですね、夏さんはよろしいでしょう」

「ありがとうございます！」

戸惑ったように見つめる咲に、夏はうなずいてみせた。大丈夫、私がついてる。そう伝えたつもりである。

「キンさん、あなたは駄目です」

「どうして⁉」

「学業成績が振るわないからです。夜会に出るにはいろいろ準備もあるでしょうからね。そのようなことに時間を取られて、勉学が今より疎《おろそ》かになってはなりませぬ」

「そ、そんな……」

常に級の最下位争いを演じているキンである。

「じゃあ、みねちゃんも駄目なんですか？」

同じく最下位争いの常連の学友を引き合いに出す。

「みねさんは行きたいとは言っておりませぬよ」

「行きたいでしょ、みねちゃん？」

キンに水を向けられて、ずっと黙っていたみねが口を開いた。

「……私は、行けないの」

「どうして？」

「それは……」

みねは困ったように二葉の顔を見て、それから同室の先輩・学友の顔を見て、決心したように告げた。

「私、天長節の頃には、もうこの学校にいないの」

空気がしんと沈んだ。何を言っているのだ、この子は――三人の先輩・学友は、狐につままれたような表情であった。

「東京にもいないの。実家で縁談がまとまったんです。この学校も退学します」

咲も夏も、言葉が見つからなかった。「おめでとう」と言うべきだったのだろうか。しばらくして、キンのすすり泣きの声が沈黙を破った。

五

女高師において、生徒の中途退学はめずらしくない。むしろ、よくあることだった。

成績不振のみねが、いつもその候補と見られていたことは事実である。過去の中退者は、おおむね、成績不振か縁談のどちらかが理由であった。

だからこそ、みねが成績不振で脱落しないよう、夏は心を砕いてきたつもりだった。多少は成果を挙げている手応えもあった。だが、縁談となるともはや手も足も出ない。

本当に縁談だけが理由だろうか。夏はそんな疑問をぬぐえずにいた。縁談に応じたから学業をあきらめたのではなく、学業をあきらめたから縁談に応じたのではないか。自分が口うるさく言い過ぎたせいで、みねを追いつめてしまったのではないか。そんな後悔が胸に淀《よど》みをつくっていた。

十月の半ば、みねは女高師を去った。

あの爆裂弾事件の日には、すでに縁談の話があったらしい。みねもそれを受け入れるかどうかで迷っている最中だったようだ。相手は地元の地主の息子で、没落士族のみねの家にとっては願ってもない話だった。相手方にとっては、家系に士族の血が入るという名誉が得られる。絵に描いたような円満な縁談だった。みねは中退により、これまで支給された学資を返済する義務を負ったが、それもすべて相手方が負担すると申し出たらしい。

そう、円満な縁談であった。ただ、あくまで本人同士の意志を除けばの話である。相手方の男については知らない。だが、みねの意志はどうだったのか。あの爆裂弾事件の日に講堂で出会った男子部の生徒に、恋心に近いものを抱いてはいなかったのか。

そして、夏にはもうひとつ気になっていることがあった。あの日、講堂のコスモスの鉢に仕掛けられた爆竹。

あれは、みねの仕業《しわざ》ではなかったか。

小さな疑惑が芽生えたのは、事件の直後だった。校舎の外で爆裂弾が破裂し、講堂の植木鉢でも何かが破裂した。あのとき誰もが、植木鉢にも爆裂弾が仕掛けられていると思ったのだ。そして、咲が植木鉢に水をかけ、演壇に投げつけたとき、爆発する様子がないことに誰もが胸をなでおろした。

そのとき、みねはこう言ったのだ。「……鳴らない」と。

初めは、かすかな違和感だった。爆裂弾が破裂することを「鳴る」とはおかしい。まるで、あの植木鉢に仕掛けられているのが爆竹だと知っているかのような言い方だった。あの子は鈍いから、爆裂弾が仕掛けられている可能性に思い至らなかったのだろう。そう思って納得しようとした。

だが、みねはあれからずっと様子がおかしかった。事件の翌々日の朝、咲に反抗するような発言をしたのも、自責の念と、自分の行為が発覚することへの恐怖による、心の不安定さゆえではなかったか。縁談を受けると決めたのは――東京から逃げるためではなかったのか？

そこまでは考えたくなかった。疑心暗鬼に陥《おちい》っているかもしれない。そもそも、みねが何のためにコスモスの鉢に爆竹を仕掛けなければならないのか。学業の重圧と縁談の悩みが、みねをそんな行動に走らせたのだろうか。だとしたら、あの子を追い詰めた責任は自分にもあるのではないか――。

コツコツと夏の机が叩かれた。一瞬、咲かと思ったが、授業中である。級が異なる咲のはずがない。

「書かなくていいのかね」

教師の声が頭の上から降ってくる。気がつけば、帳面を取る手が止まっていた。近眼の夏はいつも最前列に座る。そうしないと黒板が見えないのだ。

「すみません」

毎週楽しみにしている、中川先生の物理の授業なのに。夏は気を引きしめて帳面を取り始めた。

放課後、夏は咲を探した。みねの件について話してみるつもりだ。咲はあれから、特に変わった様子は見せていない。考えてみれば、いつも肝心なところで内心を他人に見せない人ではある。

一度は部屋に戻った形跡があるものの、咲は寄宿舎内にはいなかった。自習室を探し、図書室を探しても見つからない。また寄宿舎に戻ると、舎監室の窓口に鎮座する山川二葉と目が合った。この人はいつ見ても同じ格好で机に向かっているな、と夏は思った。

「咲さんなら外にいますよ」

訊いてもいないのに二葉が教えてくれた。いつも咲を探しているように思われているのは癪《しゃく》であったが、とりあえず礼を言う。

前庭のベンチに、咲は座っていた。あの事件の日、講堂に戻るのを嫌がった夏につきあって、一緒に座ってくれていたベンチだ。

咲は小包を膝に置き、眉間に皺《しわ》を寄せて、誰かからの手紙を読んでいた。

「さっちゃん」

声を掛けると、咲は体をずらし、夏が座る場所を空けてくれた。

「これ、みねちゃんからの手紙よ」

みねのことをどう切り出そうかと、考える間もなかった。

「さっき二葉先生から受け取ったの」

生徒宛の手紙は舎監の検閲を経ることになっている。検閲の程度は学校によってまちまちだったが、女高師では身元の明らかな差出人の場合、舎監が開封して中身まで確認することはなかった。中身を確認する場合でも、生徒に立ち会わせる。この手紙も、開封されないまま咲に渡されたようだ。

「私と、なっちゃん宛て」

「キンちゃんには？」

「別に書いたみたい」

「そうか、仲が良かったもんね」

夏は便箋《びんせん》を広げた。微かな香の匂いがひろがる。

達者な草書であった。みねは作文や書道の成績は優秀だった。苦手だったのは理数系の科目である。かつて学業不振を理由に退学していった多くの生徒が同様であった。古典や詩歌の教養を備える女性はそれなりにいても、理数系の教養は、まだ多くの女性にとって未知の領域だったのである。

はるばる姫路から届いた手紙を、夏は黙読しはじめた。

虫の音も夜ごとによわりゆき候《そうろう》折ふし御さはりもあらせられず候や

擬古《ぎこ》文の固い文面であった。言文一致運動が、まだ端緒についたばかりの頃である。

皆々様とうち連れ立ちて茗渓《めいけい》に月見せしはきのふとも遠き昔とも思はれ候　白鷺城にのぼりたる月を眺むるにつけ　御両姉様はいかゞ過されたまひしかと思ひ寄せ候

女高師での日々を懐かしむ言葉の後には、咲と夏への在学中の感謝が縷々《るる》綴《つづ》られていた。恨み言は一切なかった。「辛きことの多く思ゆれどいま思ひ出づるは嬉しきこと楽しきことばかりにて」というのが本心なのか、夏にはわからない。本心であってほしいと願うのは、身勝手かもしれない。

みねの婚約者は悪くない相手のようだった。温厚で年齢も近く、みねとは百人一首の話をよくするそうだ。講堂で出会った男子部の生徒のことは書かれていなかった。キンへの手紙に書いたのかもしれない。

終わりのほうに書かれた次のくだりが、夏の印象に残った。

御両姉様は賢良なる師の君となりて後進を導きたまふが本分　妾《わたし》は良妻賢母となりて国家の御恩に報ゆるが本分と思はれ候
「かしこ」で終わった手紙を膝に置き、夏はひとりごちた。

「良妻賢母か……」

「良妻賢母ね……」

咲もつられたようにつぶやく。

この頃は「賢母良妻」とするのが一般的だったが、順番としてまずは良妻たらんとするみねの心情を表したものだろう。

便箋がもう一枚あることに、夏は気づいた。英語の筆記体で一文が書かれている。

「はっぴい……ばあすでい……でぃあ・しすたあ……？　何これ？」

咲が小さな小包を渡す。開封されていない。これは夏だけに宛てたものだった。

小包を開けると、毛糸で編まれた柿渋《かきしぶ》色の帯のようなものがたたまれていた。

「襟巻《えりま》きね」

これは夏にも見覚えがあった。みねがいつも寄宿舎の部屋で編んでいたものだ。編み物ばかりしていないで勉強しろと、みねをたびたび叱った記憶がよみがえる。

「なっちゃん、もうすぐ誕生日でしょ？」

「誕生日って、満年齢の？」

満年齢で年齢を数える習慣が一般的になるのは、ずっと後のことである。

「西洋では、満年齢の誕生日に贈り物をしてお祝いする習慣があるの。みねちゃんにそう教えたら、なっちゃんに贈り物をしたいって」

夏は襟巻きを握りしめ、音がするほどの勢いでベンチから立ち上がった。

「誕生日のお祝いなんて、皇后さまじゃあるまいし」

天皇誕生日を天長節というのに対し、皇后誕生日は地久節《ちきゅうせつ》という。皇后宮とゆかりの深い女高師では、毎年、地久節に祝賀の行事を催している。

ベンチに座ったままの咲が、夏の背中に声をかけた。

「あの子、なっちゃんのことをとても慕っていたわ」

「嘘でしょ。いろいろ口うるさく言って、嫌われてたはずよ」

「そんなことない。みねちゃんに初めて月のものが来たとき、なっちゃんが面倒見てあげたんだってね。みねちゃんがこっそり教えてくれたわ」

この頃の女性の初潮年齢は、平均で満十四歳である。みねが特に遅かったわけではない。

「たまたま私が最初に気づいたから……仕方なくよ」

「みねちゃん、すごく感謝してたよ。大丈夫、誰もがなることだから怖がらなくていい。何度もそう言って安心させてくれたって」

「だってあの子、すごく怖がってたから……」

月のものが怖くて泣いていたあの子が、一年もしないうちに嫁に行くことになった。なぜもっと優しくしてやらなかったのだろう。後悔しても、もう取り返しがつかない。

夏は立ったまま襟巻きを顔に押し当て、目の奥からこみあげてくるものを抑えた。後ろからスカートが引っぱられた。襟巻きの端《はし》から、ハンカチーフを差し出す咲の手が見える。夏はハンカチーフを拒否するように体を背けた。咲が背後で立ち上がる気配がして、両肩に優しく手が置かれた。夏は襟巻きで顔を隠したまま体の向きを変え、背の高い学友の肩に額を押し当てた。咲の掌《てのひら》を背中に感じながら、涙が落ち着くまでそうしていた。

「みねちゃんにあんなことをさせたのは……私となっちゃんかもしれないね」

咲の声に「うん」とうなずきかけて、夏は思わず顔を上げた。慌てて涙を袖でぬぐう。

「さっちゃん、あんなことって――？」

咲は、沈痛な――としか言いようのない表情をしていた。

「コスモスの、爆竹」

「気付いてたの？」

「なっちゃんも気付いてたのね」

咲はポケットを探った。取り出したのは一寸ほどの柿渋色の毛糸である。咲は無言で、その毛糸を夏の手の中の襟巻きにあてた。

「同じ糸……？」

「あのコスモスの鉢に入っていたの」

夏は息を呑んだ。

「葉巻の吸い殻を見つけたとき？」

「そう。とっさにハンカチーフを落として隠したけれど」

証拠物品を隠したことを、堂々と明かす。

「みねちゃんが編み物の道具を巾着袋に入れていたのを覚えている？　きっと、あの爆竹も同じ袋に入れていたんだと思う」

毛糸の切れ端が爆竹の束にからみついたのだろう。

「次の日曜日、教会のついでに本郷の『かねやす』に行って確かめたの。築地で仕入れた舶来品の毛糸で、一度しか入荷しなかったそうよ。どこにでもあるようなものじゃないって」

みねが毛糸を買ったことも店員は覚えていた。女高師の生徒がその毛糸を買ったのは、それ一度きりだったという。

この人は最初から知っていたのか。夏は空恐ろしい気さえした。

「みねちゃんは、私がこの毛糸を見つけたことに気付いていたと思う。すぐ近くで見ていたんだもの。私が何も言わないから、あの子、とても苦しんだはずよ。何か声を掛けてあげたかったけど、何て言えばいいのか、私にもわからなくて……」

咲は念を押すように続けた。

「でもね、みねちゃんは火を点けるつもりはなかったと思う。しんどいことが重なって、ほんの少し魔が差したのよ。そういうことってあるでしょう」

あの日、咲がめずらしく熱心にみねを舞踏会に誘ったのは、鬱々《うつうつ》としていたあの子の気晴らしになればと願ってのことだったという。超然としているようで、やはりよく周囲を見ている人だった。かなわない、と改めて思う。

「火が点いたのは、誰かが葉巻を捨てたからよ。もちろん、植木鉢に爆竹が埋まってることなんて知らなかったと思う。悪い偶然が重なったんだわ」

おそらく咲の推測どおりなのだろう。だが、そこまでわかっていて、警察に届けようとは思わなかったのだろうか。

「みねちゃんを警察には渡せない」

咲が語ったのは、加波山《かばさん》事件のことだった。四年前の加波山事件は、自由民権運動を弾圧する福島県令兼栃木県令・三島通庸《みしまみちつね》の暗殺計画に端を発する。殺害の手段は爆裂弾が計画されていたが、爆裂弾を製造していた男が暴発事故で病院に運ばれたことで、計画が発覚する。爆裂弾の製造犯は懲役刑で済んだが、彼の妻は尋問の際、警察でひどい拷問《ごうもん》と辱《はずかし》めを受けたといわれている。

「みねちゃんをそんな目には遭わせられない。たとえ罪に問われなくても、みねちゃんはきっと、とても傷付いたわ」

警察を信用しないと言っているも同然だった。社会《よのなか》に逆らわず生きているような咲にも、意外な一面があったものだ。

「わかった。それなら、私も誰にも言わない」

夏は共犯になることにした。決断というほどのこともなく、ごく自然にそう選択した。

夏が襟巻きを首に巻いてみて、咲がそれを整えていると、校門から人影が現れた。守衛が簡単に通したところを見ると、顔なじみの人物のようだ。

咲には見覚えがあった。その制服と、炯々《けいけい》とした眼光が印象に残っている。

「君は、あのときの娘だな」

先方も覚えていたようだ。藤田警部と呼ばれていた男である。咲がコスモスの鉢植えを検証したとき、そばにいた警察官だった。先日と同じく帰宅途中なのだろう。

「君には伝えておこうか」藤田警部は淡々としている。「あのとき君が見つけた葉巻の吸い殻、持ち主がわかったようだ」

咲と夏は思わず顔を見合わせた。咲が尋ねる。

「どなたでしたか？」

「福永《ふくなが》男爵だ。葉巻自体はありふれた物だったが、福永男爵があの植木鉢に葉巻を突っ込むのを見た者がいてな」

幸か不幸か、夏は自分に暴言を吐いた初老の男が福永という名であることを知らない。

「ただ、無造作に突っ込んでいて、爆竹に火を点けようとしたふうには見えなかったそうだ。福永男爵本人も、そんなことは知らんと言っているらしい。相手が華族では傷めつけて口を割らせるわけにもいかんだろうが、嘘ではなさそうだな」

ずいぶん乱暴なことを言う。咲がみねを警察に渡さないと決意したのもうなずけた。

「どうやら君の言ったとおり、爆竹を仕掛けた者は別にいるようだ」

「そうですか」

「驚かないのだな」

「最初に申し上げたとおり、そういうこともあり得ると思っていましたから」

「心当たりがあるのかね？」

藤田警部の目が一瞬鋭くなったが、咲は優雅に微笑して返した。

「ありませんよ」

この人、すごい。夏は引きつった微笑を浮かべながら、感心することしきりだった。

「まあ、あの藤棚の爆裂弾の犯人も絞りこめてきたところだ。奴らを捕まえれば、いずれ何もかもわかるだろう」

初耳であった。新聞にもそんな報道は出ていない。

「爆裂弾の犯人、わかってるんですか？」

夏の問いかけに、藤田は頭を振った。

「まだはっきりとはしていない。ただ、以前から目を付けていた人力車夫の組合に妙な動きがあるようでな。袖角《ソデカク》（司法警察＝刑事）がそこを探っているらしい」

「人力車夫……」

「車仁会《しゃじんかい》という組合だ。背中に『仁』の字を染め抜いた半纏《はんてん》の俥夫を、見たことがないか」

ある。あの男がそうだった。爆裂弾事件の日に出会った巻き毛の俥夫。あの男の半纏の背には「仁」の字があった。近眼の夏にもわかるほど大きく。

ここまで話してくれるところを見ると、藤田警部はずいぶん自分たちを信用してくれているようだ。それとも、圧力を掛けているのか。隠している情報があるなら出せ、と。何か勘付いているのかもしれない。この人だって、みねと同じく「すぐ近くで見ていた」のではなかったか。

「君たちが見つけてくれた『西國立志編』の切れ端も、おそらく役に立つだろう。犯人が持っていたものだろうからな」

「お役に立てれば幸いです」

咲はあくまで微笑を絶やさない。あの俥夫のことも伝えるつもりはないらしい。夏は笑顔を保つのがそろそろ苦しかった。

「天長節までに犯人を捕まえたいものだな。そうすれば君たちも安心できるだろう」

女高師に天長節夜会の招待状が届いていることは、警備を担当する警察など、限られた人々にはすでに知られていた。

「よろしくお願いいたします」

二人は丁寧に頭を下げた。

藤田警部は山川校長に用があったようで、軽く手を挙げて去っていった。

夏はほっとした。同時に、久蔵という俥夫の顔が脳裏に浮かぶ。あの男は、やはり危険だ。さっちゃんと同郷だというが、本当にそれだけなのか。これ以上、あの男に関わらないほうがいいと思えた。

第七章　人力車《じんりきしや》に乗って

一

明るい墨絵のような曇り空の放課後、女高師の庭では、咲が奇妙な節《ふし》を鼻歌にしてバットを振っていた。いつもは西洋の唱歌だが、最近どうも様子が違う。節回しが浄瑠璃《じようるり》のようなのだ。

そばのベンチで愛読書の『南総里見八犬伝』を読んでいた夏は、当然ながら尋ねた。

「それ何の歌？」

「知らない」

突慳貪《つっけんどん》な答えが返ってきた。素振りに集中しているようだ。

「――ひらりと、飛ぶかと、ふんふ、ふん」

あら、と夏は思った。咲が口ずさんだ詞に覚えがある。

「それ、明烏《あけがらす》じゃない？」

「もうすぐ終わるから待って」

咲の鼻歌に合わせて、夏は詞を声に出してみた。

「覚めて、あとなく、明烏、のちの、うわさや、残るらん――やっぱりそうだ」

歌が終わり、咲の素振りも止まった。

咲は汗をぬぐいもせず、左手を腰にあて、右手のバットを地面に突き立て、ベンチの夏を見下ろした。

「あけがらす？」

「明烏。新内節《しんないぶし》よ」

三味線に合わせ、節をつけて物語りするのが浄瑠璃《じょうるり》。その流派のひとつが新内節である。「明烏」は、新内節の一曲「明烏夢泡雪《あけがらすゆめのあわゆき》」の通称であった。遊女と町人の心中事件を題材にしており、江戸の昔から人気がある。ただ、新内節は芸者が宴席に招かれて弾き語る座敷浄瑠璃として発展したので、咲が知らなくても無理はない。

「なっちゃんはどうして知ってるの？」

「き、近所のおじさんがよく酔っ払って唄ってたの！」

「怒らなくてもいいのに」

それを言うなら、咲はどこで聴いたのだろう。

「小さい頃に横浜で聴いたの。近所のおばさんが唄っていたのだけれど、歌声がすごく綺麗で、でもちょっと怖いような気もして――すごく心に残ってる。私の一番初めの記憶かもしれない」

夕暮れの見知らぬ長屋。三味線を弾き語るおばさんの瓜実顔。父親と兄が一緒にいたはずだ。おばさんのそばに行こうとして誰かに抱きとめられた記憶がある。

「明烏という歌だったのね。『ひらりと飛ぶかと』のところだけ詞を覚えていたの」

その部分は終盤の、曲調が変わって盛り上がるところだ。印象に残ったのもうなずける。

「最近、急に唄いはじめたのはどうして？」

咲はすぐには答えず、夏のとなりにどっかと腰を下ろした。バットに両手を重ね、肘を張って地面に杖《つえ》する姿が、錦絵の戦国武将のようだと夏は思った。

「何でだろう。最近、昔のことをよく思い出すの」

「実家が恋しくなったんじゃないの？」

帰ろうと思えば毎週末にでも帰れる距離なのに、咲は夏季休暇と正月しか横浜の実家に帰らなかった。遠方から来た生徒と同じ頻度である。夏自身はといえば、毎日でも帰れる距離であるが、母親との折り合いが悪いので、やはり夏季休暇と正月しか帰らない。できれば二度と帰りたくないぐらいだ。咲にはそんな複雑な家庭事情はなさそうなので、遠方の生徒に遠慮しているのだろうと夏は思っていた。

「最近いろいろあったし、ちょっと実家でゆっくりしてきたら？」

「うーん……」

まだ悩んでいる咲を、夏はからかいたくなった。

「なに、一人で帰れないんだったら私が付き添ってあげようか？」

「本当に⁉」

咲の表情が晴れ渡ったので、夏は焦った。

「え、冗談……」

「冗談？」

めずらしく怒ったような顔を見せる。

「──の、つもりだったけど……行っていいの？」

「うん、大歓迎」

断れない様子になってきた。

「そうね、横浜には一度行ってみたかったし──付き合おうかな」

「嬉しい、なっちゃん、ありがとう！」

こんなに喜んでもらえるなら本望である。成り行きではあるが、そうと決まれば夏も胸が弾んできた。幕末からの開港地。異国への玄関口。憧れないわけがない。それに

──


「一度、汽車に乗ってみたかったのよね」

咲が目を丸くする。

「乗ったことないの？　どうして？　東京生まれの東京育ちなのに！」

「うるさいな、用がなきゃ乗らないでしょうが」

東京にいれば何事も用が足りるので、これまで必要がなかっただけだ。汽車賃だって馬鹿にならない。

不意に寄宿舎が騒がしくなった。生徒たちの歓声が聞こえる。

キンが寄宿舎の玄関から飛び出してきた。

「咲さま、夏さま、夜会の衣裳《いしょう》の布地が届きましてよー！」

二

この学校の生徒がよく鹿鳴館に招かれていた頃、夏は予科の廃止後に新設された附属高等女学校の下等科を卒業し、師範に上がるための勉強中だった。そのため、鹿鳴館の舞踏会には一度も参加していない。当時は希望者が殺到していたというから、たとえ師範に在学していたとしても、入り込む余地はなかっただろう。咲はまだ横浜にいたので、その頃を知らない。

実際に鹿鳴館に行った生徒によると、まだ制服が洋装でなかった当時は、安価な窓掛け《カーテン》の布地でドレスを作り、新聞紙を丸めてバッスル・スタイル特有の腰のふくらみを出していたそうである。涙ぐましいというほかない。しかし、それも内輪の会だったから許容されていたもので、国内外の要人を招く天長節夜会ともなれば、そうもいかないだろう。

女高師の制服も一応、流行のバッスル・スタイルのドレスではある。ただ、あまり良い布地ではないし、長く着込んでいるため、あちこちに擦り切れ、かぎ裂き、染みなどができている。この格好で鹿鳴館に行ってよいものか、気になっていたところではあった。制服同様、夜会用のドレスも官費で支給されるならば、ありがたい。

だが、これは官費支給ではなかった。

「大山《おおやま》伯爵ご夫妻のご厚意ですよ。みなさん、後で必ず御礼状を書くように」

山川二葉が語るとおり、大山陸軍大臣と捨松《すてまつ》夫人からの贈り物であった。捨松夫人は身重のため、夜会には出席しないという。せめてもの生徒たちへの心遣《づか》いであった。

布地を見たいという生徒の要望を、二葉は認めた。

生徒たちははしゃぎながら、食堂兼談話室のテーブルを寄せ、行李《こうり》から布地を取り出した。紙の覆いを外し、巻物状になった布地を展開する。とりどりの色彩と柄がテーブル上に広がった。

まず感嘆の声があがり、しだいにざわめきに変わっていった。

「これ、反物《たんもの》よね？」

花菱文《はなびしもん》、丸文《まるもん》、亀甲文《きっこうもん》、それに菊や紅葉の柄。反物のように幅が短くはないが、明らかに着物用の布地であった。

生徒たちに戸惑いが広がる。西洋人が着るようなドレスそのものを想像していたのだが、この布地でドレスができるのだろうか。

ずっと沈黙していた咲が、手近な布地を両手に持ち上げた。

「綺麗……とても」生徒たちの視線が咲に集まる。「この布地で作ったドレスを見てみたい。きっと、とても素敵だわ」

西洋文化に馴染《なじ》みの深い咲が魅入られたように語ると、説得力がある。他の生徒たちも、この布地こそが最良のものに思えてきた。

「そうね、私たち日本人だもの、着物の柄ならきっと似合うわね」

「これなら西洋人にも猿真似だなんて馬鹿にされないわ」

生徒たちの声が弾む。

実は鹿鳴館の貴婦人たちのドレスも、着物地で仕立てたものが少なくない。かつて鹿鳴館に招かれたことのある生徒がその事実を思い出すと、生徒たちの不安は完全に払拭された。

ともかく、天長節夜会までにこの着物地をドレスに仕立てなければならない。単純な構造の着物ならばともかく、ドレスの仕立てとなると、女高師の生徒たちの手に余る。

数日後、共立《きょうりつ》女子職業学校の生徒たちが、神田川の向こう岸から水道橋を渡って押寄せてきた。彼女たちは夜会に出席する女高師の生徒を尺度《インチテープ》で縛《しば》り上げ、あらゆる身体部位を数値化していった。

西洋人と見紛《みまが》うばかりの体格の咲は、やはり職業学校の生徒たちの創作意欲を刺激したようだ。誰が咲のドレスを担当するかで争奪戦になったが、結局、最も腕に覚えのある生徒が実力でねじ伏せる形となった。

「よろしくお願いします」

「任せて」

無愛想ながら頼もしい言葉を残し、職業学校の生徒たちは再び水道橋を渡って帰っていった。大量の着物地を抱えて。

三

十月下旬の土曜日の午後、咲と夏は外泊許可をとった。ともに横浜に向かうためである。

咲と夏はそれぞれ、東京府内の保証人宅で出入検査簿に印をもらわなければならなかった。これがないと、正当な外出であったことが認められない。他に目的地がある場合でも、必ず保証人宅を経由することになる。生徒たちが「外出地獄」と呼ぶほど、女高師の外出規則は厳格だった。

幸い、二人とも保証人宅は女高師の近所である。咲は真砂町《まさごちょう》の伯父宅、夏は実家のある菊坂《きくざか》の並びの親戚宅だった。保証人の条件は府内在住の丁年《ていねん》男子であることなので、戸主の夏といえども保証人は必要なのである。

二人は本郷の「かねやす」のある交差点で一旦別れ、それぞれ保証人宅に向かった。

それから二人は、女高師のすぐ近くにある神田神社で合流した。神田神社の鳥居を見ながら、夏はふと思い出した。学友たち何人かで連れ立って神社の祭りに来たとき、咲だけは神殿に参拝しなかったことを。信仰の違いを実感した瞬間でもあった。

二人でとりとめもなく話しているうちに、萬世橋《よろずよ》にたどりついた。東京府で最初の石橋である。住民は二連アーチが神田川に映る姿になぞらえ、「眼鏡橋《メガネ》」の愛称で呼んでいる。

萬世橋は新橋と上野・浅草を結ぶ交通の要衝《ようしょう》であった。閑静な御茶ノ水からさほど離れていないのに、交通量が桁違いである。人、馬、人力車、大八車などがひっきりなしに行き交い、砂埃を巻き上げている。

萬世橋を渡ると三角形の広場に出た。柳の並木が映《は》える洗練された広場で、鉄道馬車の駅もある。道路に鉄路が埋め込まれており、その上を馬車が走るのだ。

咲と夏の姿を見て、俥夫が次々に「参りましょう、参りましょう」と声を掛けてきた。洋装の婦人は裕福だと思われている。鉄道馬車に乗るつもりの二人は、会釈《えしゃく》しながらその勧誘をかわし続けた。

だが、一人の俥夫の前で、二人は歩みを止めざるを得なかった。

「参りましょうか、お嬢さんたち？」

悠々と声を掛けてきたのは、柿崎久蔵であった。

四

久蔵の背後に停められている人力車は、最近あまり見なくなった二人乗りである。

ただ、咲と夏が注目したのはそこではなかった。童子・童女が五、六人、久蔵の脚にまとわりついているのだ。年齢はまちまちだが、一番大きい子でも七歳ぐらいだろう。赤子を背負っている子もいた。顔も雰囲気もそれぞれ似ていないので、久蔵の子とは思えない。ただ共通しているのは、どの子も痩せてみすぼらしい身なりであることだった。鼻を垂らし、目脂《めやに》だらけの顔で、眼病を患《わずら》っている子もいるようだ。

夏は内心を顔に出さないように努めたが、正直なところ、あまり近寄りたくなかった。夏の実家の菊坂にも貧しい家はあったが、ここまでひどい状態の子たちは見ない。

「キューゾー、仕事なんかしねえで俺たちと遊びやがれ」

「悪いな、また明日な」

久蔵は童子の頭をなでたが、他の童子たちが久蔵の人力車にのぼって彼を行かせまいとする。

「おい、よせ」

久蔵が童子を一人ずつ抱えて下ろしていく。

「そうよ、お姉さんたちが乗せてもらうんだから」

なぜか咲も参戦して、童子を抱え下ろした。

あんな汚い子によく平気で触れるものだ。夏が眉をひそめつつ感心していると、今度は童子の鼻水を咲がハンカチーフで拭き始めた。気が遠くなりそうだ。

いや待て――夏は正気に返った。その前に咲はなんと言った。

「ちょっと、さっちゃん、誰が乗るなんて言ったの！」

「いいじゃないの、乗せてもらいましょうよ」

「鉄道馬車に乗るんじゃなかったの⁉」

「乗りたかった？」

「え？」

「もしかして、鉄道馬車にも乗ったことなかった？」

「あ、あるに決まってるでしょ、それぐらい」

「だったらいいじゃないの。鉄道馬車は帰りに乗ればいいよ」

「別に乗りたいわけじゃないってば」

問題はそこではない。あの爆裂弾事件の日、久蔵が『西國立志編』を読んでいたと言ったのは咲ではないか。そして、久蔵の半纏《はんてん》の背には堂々と「仁」の文字がある。車仁会の俥夫であることを示す印だ。こんな危険な男の俥に乗りたくなかった。

そもそも、人力車より鉄道馬車のほうが料金が安い。夏にとって、これは決して小さくない問題である。鉄道馬車が誕生したとき人力車業界が猛反発したのは、これによって客が取られるからであった。実際、多くの俥夫が失業に追い込まれたのである。

「そっちのお嬢さんは料金のことを気にしてるのかい？　いいぜ、知らない仲じゃなし、特別に二人で一人分の料金にしてやるよ」

大特価である。夏の心はたしかに揺れたが、なんとか踏みとどまった。

「で、でも、鉄道馬車のほうが速いですよね？」

軽い気持ちで口にした言葉だったが、俥夫の矜持をいたく刺激してしまったらしい。

「言うじゃねえか、お嬢さん。いいだろう、もし俺の脚が鉄道馬車《ばしゃてつ》より遅かったら、料金はタダにしてやるぜ。どうだ？」

俥夫は脚力を誇りとする。まして不倶《ふぐ》戴天《たいてん》の仇である鉄道馬車に劣ると言われたら、黙って引き下がるわけにはいかないのであろう。

「ここまで言ってくださってるんだから、乗せてもらいましょうよ」

咲は最初からその気のようだ。夏は渋々承知した。いくらなんでも、往来で危害を加えられるようなことはあるまい。

久蔵は踏み台を用意し、梶棒《かじぼう》をおろした。咲と夏が並んで座席に腰を下ろす。バネが効いていて、座り心地はなかなか良い。

「お客さん、どちらまで？」

赤い膝掛けを用意しながら、久蔵がおどけて尋ねる。

「新橋ステーションまでお願いします」

「ステンショか。陸蒸気《おかじょうき》に乗るのかい？」

庶民はステーションを「ステンショ」と呼んだ。陸蒸気とは、海の蒸気船に対して陸の蒸気機関車という、これも庶民の愛称である。

「横浜に行きます。里帰りです。あ、この子は違いますけど」

よけいなことを言わなくていいのに、と夏は不満である。

「そいつは結構、合点承知。――もらってくよ」

最後の一言は、このあたりの「番」の俥夫への挨拶である。

新橋ステーションまでは日本橋、兜町《かぶとちょう》、銀座煉瓦街《れんががい》を通って行く。ちょうど一里（四キロメートル）ほどの距離だ。本当に鉄道馬車より速く走れるのか。夏は意地悪く久蔵の背中の「仁」の字を眺めた。

ちょうど、鉄道馬車が鐘を鳴らして出発するところであった。

久蔵は一旦しゃがんで梶棒をつかみ、車体を起こした。咲と夏はバッスル・ドレスの腰の後ろのふくらみが潰れぬよう、浅く腰掛けなおした。

「造作もねえ」

何が造作もないのかと思った瞬間、咲と夏の顎がそろって宙に浮いた。急発進したのだ。

久蔵の人力車は追いかける童子たちをたやすく置き去りにし、数秒前に出発した鉄道馬車にあっという間に並び、「造作もなく」抜き去った。人力車は騒々しい音とともに、鉄環をはめた車輪を大地に切りつけた。

「ひいい、こわい、こわい！」

夏が咲の腕にしがみつく。人力車とはこんなに速い乗り物だったか？　背の高い久蔵は脚も長く、一歩で進む距離が尋常ではない。

咲の顔を見ると、最初こそ驚いていたものの、今は目を見開いてこの速さを楽しんでいる。この人はおかしいと、夏は改めて思った。

五

「久蔵さん、もうゆっくりでいいです。友達も怖がってますから」

咲が言ったのは、二台目の鉄道馬車を追い抜いたときだった。

すでに俥は銀座煉瓦街《れんががい》に入っている。煉瓦に白い漆喰《しっくい》を塗った西洋風の建物が沿道に続き、アルファベットの看板が並んでいた。瓦斯《ガス》灯と並木が連なり、日本とは思われない雰囲気である。

開化日報社の前を通り、朝野《ちょうや》新聞社前の交差点を過ぎたところで、久蔵は速度をゆるめた。さすがに呼吸が荒く、何度か咳き込んでいる。人力車は歩く速さになった。

「東京で一番速い俥に乗ったんだ、当然さ」

激しく肩を上下させながら、それでも笑ってみせる。

「それにしても、俺の名前なんざよく覚えてたな」

「久しいに蔵でキュウゾウさんですよね」

「む、なんで字まで知ってる？」

「さっき子供たちに字を教えていらっしゃいましたね。地面に名前が書いてありました」

そうだったのか。地面に引っかき傷があるのは夏も気付いていたが、例によって目が悪いので、文字だとは気付かなかった。

「なんでえ、そういうことか」

「子供がお好きなんですね」

「好き嫌いじゃねえよ。字ぐらい読み書きできなきゃ、これからの社会《よのなか》じゃあ話にならねえだろう。俺みたいに一生俥《くるま》引きで終わっちまったら不憫《ふびん》だからな」

自嘲《じちょう》するでもない。淡々とした口調である。

「あんたたちにはわからねえだろうが、東京にもあんな子はいっぱいいる。学校に行けなくて、自分の名前すら書けないような子がな」

わからないことはない、と夏は言いたかったが、黙っていた。この男とあまり話す気にはなれない。まだ警戒は解いていなかった。

それに比べて、咲は積極的だ。

「久蔵さんはどこで字を習ったんですか？」

「横浜にいた頃、知り合いのおばさんに教えてもらったんだよ」

「教養のある方だったんですね」

「売れっ子の芸者だったそうだからな」

「漢字も読み書きできるんですよね？」

「どうにかな」

「この前は『西國立志編』を読んでいらっしゃいましたね」

久蔵の背中に緊張が走ったように見えたのは、気のせいだったろうか。むしろ夏のほうが驚いた。さっちゃんときたら、いきなり虎の尾を踏むことはないではないか。

「――爆裂弾事件の日か。あんたたちも災難だったな」

表面上、久蔵の声に動揺の色はなかった。爆裂弾の爆発痕から『西國立志編』の紙片が見つかったことは、まだ新聞にも出ていない。本当に身に覚えがないのか、それとも誤魔化しているのか。

「あの本、まだ持っていらっしゃいますか」

「捨てたよ」

「なぜ？」

「あれは将来《さき》のある奴のためのものさ。俺には必要ない」

「どういうことですか？」

「ダイナマイト、ドンってことさ」

昨今の流行歌のもじりで煙《けむ》に巻かれた。夏は冷や汗が出て仕方ない。この男は何を言っているのだ。まさか自白なのか。それとも悪ふざけか。それより、こんな胃の痛くなるような会話を、さっちゃんはなぜ笑顔で交《か》わせるのだ。

「久蔵さんは車仁会の会員なんですね」

咲は急に話題を変えた。

「そうだよ、見てのとおり」

久蔵は肩越しに親指で背中の「仁」の字を差した。

「車仁会というのは、どういう組織なんですか」

「一言でいえば互助《たすけあい》組織だな。流しの俥引きが金を出しあって、病気や怪我で仕事ができなくなった仲間に見舞金を融通するんだ。番に入れねえ俥夫には、こんなにありがてえものはねえんだよ」

夏が考えていたような、政治結社じみた組織とはずいぶん違う。

「長年勤めた俥夫や、人助けや何かで車仁会の評判を上げた俥夫には、報奨金《ほうしょうきん》も出る。こっちもやり甲斐が出るってもんさね」

なかなかよくできた仕組みのように思える。

「お客にもなかなか評判がいいんだぜ。俥夫の中には、料金をぶったくる質《たち》の悪い奴もいるからな。車仁会では、そういうことは許さねえんだ」

その公正さが評判を呼び、今では「仁」の字の半纏の俥夫を選んで乗る客も多いそうだ。信義を守ることが商売繁盛《はんじょう》につながっている。ますますよくできているではないか。

「車仁会は誰がつくったんですか?」

思わず夏も質問してしまった。

「桂木《かつらぎ》っていう士族の若様だ。元は旗本だったらしいが、御一新《ごいっしん》であんまりうまくいかなくなったみてえでな。今は俥夫をやってるが、学のある人はやっぱり何をやっても成功するんだろうな」

典型的な没落士族のようだ。久蔵の話では、桂木の両親と妹は、貧苦の末に病死したという。ただ、商売が軌道に乗っているなら、新政府への怨みを今さら蒸し返すこともなさそうに思える。

咲はもう質問を重ねる気はないようだった。かわりに要望を出す。

「久蔵さん、鹿鳴館をまわっていただけませんか」

「鹿鳴館? ああ、いいぜ」

鹿鳴館は新橋ステーションからそう遠くない。横浜居留地から汽車で来訪する外国人の便も考えられた立地である。

人力車はまた速度を上げ、小走りの速さになった。銀座煉瓦街を抜け、ほどなくして右手に日比谷《ひびや》練兵場が見えてきた。

「ほら、鹿鳴館だ」

左手、つまり日比谷練兵場から広い道路をはさんだ反対側に、木立の生け垣が続いている。その隙間から二階建ての巨大な洋館が見え隠れしていた。この通りからは、建物を横から見る形になる。

あれが鹿鳴館か。実は、夏は初見である。また咲にからかわれそうなので、口には出さない。だが、座席の右側に座っていた咲が、夏に覆いかぶさるように身を乗り出してきた。

「あれが鹿鳴館なのね」

見たことがなかったのか。今日のように、帰省の際に寄ってみればよかったのに。夏がそう言うと、咲は「いつでも見られると思って」と答えた。そういうものかもしれない。

人力車は角を曲がり、鹿鳴館の正門にまわった。名物の黒門である。かつてこの場所にあった旧薩摩藩の中屋敷の門を、そのまま利用したものだ。

門は開放されており、人力車に乗ったまま門内を見渡せた。純日本風の黒門から広大な洋風庭園をはさんで、白亜の洋館がそびえている。和洋混淆《こんこう》の奇妙な光景だったが、不思議と似合っているようでもある。

鹿鳴館は女高師の校舎と同じ二階建てだが、一まわりも二まわりも大きく見えた。

「あそこに行くのね、私たち」

咲の言葉に、夏はうなずいた。咲の声に気負いは感じられないが、夏は身震いする思いだった。あらかじめ見に来てよかった。天長節の当日に初めて見ていたら、きっとこの威容《いよう》に呑まれていただろう。

「あそこに行くって、どういうことだ？」

久蔵が尋ねてきた。

「私たち、天長節夜会にお招きいただいたんです」

わざわざ教えてやることはないだろう。夏は呆れたが、もう、どうにでもなれという気がして放っておいた。

「招かれた？　あそこは暴徒に狙われてるんじゃねえのかい」

どんな顔をして言っているのか。夏は探ろうとしたが、久蔵は背を向けたままだ。

「だからこそです。おそらく、踊り手が足りないんだと思います」

「そんな馬鹿な話が……森の旦那様はご存知なのか」

「森閣下からお招きいただいたようなものですから」

久蔵の背中は、しばし無言であった。

夏は森文相と久蔵の関係が気になった。文相が女高師に来たときにこの男が俥を引いていたし、今の口調もずいぶん懇意の間柄を思わせた。思い切って質問してみると、久蔵は「ああ」と我に返ったような声を出した。

「前にあの家に雇われてたんだよ。恩義のある人だ」

意外なつながりがあるものだ。夏は驚いたが、「恩義のある人」という言葉が気になった。この男を犯人と疑ってかかっていたが、恩義のある人が主催する舞踏会で、爆裂弾事件など起こすだろうか。

「久蔵さん、この建物はなんですか？」

咲が、鹿鳴館の向かいに伸びる白壁を指して尋ねた。大名屋敷の壁のようだ。

「これか。東京府庁だよ」

「ああ、鹿鳴館のとなりなんですね」

大名屋敷に見えたのは正しく、旧大和郡山《やまとこおりやま》藩の上屋敷をそのまま使用している。

「さて、もうステンショに向かってもいいかい？」

「はい、お願いします」

十分後には新橋ステーションに着いていた。ステーションの駅舎はプラットフォームの先端に接続する形になっており、やはり洋風建築である。

「はい、お疲れさん」

駅舎付近は客待ちの人力車でごった返しているので、久蔵は少し離れた場所に俥を停めた。

「ありがとうございます」

異口同音に礼を言って、咲と夏が降車する。鉄道馬車より速く着き、寄り道もしてもらった。二人分の料金を払うと咲は言ったが、久蔵は固辞した。

「それより、そっちのお嬢さんは気分でも悪いのかい？　あんまり喋らなかったが」

夏のことだ。夏は慌てて頭を振った。

「酔ったのかもしれねえな。すまねえ、ちょっと走りが荒かったな」

そうではない、と夏が言う前に、久蔵は懐から一寸四方ほどの紙包みを差し出した。

「妙なもんじゃねえ、ただの塩だよ。酔ったときはこれが一番だ」

本来は肉体労働で消費した塩分を補給するためのものらしい。夏が戸惑っていると、久蔵は苦笑して、人力車の梶棒《かじぼう》に吊るした巾着袋を探り、同じ紙包みを取り出す。

「汗臭い男の懐から出てきた物なんざ、気持ち悪いよな。ほら、これなら綺麗好きのお嬢さんでも平気だろ？」

笑いながら、今度は夏の手に強引に握らせる。「綺麗好きのお嬢さん」と言われて、夏は自分が情けなくなった。あの萬世橋の子供たちを汚いと思ったことも、この男は気付いていたのかもしれない。正直、先ほどの紙包みについてもそのとおりだった。

「……ありがとうございます」

夏は久蔵に背を向け、紙包みを開いた。口元を隠しながら、ザラザラした荒い粒を一気に流しこむ。

夏は眉と口を歪《ゆが》めながら振り返った。

「本当にただの塩なんですね……」

「本当にただの塩だよ、そう言っただろ。気分はどうだい？」

「少し、良くなったような気がします」

「そいつはよかった」

このとき、初めて夏は気付いた。この人の瞳の色、普通の人と違う。灰色っぽい。光の加減では碧《あお》色にも見える。もしかすると、本当に西洋人の血が入っているのだろうか。

「あんたたち、鹿鳴館に行くのは怖くねえのかい？」

久蔵がふと尋ねてきた。自然な口調であった。

「怖くないと言えば嘘になります」

咲の答えに、夏が補足する。

「私たちは国から学資をいただいてますから。義務《つとめ》だと思ってます」

真面目くさった二人に、久蔵は「義理堅いこった」と笑った。

「久蔵さんは横浜のご出身でしたね。ご縁者の方にお言伝《ことづて》はありませんか？」

「縁者なんかいねえよ。お二人さんとも、道中、気を付けてな」

久蔵は人力車を起こして、二人と駅舎に背を向けた。咲と夏は知らなかったが、ステーションには独自の「番」があり、流しの俥夫がステーション前で客待ちをするのは難しいのである。例外は天長節夜会のときで、横浜から来る大勢の外国人を「番」だけでは捌《さば》き切れないため、府内各所の俥夫がステーション前で客を奪い合うことになる。

「――久蔵さん」

妙に静かな口調で、咲が背の高い俥夫を呼び止めた。久蔵が振り向くと、咲はおもむろに告げた。

「あなたが捨てた本、私が拾いました」

夏は心臓が飛び出すかと思った。どうしてこの人は唐突なのだ。

久蔵は表情を変えず、咲をじっと見ている。

「……そうかい。どこにあった？」

「校庭の藤棚にありました。お返しすることはできません。警察に届けましたから」

久蔵の返事を待たずに、咲は続けた。

「あの夜、私の後輩が犯人に遭遇して、こう言われたそうです。校舎の中にいろよ、と。私たちも同じことを、ある人から言われました」

久蔵は手拭いで顔をぬぐった。落ち着いている、と夏は思った。

「それで、どうするつもりなんだ？」

「私は、ある友達の過ちを見逃しました。いえ、私の手でもみ消しました。そんな私に、誰かの罪を問うことはできません」

咲の声はあくまで静かだ。

「私に言えるのは、ふたつだけです。もしもその人が罪を犯したのなら、警察に自首して罪を償《つぐな》ってほしい――少しでも早く」

車仁会に警察の捜査が迫っていることをほのめかしているのだ。夏にはそれがわかったが、久蔵は気付いただろうか。

「そして、もう罪を重ねないでほしい。それだけです」

夏の口の中で、塩辛さが苦味に変わっていく。

「ひとつ良いことを教えてやろうか」

久蔵の顔には笑みすら浮かんでいた。妙に諦観《ていかん》のある笑みだった。

「車仁会では手柄を立てた者に報奨金を出すって話をしたろう？　つい最近、俺もそいつをもらったんだよ。何をしたかは、まあ、あんたにはわかってるみたいだけどな」

私の心臓、ちぎれ飛ぶんじゃないだろうか。夏は本気で心配した。

咲には久蔵が犯人だという確信があるわけではないだろう。鎌をかけているのだ。だが、しらを切ることなど容易なはずなのに、久蔵は自ら罠にかかろうとしているかのようだった。もう目的は果たしたから、お縄についても構わないとでもいうのか。ならば、罪を犯して得た金銭を何に使った？

久蔵は軽く片手をあげて去っていった。

その背中を見送る咲の目には、やりきれない色があった。

第八章　浜風の追憶

一

少し無理をしすぎたようだ。疲れが一気に押し寄せてきた。以前なら、これぐらいは何ともなかったのだが。

久蔵《きゅうぞう》はステンショを振り返った。あの二人の姿はもう見えない。構内に入ったのだろう。

久蔵は俥を停めて梶棒《かじぼう》を下ろした。車体の蹴《け》込《こみ》（足置き）に腰掛け、体を休める。汗が落ちた。脂汗《あぶらあせ》も混じっているようだ。手拭いでふくと、体が以前より骨ばっているのがわかる。

――警察に自首して罪を償ってほしい――少しでも早く。

女生徒の言葉が耳に残る。ステンショから発車の汽笛が聞こえた。あの二人は無事に乗れただろうか。

「そして、もう罪を重ねないでほしい……か」

あの子は本当に強く、賢く、優しい子に育ったのだ。久蔵は嬉しかった。あの子の手で引導を渡されるなら、それもいいと思った。だが、それにしても――

「鹿鳴館か」

なぜあの子があんな所に。文部大臣から招待されたようなものだという。義務《つとめ》だという。これではまるで……。

「旦那様のところへ行ってみるか」

今日――否、明日がいい。日曜日ならお屋敷におられるはずだ。常子様のところに伺う日でもある。その後、夜にでも、常子様の様子をご報告がてら訪ねて、確かめよう。

このとき久蔵は、一日だけ延期したつもりだった。だが、森有礼に会うまでには、さらに数日と、思いがけない労苦を要することになる。本人は知りようもないことであった。

そよ風が吹いて、久蔵の巻き毛を揺らした。すっかり涼しくなって、肉体労働者には優しい季節である。もう夏は遠い。十七年ぶりにあの人に会いに行った夏は、遠い夢のように思われた。

そう、あれが悪い夢であってほしいと、どれほど願ったことだろう。あの人はもう、久蔵の知っているあの人ではなかった。

――夏の盛り、船から見える陸の風景は、濃い緑に覆われていた。

柿崎《かきざき》久蔵は改めて自分の身なりを眺めた。普段は半纏《はんてん》に脚絆《きやはん》姿で俥を引いているのに、今日は洋装の背広姿である。恩人に会いに行くと言ったら、常子様が仕立ててくれたのだ。もったいないことだと思う。運命は理不尽だったが、一介の俥夫としてはありえない厚遇をいただいている。そのために、知らずに済んだかもしれない自分の命の短さを知ることにもなったが、それは誰のせいでもない。運命《デスチニー》というものだろう。

常子様のことでは、あらぬ噂を立てられもした。常子様が青い眼の子を産んだとか、不義密通の相手はお抱えの青い眼の人力車夫だとか。心底、馬鹿馬鹿しかった。だが、世間《よのなか》はそんな自分を放っておいてくれず、しばらくは露骨な好奇の目にさらされたものだ。

森の旦那様——森有礼がたびたび自分を屋敷に通わせるのは、あえて自分を側に置くことで、噂が根も葉もないものであることを世間に示しているのだろう。実際、常子の不義の相手がお抱えの俥夫であるという噂は、いつしか消えた。

不愉快なことを思い出してしまったが、一呼吸して、空気と一緒に気持ちを入れ替えた。伊豆《いず》の海風が胸に満ちる。彼が向かうのは、彼の最も美しい記憶のよりどころだった。

伊豆の半島を彩る緑は、心なしか南国を思わせる。少年の頃、下田《しもだ》に去ったあの人が恋しくて、横浜山手《やまて》の丘から海を眺めていた。今思えば下田とは正反対の方角を見ていたのだが、海はつながっているのだから、まあよいだろう。ともかく、あの日、あれほどに焦《こ》がれた地に、もうすぐ自分は降り立つのだ。

「昨日《きのう》の花は、今日《きょう》の夢——」

あの人が機嫌の良いときに語っていた新内節《しんないぶし》だ。今は下田で小料理屋を営んでいるはずだ。今でも、客に所望《しょもう》されてあの美声をときどき聴かせていると、手紙には書いてあった。

船が半島を回りこみ、小さな湾に入った。湾内には幾艘《いくそう》もの小舟が帆を立て、湾を囲むように町並みが広がっている。下田港である。

下田は嘉永七（一八五四）年の日米和親条約から外国船に開かれ、四年後の日米修好通商条約によって再び閉ざされた港町である。国際港の地位は、新たに開港地となった横浜に譲られた。今は外国船の姿もなく、落ち着いた風待《かざま》ち港のたたずまいである。

船は稲生沢川《いのうざわがわ》の河口の船着場にもやいを結んだ。

久蔵ははやる気持ちを抑えた。みっともない姿をあの人に見せたくない。誰にともなく余裕を見せつけるように、荷物の多い年配客の手伝いなどをして、自分は最後に船を下りた。

夢にまで見た下田の町。あの人が暮らす町。憧れの町は磯の香りがした。

港のあたりには不潔な身なりの物乞《ものご》いが何人かたむろしている。どこにでもいるものだな、と久蔵は思った。東京で彼が住んでいる町は、あんな人々だらけだ。自分だって体が動かなくなれば、彼らの仲間になるだろう。そしてそれは、どうやら遠い未来ではない。

一人の物乞いの老婆が、杖にすがってじっとこちらを見ていた。鬼気迫るほどの眼力が、いささか気味が悪い。洋装の人間が珍しいのだろうか。久蔵を西洋人と思っているのかもしれない。今日は特別に身なりがいいだけで、施《ほどこ》しを期待されても困る。久蔵は老婆と目を合わせないようにした。船賃だけでも結構無理をしているのだ。

ひととおり港を見回してみたが、あの人らしき姿はなかった。ここに来ることは、すでに手紙で伝えてある。迎えに来てくれるのではと少し期待していたので、いささか落胆する。店が忙しいのかもしれない。無理もない、あの人の店ならきっと繁盛しているはずだ。そもそも、返事を待たずに来た自分も悪い。

少年の日に別れてから、あの人とは手紙のやり取りだけでつながっていた。その手紙が心の支えだった。あの人が鶴《つる》さんと離縁して、今は独り身でいることも知っている。鶴さんが再婚して、それからすぐに亡くなったことも。気丈なあの人のことだから弱音は吐いていまいが、きっと寂しいに違いない。自分が来たことを喜んでくれるだろうか。

本当は、立身出世を果たしてあの人を東京に迎えたかった。その日を励みにこれまでの日々を耐えてきたのだ。だが、それはもう叶わない。こんな形で再会するのは本意ではなかったが、そんな見栄など、もう、どうでもよかった。ここにしばらく滞在して、あの人の店を手伝おう。いっそ住み着いて、残りの年月を一緒に過ごせたら――。

久蔵はまず、鶴さんの墓に参ることにした。下田は海辺にまで山が迫っているので、たいていの施設は港の近くにある。鶴さんの墓は稲田寺《とうでんじ》という寺にあり、これも港に近い。

道々人に尋ねながら、稲田寺に辿りついた。「津なみ塚」と刻まれた大きな石碑がある。下田は嘉永・安政年間に頻発《ひんぱつ》した大地震の際、津波の被害を受けている。その犠牲者の慰霊碑であった。

その津波は、「下田一の芸者」と呼ばれていたあの人の運命をも変えた。東京に住んでいる下田出身の老人から聞いた話だ。彼は久蔵が出会う前のあの人のこともよく知っていた。

あの人が芸者になったのは、数えで十四になるやならずの頃だったという。病身の父がいる実家の暮らしは楽ではなく、芸者の道に入ったのも、家計を助けるためだったそうだ。

瓜実顔で色白のあの人は、たちまち売れっ子になった。なんといっても声がよく、あの人の唄う「明烏《あけがらす》」は下田の誇りとさえ言われたのだった。

だが、津波で、家財から衣服、金子《きんす》、小遣い銭、そして三味線まで、すべての財産を失い、罹災《りさい》を免れた実家に戻った。それから無理して三味線を買い、ふたたび芸者として座敷に上がったが、かつてのように「芸は売っても身は売らじ」という矜持を貫く余裕はなかった。その頃には、洗濯女《せんたくおんな》とほとんど変わるところはなかったという。宿場に飯盛女《めしもりおんな》がいるように、港町には洗濯女がいた。

そして開港から二年後、下田に米国総領事館が開かれ、あの人の運命はさらに変転することになる……。

久蔵が鶴さんの墓を探していると、背後で「ひっ」と声がした。振り返ると、五十年配の野良着姿の男が、幽霊にでも会ったかのような目で久蔵を見ていた。

「お、おめえさん……」男は唇をわななかせた。「久助《きゆうすけ》さん……じゃねえら……？」

ああ、そうか。久蔵は得心《とくしん》した。この人は知っているのだ。この人だけではない、この町で彼ぐらいの年齢の人であれば、皆知っていて当然なのだ。

「俺、そんなに親父に似てますかね」

久蔵は相手を安心させるため、努めて笑顔をつくった。

「親父……？　てぇことは、おめえ、久蔵け！」

おや――と、今度は逆に久蔵が警戒した。名前を知られている。亡父のことは知っていても、忘れ形見である自分の存在を知っている人は、それほど多くないはずだ。

「あんた、誰なんだ？」

久蔵の問いに答えもせず、男は満面の笑みで近づいてきた。特徴的な福耳と相まって、好々爺《こうこうや》とした言いようのない表情である。つい、久蔵の警戒心も緩んでしまう。

「久蔵、でかく《いかく》なって……立派になって……久助さんもお蝶《ちょう》さんもあの世で喜んでるら……」

亡き母の名前まで知られているとあって、さすがに久蔵は気付いた。この人は両親に縁のある人なのだ。

久助というのは、彼の実父が下田に滞在していたとき、地元の人々がつけた渾名《あだな》である。本名はヘンリー・ヒュースケン。初代米国総領事（後に公使）タウンゼント・ハリスの通訳として来日し、後に尊王攘夷派武士に暗殺された人物であった。

二

汽車は新橋から五十分で横浜ステーションに着いた。ほんの数年前までは一日がかりの距離である。文明開化は恐るべき勢いで日本を狭くしていた。

横浜ステーションの洋風駅舎を出ると、夏は駅前の真新しい噴水の前にしゃがみこんだ。

「なっちゃん、気分が悪い？」

「うん、あんまり良くない……」

「さっきのお塩、いま舐《な》めればよかったね」

酔ってしまった理由は、汽車の揺れよりも恐怖のためである。汽車は多くの区間、海を埋め立てた一本道を通った。土地がないから仕方ないとはいえ、大波が来て汽車がひっくり返りはしないかと気が気ではなかった。それだけではない。六郷川《ろくごうがわ》（多摩川）を渡るときなど、あろうことか、細い鉄橋の上を重い汽車が走るのだ。落ちる、死ぬ！

橋を渡りきるまで、夏はずっと咲の腕にしがみついていたのであった。

「鉄橋《あそこ》が一番楽しいのに。あんなに恐がる人、初めて見たわ」

「そんなこと言ってもね……」

「十年くらい前までは木の橋だったそうよ。橋がぎちぎち鳴って、今よりももっと面白かったって母《かか》さんが言ってた」

娘と同様、母親もいささか変わり者のようだ。

夏は無理に背筋を伸ばした。

「だ、大丈夫、歩いてるうちに気分も良くなる」

「そうね。辛くなったら言ってね」

二人は橋を渡った。この橋のたもとに、かつては居留地に出入りする人々を検分するための関門があった。渡りきると大きな通りに出る。

この掘割に囲まれた地域は、「関内《かんない》」と呼ばれる。長崎の出島を広大にしたようなものだ。関内は外国人居留地と日本人街に分かれており、後者は、外国人を相手にする日本人商人の街である。開港後に発展した新興の街らしく、関内は通りが碁盤目状に整然と走っていた。

夏は街並みを興味深く眺めた。ここはまだ日本人街のはずである。建ち並ぶ商店の造りは日本家屋だが、看板には漢字や仮名に加えて羅馬字《ローマ》が併記されている。頑張って英語で書かれている看板もあるが、綴《つづ》りの怪しいものもあり、夏の頰を緩《ゆる》ませた。

通りをゆくのは日本人商人、着物姿に日本髪の日本婦人、軍服姿の西洋人、弁髪《べんぱつ》の南京人《ナンキン》（清国人《しん》）。黒人の姿もある。肌の色も文化も違う人々が、当たり前のように街を歩いていた。自分たちのような洋装の日本人も、違和感なく溶け込んでいるように思える。

「横浜、いい……」

陶酔《とうすい》したような感想が、夏の口をつく。

「気に入った？」

「うん、すごくいい。あめいじんぐよ」

ご機嫌のあまり英単語まで飛び出した。

二人は馬車道《ばしゃみち》という名の通りを横切り、日本大通りという大層な名前の道に出た。名前に違わず幅の広い大通りで、火除地《ひよけち》を兼ねている。豚屋《ぶたや》火事と呼ばれる幕末の大火の後に敷設されたものだった。

日本大通りを横切ると、それまでの日本建築とは打って変わって洋館が建ち並んでいた。外国人居留地である。

「海沿いを歩こうよ。船がいっぱい見えるよ」

子供じゃあるまいし、船がいっぱい見えて喜ぶなどと思わないでほしい。夏は口をとがらせたが、おとなしく咲に従った。

大きな玉楠《たまぐす》の木がある英国総領事館の前を通り、三叉路を左に曲がる。正面の視界が開けた。港である。

「わあ――」夏は歓声をあげた。「さっちゃん、船があんなにいっぱい！」

見たこともない大きな船が、港の沖合にひしめいていた。黒船を彷彿《ほうふつ》させる蒸気帆船の数々であった。煙突からは煙を噴き上げ、船体の側面には外輪が重々しく回っている。各船の帆柱の天辺《てっぺん》には、ユニオン・ジャック、三色旗、星条旗、そして日の丸が翻《ひるがえ》っていた。

夏は黒船来航時の人々の心を思った。あんな船がある日とつぜん何隻も現れたのだから、それはそれは驚いただろう。咲が言うには、ちょうど今歩いているあたりが、ペルリ提督が上陸して日米和親条約を結んだ地なのだそうだ。

「へええ、ここにペルリが――」

日米の国交が初めて結ばれた地である。夏は地面の感触を確かめるように足踏みした。普段ならあまりしないような、子供っぽい仕草である。めずらしくはしゃいでいる夏の顔を嬉しそうに見て、咲は自らのスカートの裾をたくし上げ、駆け出した。

「さっちゃん、待って――」

周囲の目を気にしつつ、夏も追いかける。恥ずかしさはあったが、思わず笑いがこみあげてくる。

二人はそのまま波止場まで走った。象の鼻のように湾曲した波止場は、艀《はしけ》の溜まり場になっていた。横浜港は大型船を着岸できるほどの水深がないため、船は沖合に停泊し、艀《はしけ》を使って人と荷を揚げ降ろしする。このときは艀の出入りもなく、波止場にいるのは咲と夏だけであった。

「すごいなあ、さすが開港地だね」

波止場の胸壁に手をついて、夏は沖合の蒸気帆船を飽《あ》くことなく眺めた。波止場に打ち寄せる波の音、頰をなでる浜風が心地良い。

「やっぱり、いつかは洋行したいなあ」

この時代、向学心の高い女性の多くがそう願った。夏の場合、窮屈《きゅうくつ》な環境からの逃避願望も含まれているという自覚はある。それでも、広く世界を見てみたいという思いに嘘はなかった。

咲は海に背を向け、胸壁に軽く腰をもたせかけている。当然、咲も同じ希望を持っていると思っていたが、その口から出てきたのは意外な言葉だった。

「私は、ちょっとこわいな」

誰よりも西洋人に近い感覚を持っているくせに、何を言っているのだろう。西洋での暮らしのほうが、むしろ彼女の性《しょう》に合うのではないかとさえ思っていたのに。

「いくら英語が上手くても、洋装が似合っても、私はやっぱり日本人だもの」

自分で言うのもたいしたものだが、夏はひとまず聞くことにした。

「ノルマントン号の遭難……あんなことがあると、こわくなるよ」

それは二年前の、ちょうど今頃の季節に起きた海難事故だった。ここ横浜港から神戸に向かった英国船ノルマントン号が、和歌山沖で沈没。乗客の日本人二十五名とインド人船員が全員死亡、南京人船員も多くが死亡する惨事となった。だが、船長以下、英国人とドイツ人の船員は救命ボートで脱出していた。東洋人が意図的に見捨てられたとしか思われず、国内には怒りの世論が沸《わ》き起こった。

さらに国民の怒りに拍車をかけたのは、船長以下の船員に無罪判決が下されたことである。裁いたのは神戸の英国領事館であった。条約により領事裁判権が認められているため、西洋人を日本の司法で裁くことはできなかったのだ。

世論の沸騰《ふっとう》を見た明治政府は、兵庫県知事に船長を告発させ、英国領事館に再審を求める。最終的には、横浜の英国領事館が船長を有罪とし、禁錮三か月を科すことで決着する。賠償金はなかった。

これがノルマントン号事件の顚末《てんまつ》である。

この事件によって、不平等条約の改正を求める機運はいや増した。同時に、西洋人が東洋人をどのように見ているのかという現実を強烈に突きつけられたのである。

「いま思うと、私も西洋人におかしな扱いを受けたことがあるの」

幼い頃、咲はよく父の家具の納品に付いていった。納品先は西洋人の私邸や商館が多く、珍しい建物に入れるのが嬉しかったのだ。西洋人の多くは愛らしい着物姿の日本人少女をかわいがってくれたが、一度だけ忘れられない出来事があった。

山手《やまて》のとある洋館に庭用のベンチを納品したときのことだ。咲はその家の子たちと意気投合して、真新しいベンチに腰掛けたり、寝転がって遊んでいた。そのとき、屋敷の二階の窓から、金髪の女性が鬼のような形相《ぎょうそう》で咲に向かって何か叫びだした。一緒に遊んでいた子が「マム」と言ったので、その子たちの母親だとわかった。

召使いの南京人の女性が、気の毒そうに咲にベンチから降りるよう促した。ほとんど同時に、普段は温厚な父が顔を真っ赤にして、咲と納品したばかりのベンチを抱えて門から出て行った。

「お咲《さき》、泣くな」

咲は泣き止まなかった。悪かったのは自分だ。店の家具はお客のものだから、座ってはならない。普段からそう言いつけられていたのに、それを破ってしまった。だからあの金髪の夫人は怒り、父も怒っているのだ。父が丹精込めてつくったベンチを、自分が台無しにしてしまった。

「ごめんなさい」

咲が謝ると、父は「謝るでない!」と叱咤した。お前は何も悪くない、悪いことをしていないのに謝ってはならぬ。父は何度も咲にそう言い聞かせた。

父は悪くないと言ってくれたが、咲はその後も考え続けた。もしかしたら、あの夫人は私が着物の袖で洟《はな》を拭いたのを見ていたのかもしれない。汚い着物でベンチに座ったから怒ったのかもしれない。やはり私が悪かったのではないか。

結局、あの時あの夫人からどんな扱いを受けたのか、理解したのは何年も経ってからのことだった。着物が汚かったのではない。咲自身が、汚いものとして扱われたのだ。

三

外国人居留地の海岸通りを歩きながら、夏は咲の回想を聞いた。

言葉が見つからない。西洋人と西洋文化に身近に触れて育った咲のことを、これまでは只々羨ましく思っていた。だが、考えてみれば、そういった軋轢《あつれき》も我が身に引き受けなければならなかったのだ。そこに思い至らなかった自分の暢気《のんき》さを恥じた。

「もちろん、西洋人が皆、そんな人じゃないことはわかってる」

ノルマントン号事件の際、プロテスタント教会は領事裁判による船長への無罪判決に反対を表明した。さらに、在京浜のプロテスタント教会から遺族に義捐金《ぎえんきん》も送られた。あの事件には当の英国人からも非難の声が少なくなかったのだ。

家具を納品した屋敷の件では、当日の夜に、その家の主人が野原商店まで謝罪に来たそうである。あの金髪の夫人は、慣れない異国生活で神経が参っていたという。結局、夫人は離婚して故郷に帰り、あの家には日本人の妻が迎えられた。あの日本人妻が夫人の心労の種だったのではないか、などと近所の人は噂したそうである。

「西洋人でも、東洋人を蔑《さげす》んで見るような人はごく一部だと私は信じてる。私が結婚を約束した人も、とても優しい人だったもの」

夏は「そうだね」とうなずこうとして、聞き捨てならないことを耳にしたことに気付いた。結婚を約束した人？

「びっくりした？」

咲はいたずらっぽく笑っている。夏は絶句し、ひたすら首を上下させるだけだった。

「私、結婚を約束した人がいたのよ。ジェームズという名前でね、三歳年上の英吉利《イギリス》人」

山手にある基督《キリスト》教系の女学校を卒業後、英語教師の助手として学校に残っていた頃のことだという。咲は十七歳だった。

ジェームズは英国の貿易商館に勤める若者だった。いささか変わり者で、野原商店の家具に惚《ほ》れ込み、しょっちゅう仕事を抜け出しては、工房を見学に来ていた。果ては自分でも家具を作りたいと言い出し、父と兄の元でニス塗りを手伝ったりもしていた。日本人の西洋家具店で西洋人が修業しているというので、近所の評判にもなった。本人が言うには、野原の家具は鉋《かんな》の掛け方に特長があり、鉋が生み出す木材の稜線に惹かれたそうである。よくわかってるじゃねえか、と、父も気に入っていたようだ。

咲と心を通じ合わせるのにも時間はかからなかった。二人でよく、山手の丘を散歩したり、時には野毛山《のげやま》まで足を伸ばした。正式なものではないが、結婚の約束もした。

結局、その恋は実らない。ジェームズの父親が亡くなり、母一人を英国に残してはおけなくなった。一緒に英国に来ないかと咲は誘われたが、やはり、その勇気はなかった。

ジェームズは帰国し、咲は東京女子師範学校を受験し、ともに横浜を去ることになる。

「……そのジェームズっていう人、今はどうしてるの？」

口にした瞬間、馬鹿なことを聞いたと夏は思った。普通に考えれば、とっくに縁が切れているだろう。

「貿易会社を辞めて、倫敦《ロンドン》で家具職人になってる。結婚してお子さんもいるよ。今でも毎年、クリスマス・カードを交換してるの」

切れていないのか。明るく話しているところからすると、どうやら友人関係に落ち着いているようだ。ずいぶん割り切ったものだと、夏は感心する。

「私が読んでたシァロック・ホウムズの本、あれも彼が英吉利《イギリス》から送ってくれたものよ。サキは絶対に気に入ると思うからって」

「そ、そうなの」

笑って話せるなら何よりではある。外国人の現地妻となり、相手が帰国して一方的に捨てられてしまう日本人女性も少なくないのだ。さっちゃんがそんな目に遭わされていなくて、本当によかった。

それにしても、この人に婚約者がいたとは露知らなかった。普段から自分のことはあまり話さない人だ。故郷の風が、この人に追憶の扉を開かせたのだろうか。

「次に結婚を申し込んできた人は、あまり良い人じゃなかったな」

「待って、一人じゃないの⁉」

咲は当たり前だという顔で、夏を見た。

「私、数えで二十一よ。縁談のひとつやふたつ、あるに決まってるじゃないの」

それはそうだ。咲も夏も、結婚して子供がいてもおかしくない年齢ではある。それにしても、であった。

「その人は日本人よ。川崎の地主のご子息で、横浜に里帰りしていた私をたまたま見初《みそ》めたそうなのだけれど」

見初められたと衒《てら》いもなく言ってのけるところは、さすがである。

その縁談は、平民である野原家との婚儀を相手の母親が認めず、破談になったそうだ。このとき、両親と二人の兄、そして咲自身が、まったく同じ言葉を口にしたという。

「おととい来やがれ、だわ」咲にはめずらしい言葉遣いである。「いくら親孝行でも、母親の言いなりになるばかりの人なんて、こっちから願い下げよ」

意外と男に厳しい人だ。夏は安堵した。咲がつまらない男と一緒になるのは耐え難いことだった。

「だからね、今はもう、結婚なんてどうでもいいと思ってるの。教師になれば一人で生きていけるんだもの」

夏は重ねて安堵した。そうだ、結婚なんかしなくていい。それにしても、さっちゃんもやはり女高師の生徒らしいことを考えていたものだ。

「ねえ、ちょっと寄って行きたいお店があるの」

咲に導かれるまま、海岸通りから居留地の奥へと入っていく。

ものの五分と歩かぬ間に、街並みががらりと変わった。洋館が並ぶ小綺麗《こぎれい》な通りから、海鼠《なまこ》壁の日本家屋や、洋館風の商店が雑居する通りになった。率直なところ、明らかに生活水準が下がったのがわかる。

看板に漢字が急に増えた。洋裁店、両替商、大工店などが並んでいるが、働いているのは皆、東洋人である。ザンギリ頭の日本人もいるが、弁髪《べんぱつ》の南京人も目立つ。

「ここは何……？」

「南京町《ナンキンまち》よ」

「ああ、ここがそうなの」

南京人（清《しん》国人）が多く住んでいることから、そう呼ばれる。実は、横浜居留地に居住する外国人およそ四千五百人のうち、過半数が南京人である。開港当初から、彼らは日本と西洋の商人間の取引を仲介する買弁《ばいべん》という役割を担《にな》った。清国は日本より早く西洋と貿易を始めていたため、西洋の商売の作法に通じていた。かつ、漢字で日本人と意思疎通ができたため、仲介者には最適だったのである。また、水夫や荷役作業員などの安価な労働力として連れて来られた者も多い。いわゆる苦力《クーリー》である。そうして居留地に住みついた人々が南京町をつくった。

咲が向かったのは、関帝廟《かんていびょう》に近い小さな店だった。饅頭《まんじゆう》屋のようだ。店頭にはなぜか洋風の立派なベンチが置かれ、店内には粗末な卓が二台並んでいる。その奥では蒸籠《せいろ》が湯気を上げていた。

店に入った咲を、店主らしき夫婦が笑顔と大仰なしぐさで迎えた。夫のほうは弁髪である。咲とは親しい間柄のようだ。驚いたことには、咲はその夫婦と南京語で談笑していた。

饅頭の詰まった熱い紙袋を抱えて、二人はその店を出た。饅頭は実家への土産にするのであった。手ぶらで来てしまった夏としてもありがたい。

「さっちゃん、南京語も話せるのね……」

「簡単な会話だけよ。ファインセンキュウ、エンジュウ、ぐらいのものよ」

咲が言うには、あの店には幼い頃から通っており、店主夫婦が面白がって南京語を教えてくれたそうだ。

店に通うきっかけになったのは、幼い頃、咲が居留地で迷子になったことだった。父とはぐれて関帝廟のあたりで泣いていたところを、あの店の夫婦に保護された。それ以来、家族ぐるみの付き合いだそうである。店頭に置かれていた洋風のベンチは、そのときの御礼に野原商店が贈ったものだったらしい。

開港地に生まれ育っただけあって、咲は付き合いも国際的であった。東京の下町の狭い世界しか知らない夏には、学友が遠い存在にも思えてくる。

ふと、奇妙な匂いが鼻をついた。煙の匂いだが、関帝廟の近くで嗅《か》いだような線香の匂いでも、饅頭の匂いでもない。これまで嗅いだことのないような、甘い匂いだった。

「吸わないほうがいいよ」

咲がハンカチーフで鼻と口を覆っている。先刻、子供の鼻水を拭いていたハンカチーフである。夏は眉をひそめたが、とりあえず咲に倣《なら》ってハンカチーフを顔にあてる。

「何の匂いなの？」

「たぶん、阿片《アヘン》」

「……！」

おかしな声がハンカチーフから漏れた。入り口を閉めきった家の前で、匂いが濃くなる。ここが阿片窟《アヘンくつ》なのかもしれない。

二人は足早にそこを通りすぎた。国際的な付き合いには、こういう罠もあるということか。夏は、やはり自分が暢気《のんき》すぎるような気がしてきた。

四

橋を渡って外国人居留地を抜けると、和洋の商店が建ちならぶ活気のある街に出た。

夏は街の後背《こうはい》にそびえる丘を見上げた。その丘は山手《やまて》といい、やはり外国人居留地だそうである。丘には大きな風車のある建物があり、それが咲の母校であった。

咲と夏が歩いているのは、二つの外国人居留地にはさまれる形の、細長い日本人街である。この地区を元町《もとまち》という。その立地から、外国人向けの商店が並ぶ賑《にぎ》やかな通りになっている。咲の実家はこの町にあった。

やがて、「野原商店」という墨書と"NOHARA'S FURNITURE"という洒落た文字《レタリング》が併記された看板が見えてきた。誤解の余地はない。店の前にはベンチが置かれていて、老婆と猫が休憩していた。咲は慣れた様子で扉を開け、店内に入った。

店内は教室ほどの広さであった。所狭しと家具が陳列されているわけではなく、意外にすっきりしている。テーブル、革張りの椅子、食器棚などが、窮屈さを感じさせない絶妙な加減で配置されていた。居心地の良い空間である。夏は思わず売り物の椅子に腰掛けたくなり、それがこの配置の狙いであるらしいことに気付いた。なるほど、これは繁盛しそうだ。

店内では、四十代半ばと思われる着物姿の女性が、西洋人の紳士と会話していた。英語である。紳士を椅子に座らせてみて、感想を聞いているようだ。

その女性がおそらく咲の母親であることを、夏はすぐに察した。顔のつくりはあまり似ていないが、笑い方がそっくりだ。頰が上がって、目がほとんど無くなる。その女性は目尻が下がる分、咲よりもさらに柔和な印象だった。

女性は咲と夏に気付いた。紳士に一言断って、満面の笑みで近寄ってくる。

「よく帰ったわね、待ってたわ」

「ただいま帰りました、母《かか》さん」

咲も満面の笑みで応えている。娘のほうが頭半分は背が高いが、そっくりの笑顔が向かい合っていた。

ああ、羨ましいな――夏は胸が痛くなった。こんな母娘関係は、自分にはもう一生、縁がないだろう。どうして私とお母様《あのひと》は、こんな風になれなかったのだろうか。

「あなたが夏さんね。咲の母の静《しず》です。娘にとても良くしてくださっているそうで、ありがとうございます」

目尻が下がって、見ているだけで緊張が解けていく笑顔だ。夏も自然に頬をほころばせて、挨拶を返した。

「私もそろそろ店を閉めるから、先に帰ってなさい。父《とと》さんも松之介《まつのすけ》も喜ぶわ」

咲には二人の兄がいる。長兄の松之介は父とともに家具職人をしており、次兄は神奈川県警に勤めているという。次兄は県警の寮に住んでいて、実家にはいない。二人とも、すでに所帯を持っているとのことであった。

家は店とは別にあり、表通りからひとつ奥の通りであった。たった一本奥に入っただけで、賑《にぎ》やかな表通りから職人の町へと雰囲気が変わる。咲がそのうちの一軒の家に入り、裏手に廻ると、むせ返るような木の香りが漂ってきた。野原商店の工房である。

「あら咲さん、お帰りなさい」

刷毛《はけ》を握って家具にニスを塗りこんでいる女性が声を掛けてきた。

「よう、帰ったか」

咲の母によく似た、目尻の下がった若い男が出てきた。咲の兄だろうか。では、その奥で鉋《かんな》を手にして微笑んでいるのが父親か。

壁一面に所狭しと掛けられた、大小形もさまざまな鉋《かんな》が夏の目を引いた。

五

工房に入ったとき最初に挨拶してくれたのは、長兄・松之介の妻である節《せつ》という女性だった。工房を手伝うだけでなく、店頭に立つこともあるそうだ。

母親の静は、店頭でもっぱら接客を担当している。もともと商家の娘だったこともあり、客あしらいがこの家で最も達者だという。

では、誰が家事を担当しているのだろう。夏は当然のごとく疑問に思ったが、なんと野原家では通いの女中を雇っていた。やはり平民とはいえ、生活水準は高いようだ。そもそも、ある程度の経済的余裕がなければ、娘を女学校に通わせることなどできない。

咲と夏は制服から着物に着替えさせてもらった。印度藍《インドあい》で染めた糸で矢絣《やがすり》柄を織りだした着物に、唐縮緬《とうちりめん》（モスリン）の帯を締める。その間、制服は陰干ししておく。

野原家は、家屋は日本風そのもので、家具だけが洋風であった。畳敷きの部屋が落ち着く。女高師で畳敷きの部屋は茶室ぐらいなので、夏は頬ずりしたい衝動にさえ駆られた。

夕餉《ゆうげ》は一人ずつの御膳ではなく、西洋風のテーブルに全員分の皿を並べた。テーブルの脚は短く切られているので、畳に座って食事ができる。これはなかなかいい、と夏は感銘を受けた。

野原家の人々は食前に手を組み、祈りを捧げる習慣があった。夏も何もしないわけにはいかず、地蔵を拝むように合掌した。戸惑ったことといえばそれぐらいで、それ以外は、野原家の生活は夏の知っている日本人のそれと変わらないようだ。むしろ驚いたのは、椅子に座ることに慣れた自分が、畳の上で正座するのがつらくなっていることだった。

そうして今、夏は野原家の人々とともに、夕餉の後のくつろいだ時間を過ごしている。咲も正座がつらいのか、脚を横に崩していた。夏もこれ幸いと、それにならうことにした。

夏には人見知りの気があったが、野原家の人々とは問題なく打ち解けられた。咲の父・圭二《けいじ》は職人らしく口数は少なかったが、温厚な雰囲気をまとった人だった。目元が咲にそっくりで、なかなかの男前である。頬から下は鋭く細いが、そこに母親の柔和な頬を当てはめると、そのまま咲の顔になりそうだ。

「夏さん、こいつ学校では暴れてないかね？」

長兄・松之介が目尻の下がり気味の顔で問う。顔だけでなく性格も母親に似ているのか、職人にしては社交的な雰囲気がある。

はて、暴れるとはどういうことだろう。夏が怪訝な顔をしていると、松之介が笑った。

「こいつは子供の頃から暴れん坊でね、それで小学校を退学になったんだよ」

「松兄《まつにい》！」

咲が泣きそうな声を上げる。

「どういうことですか？」

夏は構わず尋ねた。退学とは穏やかでない。

松之介が言うには、咲は遊び方が乱暴すぎて、他の生徒の親から苦情が絶えなかったそうである。相撲をとれば男子生徒を次々に投げ飛ばす。相手が泣いているのに、馬乗りになって高らかに笑う。教師が説教すると、本人は純粋に遊んでいるつもりだったという。

「それで公立にいられなくなって、基督《キリスト》教の私学に入れたんだよ」

昔からそうだったのかと、夏は思わず深くうなずいていた。

咲に言わせれば、幼い頃から屈強な二人の兄と遊んでおり、同級生とも同じ感覚で遊んでいただけだという。兄が悪い。ちなみに、当時の咲は事実上の退学だったとは知らされず、単なる転校だと思っていた。女高師に受かったとき、初めて聞かされたのである。

兄妹が軽く言い争っているところに、母の静が割って入った。

「松之介は憎まれ口ばかり叩くけど、妹思いでね。咲が小さい頃に居留地で迷子になったとき、泥まみれになって捜してたわ」

「そんなこともあったかな」松之介は下を向いて茶をすすっている。「あのときは、俺だけじゃなくてみんな心配したんだよ。近所の人も一緒に捜してくれてな」

「結局、この子は南京町のお店で饅頭を食べさせてもらって、けろりとしてたのよね」

ああ、さっきの饅頭屋の話か――夏の頭の中で話がつながった。

「それでも、やっぱり心細かったんだろうな。俺の顔を見たら、顔じゅう涙と鼻水だらけにしてしがみついてきやがった」

「母《かか》さん、松兄《まつにい》、その話はもう……」

いたたまれず咲が中止を求める。しかし、母と兄は意に介さない。

「あのとき最初に咲を見つけてくれたのは、松之介のお友達だったわね？」

「何回か遊んだだけで、そんなに仲が良かったわけじゃないけどね」

「何ていう名前の子だったかしらね？」

「久蔵《きゅうぞう》だよ」

咲と夏が、湯呑みから同時に茶をこぼした。熱い茶が手にかかって、二人とも悲鳴を上げる。

「何をしているの、二人ともお行儀の悪い」

静が立ち上がろうとすると、嫁の節《せつ》が制して、台所から布巾をとってきた。

夏は布巾で手を拭きながら、心を落ち着かせて尋ねた。

「松之介さん、その人、今はどうしてるんですか？」

「久蔵かい？　いやあ、わからない。確かあれからすぐ、あいつは横浜を出ていったんだ」

「どんな人でした？」

「どんなって……そうだな、体がでかくて、喧嘩っ早い奴だったな。怒るとすぐに手が出るんだ」

そんなふうには見えなかった。妙に落ち着いた雰囲気のある男だった。人違いだろうか。

「その人とはよく喧嘩したんですか？」

「いや、俺たちは相手にされなかったよ。あいつはでかいから、よく大人と喧嘩してた」

「……見た目について、何か覚えていらっしゃいませんか？」

「そうそう、外国人みたいな顔だったな。眼が灰色のような碧《あお》色のような、妙な色でね。正直、ちょっと気味が悪いと思ったもんだが、いま思うと混血児だったんだろうなあ」

久蔵だ。間違いない。久蔵と幼少期の咲は、接点があったのだ。

咲は怒ったように眉をひそめながら、宙を見つめている。記憶を掘り起こしているのだ。やがて、咲はその表情のまま夏を見て、首を横に振った。思い出せなかったらしい。

「二人とも、なんで久蔵のことがそんなに気になるんだ？」

松之介の疑問に、咲と夏は久蔵との縁をかいつまんで話した。むろん、爆裂弾事件との関わりについては話さない。

「そうか、あいつは俥引《くるまひ》きになってるのか——」

松之介は感慨深げに独りごちた。

「頭の良さそうな奴だったのになあ。まあ、学校にも行ってなかったみたいだしな」

話しているうちに記憶が鮮明になってきたらしい。

「それに混血じゃあ、まともな仕事は——」

松之介は口をつぐんだ。二目見れば混血児と推測される容姿では、仕事を得るのも難しかっただろう。欧化主義の華やかなりし今でさえ、外国人への偏見は色濃い。十年、十五年の昔ならば尚更《なおさら》である。

「夏さん、ここに来るまでに、外国人みたいな顔の俥引きを見なかったかい？」

松之介に問われて、夏は思い返してみた。しかし、街並みや船に心を奪われていて、通りすがる俥夫《しゃふ》の顔までは注意を払わなかった。

「横浜には混血の俥引きが多いのさ。外国人の子を産んで、そのまま捨てられる女がいっぱいいる。女手一つでは、子供を学校にやるのも難しい。そうなると、男の子は俥引きになるか、女の子は遊郭に入るか——哀れなもんだよ」

夏は気が重くなった。久蔵はまさに、そんな混血児の一人だったのではないだろうか。

今は宣教師が混血児のための学校をつくって、多少は改善されているというが。

「松、あまり他人様《ひとさま》のことをべらべら喋るもんじゃない」

ずっと黙っていた父が、長男をたしなめた。その顔に苦渋《くじゅう》が浮かんでいる。明らかに、久蔵のことを知っている表情だった。

「父《とと》さん、知っていることがあれば教えてください。詳しくは言えませんが、大事なことなんです」

咲が父をまっすぐ見て告げる。父は何かを察したようだ。茶を一口飲んで、観念したように話しはじめた。

「久蔵は、下田《しもだ》長屋《ながや》の鶴さんが——というよりは、鶴さんの女房のお吉《きち》さんが可愛がっていた子でな……」

六

元号がまだ慶応だった頃。

下田長屋は山手の丘の麓《ふもと》にあり、伊豆下田の出身者が集まって暮らしていた。開港地が下田から横浜に移ったことで、仕事を求めて下田の人々が横浜に移住したのである。開港地港の増築をはじめとする港湾での作業に従事する者が多かったので、下田長屋のある通りは土方坂《どかたざか》などとも呼ばれた。

鶴松《つるまつ》も、下田長屋に移住してきた舟大工のひとりだった。

造船の仕事が空いたとき、鶴松は元町通りの家具屋の工房をよく手伝っていた。開店したばかりの野原商店である。

店主の野原圭二《けいじ》は御家人の次男坊だったが、元服前に実家が御家人株を売ったために士籍を失っていた。実家は代々、指物師《さしものし》を内職としている。圭二は横浜で見た西洋家具に惚《ほ》れ込み、ほとんど独学で制作技術を習得した努力の人であった。

寡黙な家具屋の店主と、気風《きっぷ》の良い舟大工の鶴松は、生まれ年が同じせいもあってか、妙に馬があった。「鶴さん」「圭さん」と呼び合う仲となる。

店主夫婦は、独り身の鶴松をよく夕餉《ゆうげ》に招いた。幼児（長男）と新生児（次男）がいる家の賑《にぎ》やかさを、鶴松は気に入ってくれたようだ。なぜ所帯を持たないのかと圭二は鶴松にたびたび尋ねたが、もてすぎて一人だけを選べないなどと冗談めかされるばかりだった。

そんな鶴松であったが、元号が明治に変わり、野原家に元気すぎる長女が産まれた年、ひょっこりと嫁を連れて現れた。瓜実顔の美しい女であった。鼻筋が通り、小鼻がふくらんで気の強そうなところが印象的だった。なんでも、下田に住んでいた頃に将来を誓いあった仲だったが、故あって一度は別れた人だそうだ。それが今、横浜でばったり再会したという。縁は異なものであった。

その女の名はお吉《きち》といった。その頃、二十七、八歳だったはずである。

お吉は横浜の遊郭で新内流《しんないなが》しをしていた女だった。座敷に呼ばれて三味線の弾き語りを披露する商売である。鶴松と再会したのは、路上を流していたときだったそうだ。焼けぼっくいに火がつくのは早かった。

　お吉がなぜ一度は鶴松と別れたのか、なぜ下田を出たのか、いつ横浜に来たのか、そういった事情は夫婦とも一切語らなかった。野原夫婦も、あえて立ち入って聞くことはなかった。あまり綺麗な商売をしてきた女ではないという噂はあったが、二人がいま幸福であればそれで良いと思っていた。

　下田長屋で混血の少年の姿を見かけるようになったのは、それから程なくのことである。その頃、混血児はまだめずらしかった。その少年は、鶴松夫婦のもとにたびたび泊まっていった。お吉さんの連れ子かとも噂された。お吉が新内流しをしていた遊郭には、異人だけを相手にする楼もある。お吉はそこで異人との間に子を生《な》したのではないかというのだ。

　その噂を知ったとき、鶴松は猛烈に怒った。噂を流した奴をぶん殴るといって聞かないので、圭二が必死でなだめたものである。お吉自身はというと、「言いたい人らには言わせておけばいいさ」と、さっぱりしたものであった。

　お吉が説明するには、あの子供は久蔵といって、新内流しをしていたときに知り合った遊女の遺児なのだという。やはり異人との間に生まれた子だった。その父親もすでに亡くなったという。

　少年はその頃、吉田新田《よしだしんでん》に移転した遊郭で下働きをしていた。お吉は遊郭に顔が利く。独身の頃は新内流しをしていたし、鶴松と一緒になってからは髪結いとして出入りする機会が多かったのである。少年を時々預からせてくれるよう楼主に掛け合い、首を縦に振らせた。遊女たちも協力してくれたようだ。

鶴松・お吉夫妻と久蔵が連れ立って出かける姿は、本当の親子のように見えたものだった。野原家と一緒に、野毛山散策に出かけたこともある。

鶴松とお吉が伊豆下田に帰ったのは、明治四年のことであった。鶴松は舟大工として、お吉は髪結いとして、故郷で生計を立てられる自信がついたのだろう。

夫妻には実子がなかったので、久蔵を養子にすることも一時は真剣に考えたらしい。だが、それは実現しなかった。鶴松が圭二に語ったところでは、碧い目の子を下田に連れて帰れば、お吉が後ろ指をさされることになるというのである。鶴松はその理由を決して語ろうとしなかったが、お吉の過去は下田長屋では公然の秘密であり、元町にもそれは届いていたのだった。むろん圭二は知らないふりをしていた。

その年の秋も深まる頃、鶴松とお吉は下田に帰っていった。野原家からは、餞別《せんべつ》に長火鉢《ながひばち》を贈っている。

それからすぐに吉田新田の遊郭も火災で焼失し、久蔵は消息不明となった。ほどなくして、碧い目の子供の幽霊が山手の丘からじっと海を見ていたという怪談噺《ばなし》が聞かれるようになる。

圭二もてっきり久蔵が死んだものと思っていたが、鶴松からの手紙で、久蔵が生きていること、火事の後に東京に行ったらしいことを知る。久蔵についての消息で、圭二が知っているのはそこまでであった。

鶴松はその後早くに亡くなり、お吉とも程なく音信が途絶《とだ》えた。

「お咲《さき》は久蔵のことを覚えてないか？」

昔の父なら「覚えておらぬのか」と問うところだが、今はすっかり町人言葉になっている。

咲は再び眉間にしわを寄せて記憶をたどったが、思い出せない。満三歳になるやならずの頃に数回会っただけの人である。覚えていろというほうが無理だ。

「迷子になったときのことは覚えてるんだろ？」

兄が問う。咲が居留地で迷子になったのは、鶴松・お吉夫妻が下田に帰ってまもなくのことだったらしい。

「それは覚えてる。少しだけど」

例によって父の納品に付いていったとき、居留地で迷子になった。猫を追いかけていたと、当時満三歳の自分は証言したそうである。まったく覚えていない。覚えているのは、自分を保護してくれた南京人のおじさんやおばさんの笑顔。もらった饅頭のあたたかさ。そして、兄の姿を見たとき、安堵のあまり泣きながら駆けよったこと。

「――あっ」

「思い出したか？」

兄に駆けよったとき、誰かの手を離した覚えがある。おじさんやおばさんの手ではなかった。自分より大きい子供の手だった気がする。

「それが久蔵だよ」

松之介が汗と泥にまみれて洋館の街並みの中を探していると、「松、松!」と大声で呼ぶ声があった。久蔵だった。「お咲ちゃんが南京町にいた。ついてこい!」

ついていこうとしたが、脚の速い久蔵にあっさりと置いていかれた。なんとか追いつくと、久蔵が咲の手を引いて饅頭屋の前で待っていた。

咲の表情がみるみる崩れ、涙と鼻水と食べかけの饅頭まみれの顔ですがりついてきた。久蔵はそれを見ながら、「きったねえなあ」と笑っていたものだ。

思えば、横浜で久蔵を見たのはそれが最後だった。遊郭での厳しい暮らしから逃避し、新天地を求めたのだろう。怒るとすぐに手が出る久蔵の性格は、遊郭での彼の境遇を物語っていたと、今にして松之介は思う。

「……久蔵さんは、きっと、さっちゃんのことを覚えてたのね」

夏の言葉に、咲はうなずいた。爆裂弾事件の日に出会ったとき、久蔵は咲を知っている様子だった。あれはきっと、十七年ぶりの再会だったのだ。三歳の童女が大人の婦人になって目の前に現れたのだから、さぞ驚いたに違いない。

「私、お吉さんのこともきっと覚えてる。あの唄——明烏《あけがらす》。唄っていたのはお吉さんだと思う」

夕暮れの長屋で弾き語っていた、瓜実顔の美しい横顔。あれはきっとお吉さんだった。

父がおもむろに口を開いた。

「きっとそうだろうよ。お吉さんは明烏が得意だった。芸者だった頃は『明烏のお吉』と渾名《あだな》されていたそうだよ」

七

……その福耳の好々爺《こうこうや》は、捨蔵《すてぞう》と名乗った。

彼は初代米国公使ハリスと、その通訳ヒュースケンに仕えた給仕《ボーイ》だったという。下田に総領事館ができ、公使館に格上げされて江戸の麻布《あざぶ》善福寺《ぜんぷくじ》に移ってからも、四代の米国公使に仕えた。ヒュースケン――久蔵の血縁上の父親――が尊攘派に暗殺されたときにも、その騒動の渦中にいたそうである。

捨蔵という名を、久蔵は知っていた。善福寺でとても世話になったと、生前の母が語っていた人だ。ヒュースケンの死後、乳吞児《ちのみご》を抱えて横浜の遊郭に帰る母に、いろいろと便宜をはかってくれたともいう。久蔵にとっても恩人ということになる。

「お前のことはお吉さんからよく聞かされたよ。賢くて、優しい子だってな」

捨蔵は江戸の言葉をよく覚えていて、久蔵にも江戸弁で対してくれた。あの人――お吉さんとは、下田の玉泉寺《ぎょくせんじ》に総領事館ができて以来の古いつきあいだそうである。だが、それ以前から、「下田一の芸者」お吉の名は知っていたという。

捨蔵の話には興味がある。ただ、久蔵は早くお吉さんに会いに行きたかった。今は何をおいても、お吉さんの顔が見たい。

だが、捨蔵の口からは驚くべきことが告げられた。

「気の毒だがな……お吉さんは今、下田にいねえんだ」

「……なんだって？」

そんな馬鹿なことがあるか。久蔵はほとんど食ってかかる勢いで捨蔵に詰めよった。

「落ち着け、本当なんだ。お吉さんは京に行ったんだよ。なんでも、古い友達がそこにいるらしくてな」

「きょ、京……？」

言われてみれば、お吉さんが横浜に来る前、ごく短い間だが京にいたという話を少年の日に聞いたような気はする。だが、お吉さんは今、この下田で安直楼《あんちょくろう》という小料理屋を経営しているはずだ。

「安直楼はとっくに廃業したんだよ。ほれ、お吉さんが売れっ子の芸者だったことは知ってるだろう？　京の島原で開業してる昔の芸者仲間に、どうしても手を借りたいって誘われたんだとさ」

聞けば、すでに四年前だそうだ。安直楼の開業をお吉さんからの手紙で知ったのは、六年前である。二年間しか営業していなかったことになるではないか。そんな話がにわかに信じられるか。第一、それが本当なら、なぜお吉さんは俺に知らせてくれなかったのだ。

「心配かけたくなかったんじゃねえのか。お前さんが立身出世を果たすまでは会わないって、お吉さんはいつも言ってたからな」

たしかに、お吉さんは久蔵への手紙にいつもそう書いていた。鶴さんと離婚したときにも、鶴さんが死んだときにも、久蔵が下田に来ることを許してくれなかった。いつも矜持を高く保っていたお吉さんは、他人に同情されることを何よりも嫌った。

俺に心配されるのも嫌だったのか――久蔵にはそれが寂しい。

「わかってねえな。お前さんだからこそ、心配かけたくなかったんだよ。それが親心ってもんだろうが」

親心。捨蔵の口から自然と出たその言葉が、久蔵の胸を打った。お吉さんは俺のことを息子のように語ってくれていたのだろうか。

「それでお前さんは、立身出世を果たせたのかい？　その格好を見ると、なかなかのもんじゃねえかい？」

久蔵は自分が洋装を着ていることを思い出した。恩人に会いに行く自分のために、常子様が特別に仕立ててくださったものだ。自分の力で得たものではない。

立身出世どころか、命の終わりが見えている身である。この男に言えば、きっとお吉さんにも伝わってしまうだろう。とても言えない。久蔵にも確かに、お吉さんにだからこそ知られたくないことはあった。

「格好だけです」

正直に答えたが、捨蔵は謙遜と受け取ったようだ。「たいしたもんじゃねえか」と笑っていた。

捨蔵は久蔵を安直楼に連れて行った。お吉さんが元気に切り盛りしているはずの小料理屋は、たしかにひっそりとしていた。中に入っても誰もおらず、天井に蜘蛛の巣がかかっている。売りに出されているのだという。

「納得したか？」

納得するしかなかった。お吉さんは本当に下田にいないのだ。

ただ、四年前に店を廃業して京に行っていたのなら、手紙はどういうことだろう。下田のお吉さん宛に送って、ちゃんと下田のお吉さんから返事が来ていたのだ。

「お前さんからの手紙は、俺が受け取って京のお吉さんに送ってたんだよ。お吉さんの返事も、俺が一度受け取って、それをお前さんに送ってたんだ」

四年前から、ずっと捨蔵を経由して手紙のやり取りをしていたというわけか。さすがに久蔵は呆れた。そこまで面倒なことをして隠す必要があるのか。あの気風《きっぷ》の良いお吉さんなら、京でもきっと背筋を伸ばしてやっているだろう。心配を掛けたくないなどと、水臭いではないか。

捨蔵は、今度は久蔵を宝福寺《ほうふくじ》という寺に連れて行った。この寺の住職と懇意らしい。

宿を取っていない久蔵をこの寺に泊めてくれるように頼んでくれた。これはありがたかった。

二人は庫裏《くり》の一室に腰を下ろした。

「お吉さんが、その――総領事館に通っていたことは知っているのかね？」

おおよそのことは知っている。子供の頃、下田長屋でそんな噂を耳にしたことがある。たまたま、下卑《げび》た調子でそんな話をしている男たちを見かけて、殴りかかっていったこともある。

その噂が事実だと確認したのは、割と最近のことである。東京に住んでいる下田出身の老人に聞かされたのだった。

「総領事のハリスに仕えていたことは知っています」

ぼかして答えたが、これで十分、通じたであろう。

「そうか。俺たちはコン四郎《しろう》さんと呼んでいたがな。そう、そういうことだ」

ヒュースケンが久助《きゆうすけ》になったように、consul《コンスル》（領事）はコン四郎になったらしい。

捨蔵がお吉に出会ったのは、米国総領事館が置かれていた玉泉寺においてである。

お吉は総領事のハリスの看護婦として玉泉寺に呼ばれた。建前ではそうなっており、ハリスが体調を崩していたことも事実である。だが、健康そのものであった通訳のヒュースケンにも「看護婦」が付けられており、実態が何であるかを雄弁に語っていた。ヒュースケンは純粋にハリスのための看護婦を下田奉行に所望したものの、看護婦という概念を知らない下田奉行がその意図を誤解したとも言われる。また、ヒュースケンがあえて誤解を招くよう誘導したとも言う。

お吉がどんな心情で異人に侍《はべ》ることを承諾したのか、捨蔵にもわからない。高額な給金は生活に追われる身には魅力的であったろうが、初めは頑なに拒絶したとも聞く。一度何気なく尋ねてみたとき、「お上《かみ》の御用に否《いな》やを通せるわけないよ」とだけお吉は言っていた。

捨蔵が知る事実としては、お吉の玉泉寺通いは三夜で終わった。

お吉が三夜でお役御免になったのは、体に腫物《はれもの》があったためとも言われる。お吉に想い人がいることを知った「コン四郎さん」（ハリス）が粋《いき》なはからいをしたのではないか――などと捨蔵は考えてみるが、それは美談にすぎるかもしれない。ちなみに、そのお吉の想い人というのが、後に横浜で夫となる舟大工の鶴松である。

やがて総領事館は公使館に昇格し、江戸に移る。捨蔵もついていき、ヒュースケンの死を見届けることになる。

「久蔵はでかくなったな。俺が最後に見たときは、まだ赤ん坊だったのに」

ヒュースケンが暗殺された二か月後、ヒュースケンの侍妾《じしょう》が男児を出産した。名前はヒュースケンが生前に決めていたとおり、久蔵とした。

久蔵の母はお蝶《ちょう》といい、横浜の遊郭からヒュースケンの侍妾として麻布善福寺に派遣された遊女だった。ヒュースケンは下田時代から何人かの侍妾を抱えたが、最後の侍妾で、ヒュースケンの最期を看取ったのがお蝶である。ヒュースケンの死によって、その役目は終わった。乳吞児を抱いて横浜に帰るお蝶の寂しげな後ろ姿を、捨蔵は忘れられないという。

お蝶と新内流しのお吉は、横浜で出会った。

お吉は、下田で総領事館をお役御免となった後、芸者とも洗濯女ともつかぬ元の仕事に戻っていた。だが、「毛唐」に侍ったお吉は気味悪がられ、かつてのようには客がつかなくなった。解雇されたとはいえ、「看護婦」の支度金に加えて解雇手当ももらっており、それがまた周囲のやっかみを買う。お吉自身も、そんな世評に萎縮《いしゆく》するような気性ではなく、その態度がさらに反感を煽《あお》った。そんなことがあってお吉は下田を離れ、流れつくように横浜に居着いたのだ。

お蝶とお吉は気が合った。今思えば、米国人に侍妾として仕えた者同士、何か共感するところがあったのかもしれない。久蔵もその頃から、お吉にかわいがってもらっていた。

久蔵が満五歳のとき、横浜居留地の大火で遊郭も焼けた。四百人もの遊女が犠牲になり、その中にお蝶もいた。焼け跡には黒焦げの遺体が折り重なっていた。

お吉さんが、瓜実顔を煤《すす》で真っ黒にしながら母の遺体を捜してくれたことを、久蔵は覚えている。

結局、母の遺体は見つからなかった。黒焦げの遺体の中のどれかであることは確実だったが、見分けようもなかった。お吉さんは焼け跡から拾った竹製の簪《かんざし》を久蔵に持たせ、これをお蝶さんだと思いなさいと言い聞かせた。その簪は今でも持っている。

その日は夜も更けるまで、久蔵と捨蔵は語り合った。お吉のこと、鶴松のこと、お蝶のこと、そしてヒュースケンのこと。二十七年ぶりの再会に、話は尽きることがなかった。

翌朝、久蔵は下田の町を心ゆくまで歩いた。総領事館のあった玉泉寺。お吉さんがハリスの元に通った場所であり、実父ヒュースケンが暮らした場所でもある。

もう一度、稲田寺の鶴松の墓に参り、「津なみ塚」にも手を合わせる。

港に出た。このまま帰ろう。お吉さんはここにはいない。それならば、長居しても仕方がない。いずれ京まで会いに行けるだろうか。京は下田よりはるかに遠い。だが、生きているうちに、ひと目――。

港には捨蔵がいた。見送りに来てくれたようだ。

「世話になりました」

もうこの人に会うことはないだろうと、久蔵は思った。母やお吉さんの身近にこの人がいてくれたことは、救いだった。親切でお人好しの好々爺だった。

乗合船には、すでに客が乗り込みはじめている。小さな帆掛け舟だが、波も穏やかなので快適な船旅になるだろう。船を乗り継いで東京まで行くか、国府津《こうづ》か横浜あたりで陸蒸気《おかじょうき》に乗り換えるか。帰りの旅程はまったく決めていなかった。

久蔵は埠頭の石段を降りて乗合船に移った。埠頭に立っている捨蔵と、目礼を交わす。お吉さんとの手紙のやり取りは、今後も捨蔵を通して行うことになるだろう。お吉さんが京にいることはお前も知らないふりをしてやれ、落ち着いたらきっとお吉さんから話してくれるだろう――そう捨蔵に諭され、久蔵も一応納得したうえでのことである。

久蔵は大きな体を畳むように腰を下ろした。

ふと視線を感じて、埠頭を見回す。

かなり離れたところに、みすぼらしい老婆が立っていた。下田に到着したときに見た、あの物乞いの老婆だ。今日も杖にすがって、脚を引きずっている。そして、来たとき同様、鬼気迫るような眼で久蔵を見ていた。

やはり、洋装だから金持ちだと思われているのかな――久蔵は心の中で頭を振った。金なんか持ってないよ。俺に物乞いをしても無駄だ。あっちへ行ってくれ。

久蔵の視線に気づいた捨蔵が、急に大きな声で話しかけてきた。

「久蔵、お前、体には気を付けろよ！」

それは何度も聞いた。人一倍、気を付けている。

「たまには、俺にも手紙を寄越すんだぞ！」

それも何度も聞いた。どうしたのだ、急に。

「……唐人《とうじん》がいるさあ」

憎々しげな声が聞こえた。久蔵の後ろに座っていた家族連れの、父親らしき男の声だった。

唐人。

もともとは南京人を指すが、転じて、外国人一般を指すようになった言葉だ。

俺のことか――ごく自然に久蔵は思った。もう昔のように喧嘩っ早くはない。ちょっと脅かして黙らせるか。声の主を睨《にら》みつけようと振り返る。

だが、家族連れの視線は久蔵に向いていなかった。埠頭に立っている、あの老婆のほうを向いている。

兄弟だろう、五歳と三歳ぐらいの子供が父親に調子を合わせた。

「ああ、らしゃめんお吉がこっちを見てるじゃ」

「お吉が見てるじゃ、見てるじゃ」

母親らしき女性が、「そんなん言うもんじゃねぁら」と、夫と子供を叱る。

久蔵はほとんど無意識に立ち上がっていた。船が大きく揺れる。

「危ねぁら！」

後ろで家族連れの父親が怒鳴ったが、耳に入らない。

「お吉さん……？」

あの埠頭の老婆。あの強い視線。瓜実顔の輪郭。みすぼらしい姿に騙《だま》されていたが、よく見ると、老婆というほどの年齢ではない。まだ五十路《いそじ》になるやならずと思しき肌艶《はだつや》ではないか。

「久蔵、見るんじゃねえ！」

捨蔵の声にかまわず、久蔵は船から降りようとした。

捨蔵が石段を降り、両腕を広げて立ちはだかる。

「来るな！」

「あれはお吉さんだ、どいてくれ！」

「下田《ここ》にはいねえって言っただろう！」

「嘘をつくんじゃねえ、どけ！」

つかみ合いになる。だが、大男の久蔵に、捨蔵一人ではとても太刀打ちできない。

「おい、こいつを抑えてくよう！」

港の若衆や船の乗客が、五人がかりで久蔵を抑えこんだ。船に押し込まれながら、久蔵は、老婆が脚を引きずりながら逃げようとする姿を見た。

「はやく出せ！」

勢いあまって乗合船に乗ってしまった捨蔵が、かまわず船頭に呼びかける。

「ワレら、暴《あまさる》れるなら海ん中にうっちゃるぞ！」

船頭は怒鳴ったが、船は静かに埠頭を離れた。

「離せ！」

なおも三人がかりで船底に抑えられながら、久蔵は叫んだ。

「暴れるな、久蔵！」

「お吉さんに会わせろ！」

「駄目だ、会わせられねえ。あの人の心がわからねえか！」

久蔵の動きが止まった。暴れなくなったのを確認して、捨蔵が静かに諭《さと》す。

「今のあんな姿を、お前に見られたいと思うか。お吉さんの気持ちを察してやれ、久蔵」

船底に抑えこまれた久蔵の目には、下田の青空と入道雲が映っている。入道雲が青空ににじみ、ゆがんだ。

捨蔵がほかの二人に目配せして、久蔵を抑えこむ腕を解いた。

久蔵は静かに起き上がり、もうずいぶん離れてしまった埠頭を見やった。

埠頭には、あの老婆がまだ立っていた。

元の色がわからないほど汚れ、破れた着物。艶を失った半白髪。垢《あか》じみた様子。どう見ても物乞いの姿である。だが、髪結いだったあの人は、髪だけは綺麗に整えていた。

老婆は杖にすがりながら、久蔵をずっと見つめていた。やがて膝から崩れ落ちる。杖が転がる。地に伏し、背中を震わせる。

久蔵は船の縁に顔を埋めた。獣のような唸《うな》り声が漏れる。

乗客が気味悪そうにその様子を眺めていた。

見世物じゃねえ――捨蔵は声には出さず、乗客の視線を手で払いのけた。

下田の空を、鷗《かもめ》が悠々と舞っていた。

第九章　らしゃめんと呼ばれて

一

「さっちゃん、覚えがある？」

　しかめっ面で記憶をたどっている学友に、夏は問いかけた。

　何の変哲もない長屋の家並みである。土方坂の異名どおり、肉体労働者が多く暮らしているようだ。元町のように洗練されておらず、生活感がむき出しになっている。咲と夏は、物干し竿に掛けられた洗濯物の間を縫《ぬ》うように歩かねばならなかった。

　何人かに尋ねたが、鶴松とお吉が暮らした場所を覚えている者はいなかった。住人の入れ替わりが激しいようで、ほとんどの人が十年以内にここに来た人たちだった。二十年近くも昔のことを知っているはずもない。

　それでも、咲はようやくそれらしい場所を見つけた。少し開けた場所だったことを覚えていたのだ。おそらく井戸がある場所の近くに、鶴松とお吉は暮らしていたはずであった。

咲がしゃがみこんだ。子供の頃の目線の高さで確かめているのだ。夏も付き合いでしゃがむ。着物の裾《すそ》がはだけそうになって、慌てて押さえた。洋装に慣れてしまうと、着物は実に動きにくい。

「ここだわ」咲の声には確信があった。「あのときは、お昼じゃなくて夕方だった。三味線を弾いている女の人があの辺りに立っていて――」

美しい横顔の輪郭を夕陽が縁取っていた。瓜実顔で鼻筋が通っている。切ないような、怖いような唄声。

ひらりと飛ぶかと見し夢は――

咲は目を閉じ、記憶を辿《たど》った。お吉さんの唄を聴く自分の傍《そば》に、父がいる。兄がいる。そして、自分は誰かの袖を握っている。父でも兄でもない。

「――久蔵さんだったのかもしれない」

お吉さんの弾き語りをもっと近くで聴こうとしたのに、なかなか近付けなかった。大柄な少年に強い力で抱きとめられた記憶が、朧《おぼろ》げにある。

咲は立ち上がった。

「お吉さんが住んでいたのはあの辺りだと思う。知っている人がいないか聞いてみよう」

二

三時間後、咲と夏は洋装の制服に着替え、野原家を出発した。

来たときに通った海岸通りを、無言で歩く。浮かない表情だ。学校に帰ることが憂鬱《ゆううつ》なのではない。下田長屋で聞いたお吉の噂が、二人の気分を重くしていた。

「——ああ、あの唐人《とうじん》け」

「あの洋妾《らしやめん》、酒に溺《おぼ》れて頭がおかしくなっちまったさあ」

「毛唐《けとう》と寝て稼いだ金で昔は豪勢にしてたんだら、ざまあねぁじゃ」

「今はみじめな乞食暮らし」

「卒中で片端《かたわ》になって」

「洋妾《らしやめん》よ、洋妾《らしやめん》お吉よ——」

お吉の現状の悲惨さに胸がしめつけられた。だがそれ以上に、お吉を語る人々の無慈悲さが、二人を暗澹《あんたん》たる思いにさせている。

救いだったのは、二人が下田長屋を去るとき、若い夫婦がそっと耳打ちしてくれたことだった。

「みんなはああ言うが、お吉さんはそんな悪い人じゃねぁさ。ただ、気が強い《ずない》ところがあって、みんなとうまくいかんくなっただけさあ」

「根は情があって面倒見のいい人さあ。私《おら》たちが祝言《しゅうげん》を挙げるときも、お吉さんがただで髪を結ってくれたさあ」

二人はお吉が下田で小料理屋を経営していた頃に親しくしていたという。お吉さんを忌《い》み嫌う人は多いが、お吉さんを慕う人も決して少なくないようだった。酒に溺れて生計を失い、病気で体が不自由になった今のお吉さんの生活は、そんな人たちが陰日向になって支えているのだろう。

家に帰って父に尋ねたところ、横浜時代、お吉さんは酒をまったく飲まなかったそうだ。「酒に溺れる質《たち》だから」とお吉さんは笑っていて、鶴松も苦笑していたという。冗談ではなかったのだ。夫と別れた寂しさ、客商売での付き合い、そして、陰で「唐人」と蔑む人々の視線――それらが重なり、酒を飲む機会が増えてしまったのだろう。

やりきれない――夏は何度目かのため息をついた。

「あの人は知ってるのかな」

久蔵のことである。気になる話があった。下田からつい最近越してきたという青年が言うには、今年の夏、洋装姿の男がお吉を訪ねて下田に来たというのだ。異人とも日本人ともつかぬ容姿で、東京弁だったという。その男はお吉が乞食暮らしをしていることを知らなかったようで、お吉の姿を見て打ちひしがれていた。捨蔵《すてぞう》さんが宥《なだ》めて帰らせたが、その捨蔵さんが言うには、お吉さんが昔、息子のように可愛がっていた人らしい――。

「久蔵さんはお吉さんに会いに行ったんだろうね」

咲の声は沈んでいる。お吉さんは、自分の身の上を久蔵に知られたくなかったのではないだろうか。久蔵の心の中でだけは、誇り高く美しい昔のままの姿でいたかったのではないだろうか。

二人がまた無言になっていると、すれ違った人に声を掛けられた。

「あらま、お咲ちゃんじゃないの！」

着物姿の中年婦人の二人連れであった。帰ってたならうちにも寄ってくればいいのに。また綺麗になったわねえ。これが女高師の制服？　本当に洋装なのねえ。また背が伸びたんじゃないの？　そちらのお友達も可愛らしいわね。

一方的にまくし立てる。どこにでもお喋り好きのおばさん連中はいるものだ。

咲は適当に相槌《あいづち》を打ち、「汽車の時間がありますので」と、夏の目にも割と強引に逃げた。汽車の時間までは余裕がある。よほど厄介だったらしい。

女性たちを振り切ってから、夏は何気なく「知り合い？」と咲に尋ねた。

「――近所の人」

夏は思わず咲の顔を見なおした。咲の声に、はっきりと「怒り」が混じっていたからだ。

「どうしたの、さっちゃん」

穏やかな咲が怒るなど、かなりめずらしい。夏が記憶しているかぎりでは、楽しみにしていた木村屋の餡《あん》パンをキンに食べられてしまったときぐらいではないだろうか。餡パンを食べられたことより、食べていないとキンが嘘をついたことに怒ったのだが、咲の剣幕に驚いて、関係ないみねまで泣き出してしまうほどだった。

咲は無言のまま早足になった。夏もがんばってついていく。

「あの人たち、嫌いなのよ」

「どうして？」

これもめずらしかった。咲が人の好き嫌いを口にすることなど、滅多にない。

「私に英吉利《イギリス》人の婚約者がいた話は、したよね」

「うん」

「彼と交際しているとき、あの人たちが話してるのを聞いたのよ。野原の娘は――」

咲の言葉が止まった。見ると、唇を嚙み締めている。音が聞こえるほど大きく呼吸した後、咲の発した声は震えていた。

「野原の娘は、洋妾《らしやめん》にでもなったのか――って」

その意味を理解するとともに、たとえようもない怒りが夏の腹の底から湧き上がった。

もうひとつ、咲が言っていたことを夏は思い出した。川崎の地主の息子との縁談が破談になったのは、野原家が平民だったからだ、と。それは本当の理由だったのだろうか。咲の過去を知って、相手方が適当にでっちあげた口実だったのではないか。

夏はその思いつきを口にしなかった。聡明な咲が、その可能性を考えないわけがなかったからだ。

咲が横浜に帰省するのを渋っていた理由が、夏にはようやく理解できたのだった。

三

「寒くねえですか、お嬢様」

かつては奥様と呼んでいた人を、久蔵はそう呼んでいる。

「ありがとう、大丈夫ですよ」

かつて森常子《もりつねこ》と名乗っていた婦人は、今は実家の広瀬《ひろせ》姓に戻っている。雨も降っていないのに、人目を避けるように人力車の母衣《ほろ》を深く下ろしていた。日除けのためなら日傘を差すのが普通なので、かえって人目を引いている。久蔵は気にせず俥《くるま》を引いていた。

久蔵は毎週、決まった曜日に常子の様子を見に来ていた。かつて森家に雇われていた義理もあるが、直接的には森有礼に頼まれたからである。実は、ささやかながら手当ももらっていた。

森は、常子の実家に仕送りもしているようだった。中流士族の広瀬家には、やはり助けになるだろう。結婚したときと同じく、離婚の際にも二人は契約書を交わした。その中にその旨の記載があるのだろうと久蔵は思っている。

離婚後、ふさぎこみ、引きこもりがちになっていた常子だが、これでも最近はずいぶん元気になった。短い時間ながら、こうして外出もする。表情も出てきた。かつてはよく笑う方だったのだ。あの頃と同じようにとはいかなくとも、こうして少しずつ回復していくのだろう。この人にはまだ、希望がある。

「お嬢様、今日はお濠《ほり》の周りを巡ってみましょうか」

「そうしてください」

久蔵はゆっくりと楫棒《かじぼう》を巡らした。女高師の生徒を乗せたときのような、乱暴な走行はしない。いま乗せている人は、あの娘たちとは違う。心身ともに健康で、生命力《いのち》がみなぎっているような彼女たちとは違うのだ。

「――何かあったのですか」

母衣《ほろ》の陰から、常子が不意に尋ねてきた。

「何かって……何かおかしいですか、俺」

「ずっと気になっていました。夏に下田に行ってから、様子が変わりましたね」

心を閉ざしているように見えた常子だが、周囲のことはよく見ていたようだ。おかげさまで恩人に会えて、旧交を温めることができました、ありがとうございます――常子にはそう報告していたのだが、見抜かれていたのだろうか。

「どう変わりましたかね？」

「落ち着いています。怖いぐらいに」

久蔵は笑ってみせた。

「落ち着きが出たんなら、結構なことじゃありませんか」

「こんな言い方をすることを許してください。今のあなたは、そう、死に場所を見つけたような顔をしていますよ」

「……」

「それが良いことであれば構いません。私にできることがあれば協力《ちからぞえ》もします。ですが、何か恐ろしいことに関わっていませんか？」

久蔵の胸を冷たい汗がつたった。

「人力車の組合が、例の女高師の爆裂弾事件に関わっているという噂があるようですね。どの組合かは存じませんが、あなたが入っている車仁会《しやじんかい》というのは大丈夫なのですか？」

「車仁会はただの互助組織《たすけあい》です。政治結社じゃありませんよ」

「本当ですか。俥夫の組合の中には、自由民権運動の影響を受けて政治結社化しているものもあると聞きますが」

「大丈夫ですよ」

久蔵は言い張ったが、常子が納得していないことは背中で感じられた。

「……たしかに、民権民権うるさい奴は仲間内でも増えてますよ。ですが、そいつらは近頃の流行《はやり》に乗って騒いでるだけです。俺には関係ねえことですから」

常子はもう、追及しなかった。腕を伸ばし、自ら母衣《ほろ》を後ろに下げた。全身が秋の陽《ひ》に包まれる。常子が往来で陽に当たるのは久しぶりだった。

「良い日和《ひより》ですね」

　常子の澄んだ声が耳に届く。久蔵は黙って俥を引き続けた。

四

　浅草は日曜の賑《にぎ》わいである。

　一軒の写真館があった。店頭には景勝地を写した写真や、美しい芸者の写真が飾られている。奥には撮影所があり、五十路ほどの店主が働いている。さらに奥の部屋では、隠居の老人が絵筆を握っていた。油絵である。

　絵師を志していた老人は、はるか昔、江戸で絵の修業中にたまたま「写真」というものを見せられた。衝撃だった。いくら写実的な絵も、これには敵わない。なにしろ、見たままを写してしまうのだから。

　写真というものの仕組みを教えてくれたのは、下田玉泉寺の米国総領事館にいた久助《きゆうすけ》さんことヒュースケンだった。彼は写真の専門家ではなく、写真機も持っていなかった。だが、写真術というものが仙術でも妖術でもなく、原理が存在するものだということだけは、久助さんの説明で理解できた。

　あれから横浜に出て、ほとんど独学で写真術を習得し、馬車道《ばしやみち》に写真館を開いた。写真屋稼業に飽きたらず、牛乳搾取《さくしゅ》業や東京・横浜間の乗合馬車事業など、商売の手を広げた。先駆者であるという自負はあった。

だが、文明開化の世は、あっという間に彼を過去の人にした。まさか旧大名屋敷の敷地で失業士族が乳牛を育てるとは思わなかったし、東京・横浜間にあんなにも早く陸蒸《おかじょう》気《き》が走るとは思わなかった。事業は手放さざるを得なかった。

世の中の変化が速すぎる。写真館は息子が立派に継いでくれていることだし、自分はもう、のんびり楽隠居させてもらおう。写真術を極めた俺だからこそ言えるのだが、やはり絵には絵の良さがあるものよ——。

そんなわけで、老人は今日も絵筆を片手に画布《キャンバス》とにらめっこをしているのだった。

客が入ってきたようだ。息子が応対している。ちらっと覗いてみた。洋装の若い婦人が二人。両人とも二十歳になるやならずか。背の高いほうの娘は西洋人みたいな美人だ。ただ、俺のような古い人間には、もう一人のすっきりした顔の娘が好みかな……。

息子がこちらを向いたので、老人は慌てて顔を引っ込めた。足音が近づいてくる。なんだ、俺に用なのか。

「父《と》っつぁん、来いよ。めずらしいお客人が来なすったぜ」

すっかり江戸弁になりおって、この馬鹿息子が。すでに初老に達している息子に、老人は心のなかで毒づいた。絵筆を置いて立ち上がる。まだまだ足腰は弱っていない。ただ、店に出るときは自分の背丈より高い特注の杖をつく。これは看板みたいなものだ。

「下岡蓮杖《しもおかれんじょう》先生ですね」

西洋人みたいな美女がにこやかに言う。すっきりした顔のほうは緊張しているのか、無愛想だ。

「お久しぶりです。野原咲です。横浜元町の、野原商店の娘です」

「野原……？」

老人こと下岡蓮杖は記憶をたどる。横浜。元町。野原商店――

「おお、お咲《さき》ちゃん、あの小さかったお咲ちゃんか！　なんと、こんなに大きくなって」

「蓮杖先生の牛乳のおかげで、こんなに大きくなってしまいました」

下岡蓮杖が横浜で牛乳販売をしていた頃、野原家にも牛乳を届けていた。三人兄妹で土鍋を抱えて家の前に立っていた姿が印象に残っている。

蓮杖は咲と夏を奥に上げた。

「そうかそうか、お咲ちゃんが東京にいたとは知らなんだ。女高師の生徒か。賢そうな子だったものなあ」

ひととおりの近況を聞き出して、遠い目をする。「お咲ちゃん」は昨日から横浜に里帰りしていて、学校への帰りに鉄道馬車で浅草に来たという。

「写真を撮りに来たわけではないようだな。何か私に訊きたいことがあると？」

「内藤吉《ないとうきち》さんのことを教えていただけませんか。蓮杖先生ならよくご存知のはずだと、横浜の下田長屋で聞いてきました」

咲の言葉に、蓮杖は怪訝な顔をした。

「またお吉《きつ》ちゃんのことかね。なぜ今頃、あの娘のことを聞きに来る者がいるのかな」

咲と夏は顔を見合わせる。ずっと黙っていると会話に入れそうにないので、ここは夏が尋ねることにした。

「私たちのほかにも、お吉さんのことを訊きにきた人がいるんですか？」

「ああ、いるよ」

夏は唾を呑み込んだ。

「それは、久蔵という人力車夫ですか？」

「そうだよ。なんだ、お前さんたちは知り合いかね。ああそうか、お咲ちゃんは一緒に遊んだこともあるのかな。ずいぶん小さかったはずだが」

「はい、久蔵さんのことは少しだけ覚えています」

「久蔵はたしかに何度か来たよ。初めて来たのは去年の冬頃かな。子供の頃から背の高い子だったが、いや、見上げるような大男になっておったなあ」

蓮杖が横浜で写真館を開業していた頃、お吉と久蔵はよく連れだって店の前を通りかかったという。お吉とは総領事館に勤務していた頃からの縁なので、立ち話をすることもあった。久蔵の父親についても、お吉の口から聞かされた。なんと不思議な因縁《いんねん》であることよと感じ入ったものだ。

久蔵はそのときの「写真屋のおやじ」が浅草にいると知って、訪ねてきたらしい。たがいの近況をひととおり話し終えると、久蔵は下田にいた若い頃のお吉の話を聞きたがった。

「まあ久蔵も大方は知っておるようだったから、コン四郎さんのことも正直に話したが、やはり、信じたくないところもあったのかもしれん。いささか悪いことをしたような気がしたものだが……」

「そのお話を聞かせていただけませんか」

「待て待て、お咲ちゃんはどうしてそんなにお吉ちゃんのことを聞きたいのかね」

「久蔵さんが、何か恐ろしいことに関わっているかもしれないんです。そのことと、お吉さんに関わりがあるような気がして」

「恐ろしいこと？」

「詳しくは言えません。ですが、お願いします」

蓮杖はしばし考えこんだ。お咲ちゃんの真剣さは只事ではない。久蔵の様子がおかしいのは、自分も気にはなっていたことだ。

「わかった。どこから話せばいいか――」

こうして咲と夏は、内藤吉の下田における運命の変転と、柿崎久蔵の出生にまつわる因縁を聞かされたのであった。

五

「お吉ちゃんと久蔵について俺が知っているのは、これぐらいだ。横浜時代から後のことは、下田長屋で聞いてきたんだろう？」

お吉と鶴松が横浜で結ばれ、久蔵を息子のように慈《いつく》しみながらも、彼を残して下田に帰ったこと。そして、お吉の現在の零落《れいらく》。すべて、聞いてきたばかりだった。

「お吉ちゃんがそんなことになってるなんて、俺もついこの間知ったんだよ。下田の捨蔵という男からの手紙でな。捨蔵ってのは、総領事館で俺の部下だった若造だ」

蓮杖にとっては若造でも、すでに初老にはなっていると思われた。

「久蔵のことが心配だからよろしく頼む、なんて書いてあったよ。今年の夏、久蔵はお吉ちゃんに会いに行ったらしい。そりゃあ今のお吉ちゃんの姿を見て、辛かったろうよ。久蔵はお吉ちゃんを母親みてえに慕っていたからな」

「……久蔵さんは、その後、ここに来ましたか」

咲はあえて感情を押し殺して尋ねた。

「来たよ。二月《ふたつき》ほど前かな。下田から帰ってすぐだったみたいだが」

蓮杖は立ち上がった。長い杖をとり、店頭に咲と夏を呼ぶ。

蓮杖は売り物の写真を一枚、二人に差し出した。

それは着色された肖像写真であった。被写体は着物姿の女性で、胸から上を大写しにしている。咲や夏と同年代と思われるが、息を呑むような、目鼻立ちのはっきりした美人であった。体を右に少し開き、首は逆に左側に向け、やや傾《かし》げている。髪は左右に分けてひっつめ、後頭部で結っていた。「西洋下げ巻」という束髪《そくはつ》の一種のようにも見える。髪には簪《かんざし》と櫛《くし》を飾っていて、一見して素人とは思われない華やかさがあった。

「横浜の芸者だそうだ」

店頭には、芸者だけでなく、鎧兜《よろいかぶと》の武者や寺社など、日本の風俗をとらえた写真が並んでいた。横浜の写真館では外国人向けにこのような写真がよく売られている。浅草にも外国人観光客が多いので、横浜の写真館からこのような写真を融通してもらっているという。

「久蔵に、この芸者の写真を持って帰らせたんだ」

「この写真をですか？　なぜ？」

咲が問うと、蓮枝は「いや――」と頭を掻《か》いた。

「久蔵があんまり哀れでな。この写真みたいに綺麗だった頃のお吉ちゃんを覚えておいて

やれってな。この芸者はお吉ちゃんの若い頃に似てるからって、適当なことを言ってな」

「久蔵さんは何と？」

「似てるかねえって、笑ってたよ。考えてみたら、横浜にいた頃のお吉ちゃんはまだ三十かそこらだったし、久蔵も十歳《とお》にはなってたからな。似てるかどうかぐらい、わかるわな」

蓮杖はしょぼくれて椅子に腰掛けた。

「今思えば、横浜にいる間にどうして、お吉ちゃんと久蔵、二人一緒の写真を撮ってやらなかったかなあ。あの二人にとっては、あの頃が一番幸せだっただろうに」

老人の嘆息を聞きながら、咲は写真を見つめていた。

「似ていると思いますよ」

「その写真かね？　しかし、お咲ちゃんはお吉ちゃんを覚えておらんだろう」

「ほんの少しだけ覚えています。瓜実顔のところと、鼻筋の通ったところが、似ているような気がします。目元も少し」

「そうかね、似ているかね」

老人は救われたように微笑んだ。

「そうそう、言い忘れるところだったが、もうひとり、お吉ちゃんのことを聞きにきた男がいたよ」

警察だろうか。咲も夏も同じことを考えたが、蓮杖は頭を振った。

「警察ではなかったと思うがな。どこの誰とも知らん男だったから、かえって喋りすぎてしまって、悔やんでおるんだが……」

誰なのだろう。咲にも夏にも、思い当たる人物はいなかった。

「ちょっと待て、警察？ 久蔵は何か警察に目を付けられるようなことをしておるのか？」

蓮杖の問いに、咲も夏も言葉を濁すしかなかった。

車仁会《しゃじんかい》に警察の捜査が入ったのは、その夜のことである。警察の発表によれば、女高師爆裂弾事件を計画実行し、鹿鳴館襲撃を予告した糾弾状を送った疑いが、極めて強いとのことだった。

会員の溜まり場の床下からは、女高師で使われたのと同型と思われる爆裂弾も発見された。陶器の壺に黒色火薬を詰めただけの原始的なものだったが、それ以外の化学薬品も見つかっており、新型の爆裂弾を製造していた疑いもあるという。

新聞報道によれば、拘束された俥夫は二十人以上におよぶ。車仁会の会員は二百人を超えているため、犯行をあずかり知らぬ者も多かったと思われるが、そのような者たちも警察に事情を訊かれているようであった。

車仁会は解散を命じられ、組織としては壊滅した。ただ、会頭の桂木《かつらぎ》という男は逃亡し、行方がつかめていない。そのほかにも、事件に関わりがあると思われる何人かが行方をくらましている。

柿崎久蔵もそのひとりだった。彼は女高師爆裂弾事件の実行犯のひとりと目されているが、警察の捜査を察知していたかのように、忽然《こつぜん》と姿を消した。

彼らの人相書きが各種の新聞に掲載され、街頭のいたるところに貼りだされた。

第十章　天長節日和《てんちょうせつびより》

一

「天長節日和」という言葉があるように、新暦十一月三日は晴天の多い特異日として気象史に記録されている。明治二十一（一八八八）年の天長節も、雲はやや多いものの、例年のごとく晴天に恵まれた。

天長節は祝日であり、学校や公共機関、それに多くの商店も休みになる。そのかわりに寺社や通りでは屋台が軒を連ね、そぞろ歩きする庶民を楽しませていた。

御茶ノ水の女高師も、穏やかな天長節日和の中にあった。門には日の丸が掲げられ、生徒たちは講堂で君が代と校歌「みがかずば」を歌い、壇上に掲げられた天皇・皇后の聖影《せいえい》に最敬礼する。聖影は天皇の肖像写真である。生徒が皇室への敬意を表す対象として、全国の学校に下賜《かし》されたものであった。

天長節の行事がひととおり終わると、駒井夏はいよいよ気を引き締めた。

今夜、ついに鹿鳴館へ行く。

車仁会が壊滅したことで、治安面での不安はずいぶんと解消された。生徒たちの間でも歓声があがったものだ。

ただ、会頭の桂木《かつらぎ》という男の行方はつかめていない。警察では拘束した人々に苛烈《かれつ》な尋問をおこなっているらしいが、どれほどの残党がいるのかもわかっていないようである。まだ心から安心はできなかった。

新聞報道によれば、拘束された俥夫の中には、女高師爆裂弾事件の実行犯三人のうち二人が含まれていた。彼らは事件後に急に羽振りがよくなり、俥夫の仲間内でもずいぶん目立っていたそうである。車仁会は、積立金から多額の報奨を実行犯に出していた。そりゃあ捕まるわね、と夏は呆れたものである。

彼らの自白により、実行犯三人のうち、最後の一人が柿崎久蔵であることも確定された。ただ、俥夫仲間の間では、久蔵が実行犯だったことに驚いた者が多かったそうだ。というのも、久蔵の生活は事件後も質素なままだったからである。

夏は咲とともに確信していた。その報奨金はきっと、お吉さんの元に送られたのだ。下岡老人が語っていた捨蔵という男に預けたか、あるいは、お吉さんが世話になっている寺に布施する形にしたのか。体が不自由なお吉さんを病院に行かせ、当面の生活の助けになるように。

久蔵は今も、この東京のどこかに隠れている。

ひとつの救いは、彼が暴徒に加わる理由がもはや存在しないことであった。もし今夜、鹿鳴館が車仁会の残党に襲撃されるとしても、そこに久蔵の姿はないだろう。お吉さんのために必要な金を手に入れた以上、彼がこれ以上の罪を重ねる理由はないはずであった。

夜会までの時間を心穏やかに過ごすため、夏は校内の図書室に来ていた。読んでいるのは『太平記』である。心穏やかに過ごすにはふさわしくないかもしれないが、夏は子供の頃から軍記物が好きだった。

夏の心が護良親王の壮絶な最期に震えていたとき、図書室に入ってきた生徒が妙な情報を運んできた。

「ねえ、咲《さき》さんが舎監室に呼ばれて、二葉先生からひどくお叱りを受けているそうよ――」

二

咲さまが舎監室に呼ばれるなんて、いつ以来だろう？

尾澤《おざわ》キンは、「フタ婆《ばあ》」に呼ばれて部屋を出ていく咲の顔を思い返した。覚悟している表情だった。心当たりがあったのだろう。

咲が舎監室に呼ばれるのは初めてではない。キンが知っているだけでも何度かある。ただそれは、掃除をしていて花瓶を割ったとか、ベースボールをしていて打球を校舎の板壁にめりこませたとか、台風のときに建てつけの悪い窓を力ずくで閉めようとして把手《ノブ》を引きちぎったとか、主に器物損壊によるものだ。最近は例のコスモスの鉢植え以外、何も壊していないはずである。

キンはキンなりに、山川二葉の人格に信用を置いている。「フタ婆」は厳格だが、無闇に生徒を叱りつけるような人ではない。咲さまは何をしたのだろう。呼び出されて、すでに二十分は経っている。一人で待っていてもつまらないので、キンは部屋を出た。

例によって、聞き耳を立てるべく舎監室の前まで行く。そこにはすでに十人ほどの生徒が群れていた。

「あの、咲さまはどうなさったんですの？」

答えてくれたのは、咲と同級の先輩であった。

「咲さんねえ、さっき、聖影《せいえい》に最敬礼をしなかったみたいなの」

つい先刻、天長節の行事として、講堂に全校生徒と教職員が集まり、壇上の聖影に最敬礼した。直立して手が膝につくあたりまで上体を傾けるのが、おおよその最敬礼の作法である。近くにいた生徒によれば、咲は軽くお辞儀をしただけだったという。咲は最後列だったので、気付いた生徒はごくわずかだった。

「まさか、咲さまがどうしてそんなことを？」

あの礼儀正しい人が、そんな不敬な真似をするとは思えない。何かの間違いではないだろうか。

「あの人、耶蘇《ヤソ》でしょう。耶蘇には偶像崇拝を禁じる戒律があるからじゃないかしら」

「そんなことで？」

思わず正直な感想が口をついたが、耶蘇信徒には大事なことなのかもしれない。

「でも、ふみさんやはるさんも耶蘇……基督《キリスト》信徒ですよね？」

先輩二人に問いかける。二人は本郷の教会で洗礼を受けて、咲ともよく一緒に日曜の礼拝に参加していた。

ふみは困った顔をしていた。

「私は、最敬礼と礼拝は違うものだと思っているから……」

対照的に、はるは断固とした態度だった。

「私も同じ。日本人なら聖影に敬意を表するのは当然でしょう。それなのに咲さんみたいなことをされたら、まるで基督教が謀反人《むほんにん》の信仰みたいに思われてしまうわ」

正直言って迷惑だ、と言わんばかりであった。

舎監室の扉が、静かに開いた。

唇を引き結んだ咲が、のっそりと出てくる。一礼して扉を閉め、そのまま自室に戻る。だが、すぐにまた現れた。その手には横浜の女学校時代から愛用しているというバットが握られている。

剣呑《けんのん》な様子に、すわ舎監室に討ち入りかと生徒たちは慄《おのの》き、一斉に道を開けた。だが、咲は生徒たちの間を物も言わず通りすぎ、玄関から外に出ていった。

生徒たちもあとを追い、玄関先まで出た。

例の爆裂弾が炸裂《さくれつ》した藤棚のあたりで、咲は勢いよく素振りを始めた。いかにも苛立たしげだ。いつも穏和な咲があれほど怒っている姿を、生徒たちは初めて見た。

生徒たちは玄関先で立ち止まったままである。誰にも、咲に声を掛けに行く勇気はない。キンでさえそうだった。場を読まないことに定評のあるキンが、今、咲のもとに歩み寄る一歩をどうしても踏み出せない。どうしよう、私じゃ駄目だ、私じゃ――。

そのとき、玄関先に固まる生徒たちの横を、さりげない靴音が通り抜けた。誰もが踏み出せなかった一歩の壁を、平然と踏み越えていった者がいる。

「夏さま……」

口うるさくて無愛想で近眼で、頼もしいのか頼りないのかよくわからない先輩の背中が、咲のもとへまっすぐに歩いて行った。

三

咲が素振りをしているそばのベンチに、夏は腰を下ろした。しばらくそのまま、咲の豪快な素振りを眺める。私たちはいつもこの位置関係だな、と思う。

「何があったか聞かないの？」

素振りをしながら、咲が言った。

「……何があったの？」

咲は素振りを止めた。バットを振り上げて地面に叩きつけるような仕草をしたが、寸前で思いとどまる。相当怒ってるな、と悟らざるをえない。

ここで初めて夏は、講堂での「不敬事件」の一部始終を咲の口から知ったのである。

「どうして写真を礼拝しなければいけないの？　意味がわからない！」

「やっぱりそれは、偶像崇拝だから？」

咲はバットを地に突き立て、無言だった。

「でもさ、基督《キリスト》教の人って、耶蘇《ヤソ》の像とかマリア観音とかを拝むんじゃないの？」

「それは天主教（カトリック）よ。プロテスタントはそういうことはしない」

そうなのか。夏のささやかな基督教の知識は、踏み絵や隠れキリシタンといった天主教に関するものに偏《かたよ》っていた。幕末明治に入ってきたプロテスタントの知識には乏しい。学友の信仰をきちんと理解しようとしなかったことに、今さら思い当たる。

咲はバットでもう一度地面を突いた。

「そういうことじゃない。それ以前の問題よ」

偶像崇拝以前の問題。夏にはいまひとつ理解できかねた。

夏の察しの悪さにいらだつように、咲は声を振りしぼった。

「……神様ではないものを、拝むことはできない」

ああ、そうか。夏はようやく得心した。耶蘇は一神教である。耶蘇以外の神を信徒が礼拝することは、すなわち背教行為になるのだ。

得心すると同時に、夏は心臓が冷たくなったような気がした。明治政府は天皇の神格化を進めている。政府が振興する神道の教主のごとく祀《まつ》り上げようとしている。咲の信仰は、国家の方針と厳しく対立することになるではないか。咲にとっては、踏み絵を迫られるも同然のことだったのだ。

夏は努めて冷静に、声を明るくした。

「でもさ、最敬礼と礼拝は違うんじゃないの？」

「フタ婆《ばあ》にも言われたわ」

咲が二葉先生をこう呼ぶのは、初めてではなかろうか。よほど腹に据えかねたらしい。

「納得できない？」

「……できなくは、ない」

夏は安堵した。意外と物分りが良いではないか。

「それでも、突然あんなことをやれと言われても困る。どうして今、急に？」

たしかに、聖影に最敬礼するのは今年の天長節が初めてだ。聖上と皇后さまご本人に最敬礼するのは当然としても——言われてみれば、夏にも釈然としないところはあった。あの森有礼文相の意向なのだろうか。目的はなんだろう。

「せめて納得する時間がほしかった。納得してないのに、反省なんてできない！」

「反省しろって、フタ婆に言われたの？」

「うん」

「なんて答えた？」

咲はうつむいた。夏には言いにくいようなことを答えたらしい。やがて開き直ったのか、「こう答えたのよ」と前置きして顎を上げた。

「反省するとしたら、最敬礼をしなかったことではありません。周囲に流されてお辞儀をしてしまったことです」

夏は頭を抱えた。舎監に啖呵《たんか》を切ってどうする。

「……それで、二葉先生は？」

「頭を冷やせって言われて、それっきり」

呆れて物も言えなくなったのだろう。そのときの二葉の顔を想像するだけで恐ろしい。

「でもねさっちゃん、私たちは官費を支給されてるんだから――」

「それも言われたわ」

「でしょうね」

「官費を支給されているのは、教師になるためでしょう。聖影を礼拝するためじゃないわ」

つい最近、当の二葉先生が似たようなことを言っていた気がする。皮肉なものであった。

「きっと来年の紀元節《きげんせつ》にも同じような行事があるよ。それまでに納得できる？」

紀元節（後の建国記念の日）は二月十一日。およそ三か月後である。その日は大日本帝国憲法の発布日ともなるのだが、咲と夏はそのことを知らない。憲法の発布日はまだ公表されていなかったのである。

「わからない。牧師様にも相談したいし……」

「とりあえず、もっと角を立てない方法を探してみたら？」

「たとえば？」

「たとえば……たとえば、たとえばね」これは夏の口癖だった。「仮病を使って行事を休むとか」

「なんで私が、そんな逃げるような真似をしなきゃいけないの……」

「とりあえずよ、とりあえず」

いずれ納得しなければ、教師になっても困るはずなのだ。公立学校の教師になれば、国家の教育方針にはより逆らえなくなるだろう。もっとも、咲には母校である私立女学校の教員になる道もありそうではあるが。

「それよりねえ、素振りばかりじゃ手応えがないでしょ。打ってみたら？」

咲はまだふてくされた顔をしている。返事を待たず、夏は寄宿舎の玄関に集まっている学友たちを振り返った。

「キンちゃん、ボールを持ってきて！」

キンが慌てて物置に走り、ボールを取ってきた。投げられたボールを、夏は不器用な手つきで受け取った。

「なっちゃん、受けるのも投げるのも下手《へた》だったよね」

機嫌が悪いせいか、ずいぶんはっきりと言う。

「大丈夫、ちゃんと投げるよ」

夏の言葉を信じたかどうかは不明だが、咲はバットを持ち直した。

「ここね」

この頃の競技規則では、打者が投球位置を指定する。咲が指定したのはずいぶん高い位置で、ほとんど肩の高さだ。

「待って、場所を変えようよ。校舎の窓に当たったら大変だよ」

「いいの。屋根を越してみせる」

なんて馬鹿なことを言うのだろう。夏は唖然とした。校舎は洋館風の二階建てで、瓦屋根の高さも加わる。屋根に届かせることはできても、上を越すのは、いくら咲でも無理ではないだろうか。

咲は勢いよく二回素振りをしてから、バットで校舎の屋根を、さらにその上の太陽を差した。本気のようだ。

「……わかった」

窓を割ろうが壁を破ろうが、ともに責任を負う覚悟である。

夏は咲の肩の高さをめがけ、思いを込めてボールを投げた。だが、目測を誤ったようだ。球は咲の頭の高さに飛んでしまった。

だが、咲は迷いなくバットを振り抜いた。快音が藤棚を震わす。

夏は振り返った。昼下がりの日差しが目に入る。手で庇《ひさし》をつくり、ボールを探す。

咲は目を細めて仁王立ちしている。手応えはあったようだ。

寄宿舎の玄関にいた生徒たちも、球の行方を追って庭に出てきた。「どこ?」「あそこ」という会話。生徒が指差すのは、ほとんど真上とも思える、はるか高い空であった。かなり打ち上げてしまったようだ。

駄目か――夏は眉を曇らせた。高さは十分すぎるほどだが、距離が伸びない。ボールは放物線を描いて屋根に落下するものと思われた。あれだけの高さから落ちたら、屋根瓦が壊れてしまうのではないか。夏はフタ婆の怒声を覚悟した。

夏の視界の中で、ボールが屋根を直撃した――かに見えた。けたたましい音を予想していたのに、夏の耳に聞こえたのは、妙にくぐもった音だけである。瓦が割れた様子はなく、なぜかボールも落ちてこない。近眼の夏には、何がどうなっているのかわからなかった。

生徒たちが一斉に笑い転げたので、夏はぎょっとした。振り返ると、咲も先ほどまでの不機嫌な顔がどこへやら、満面の笑みである。

「え、煙突に入った!」

キンが涙目になりながら教えてくれたので、ようやく夏は理解した。屋根の煙突に球が入ってしまったらしい。とんだ珍事であった。理解するとともに、夏も遅ればせながら頬がゆるんでくる。

「みんな、あんまり大声で笑うと、二葉先生に気付かれるよ」

夏は親切心で言ったのだが、我慢しようとすると、よけいに生徒たちの腹はよじれる。天長節日和の空の下、生徒たちの引きつった笑いはしばらく収まりそうもなかった。

なお、このとき野原咲が煙突に放り込んだボールは、暖炉には落ちておらず、煙突のどこかに引っかかってしまったようであった。よほど難しいところにはまりこんだのか、煙突掃除の際にも出てこなかった。結局、咲も夏も、このとき一緒に笑った生徒たちも、煙突の中に一個のボールを残したまま、この学校を卒業していくことになるのである。

四

ずっと遠くに聞こえていた昼花火《ひるはなび》は、鹿鳴館のとなりの日比谷練兵場で打ち上げられていたものだ。すでに陽は落ち、その音も聞こえなくなった。

瓦斯《ガス》灯が照らす女高師の門前には、十台以上の人力車が並んでいた。

寄宿舎の玄関前には、生徒たちが群れている。生徒だけでなく、山川校長と舎監の山川二葉をはじめ、教師たちも集まっていた。

寄宿舎の玄関の扉が開いた。出てきたのは、着物にたすき掛けした一人の少女である。

頬を上気させ、誇りに満ちた表情だった。女高師の生徒のために着物地のドレスを制作した、共立《きょうりつ》女子職業学校の生徒である。

「お待たせしました！」

少女は集まった教師・生徒に溌剌《はつらつ》と呼ばわり、脇に退いた。

開いた扉から、背の高い貴婦人が姿を見せた。ドレスの意匠《いしょう》は、紅地に薄桃色の冬牡《ふゆぼ》丹《たん》。髪は頭の後ろに梅の花が咲いたような「夜会結び」に結い、簪《かんざし》で飾っている。このドレスなら日本の装飾品も合うはずと、職業学校の生徒が考えたものだ。頰には薄く紅を差し、かすかな微笑を口元にたたえて、野原咲は一同の前に優美な立ち姿を現した。

それは神々《こうごう》しいまでの華だった。生徒の間から溜息がもれる。涙を流す者さえいた。教師たちでさえ、思わず息を呑んだ。これなら、若き伯爵夫人と言っても通るだろう。

脇に退いていた少女が、「まわって」と小さく声を掛ける。

咲ははにかみながら、くるりと一回転した。ドレスの裾がふわりと広がり、なびく。冬牡丹《ぼたん》が舞う。生徒たちから歓声があがる。ドレスの出来栄えも見事なものだった。

続いて現れたのは、駒井夏である。なぜか憮然とした表情であった。誰も咲の次に出て行きたがらないので、仕方なく自分が手を挙げたのである。

夏の装いは藍地に水仙をあしらったドレスである。髪は三つ編みを後頭部で巻いて留める「英吉利《イギリス》結び」に結い、やはり簪《かんざし》で飾っている。咲が登場したときのような劇的な反応は期待していない。むしろ、こんな美々しい装いをしている自分が気恥ずかしくて、穴に入りたい気分だ。とはいえ、「夏さんも綺麗よ」と同級生に言われて、悪い気はしない。山川校長と高嶺《たかみね》教頭もほめてくれたので、さらに気分がよい。多少、気を遣われていることはわかっていても。

夏の後にも、続々と生徒が続いた。そのたびに賞賛の声がわく。

最後尾は尾澤キンであった。山川二葉からはあえなく落選を告げられた彼女であるが、本来参加するはずの生徒が体調不良のため、ドレスの寸法が合う者の中からクジ引きで選ばれたのである。

いささか濃すぎる化粧顔をにんまりとさせ、キンは唐草文様《からくさもんよう》のドレスをひらひらさせた。髪型は三つ編みで輪をつくる「まがれいと」である。誰に請《こ》われたわけでもないのに、前に出てくるくると二回転し、スカートをつまんでお辞儀をした。一同から笑いが起こる。一笑を得たことに満足したように、キンはドレスの列に戻っていった。

玄関から共立女子職業学校の生徒たちが出てきた。皆、着物にたすき掛けして、大仕事を終えた充実の表情である。自分たちが作ったドレスが鹿鳴館に御目見得《おめみえ》するのだ。彼女たちにとっても晴れ舞台なのであった。

咲たちドレス姿の生徒は、彼女たちのほうに振り返り、感謝の礼をとった。女子職業学校の生徒たちも、満足気に微笑んでお辞儀を返す。

咲たちが振り返ると、山川校長が進み出た。

「皆、見違えるようではないか。これなら、どこに出しても恥ずかしゅうはない」

どこか照れているような校長の様子が、生徒たちの微笑を誘った。

「皆も知ってのとおり、我が校を襲った暴徒の組織は滅びた。残党がいるとの噂もあるが、鹿鳴館は警視庁が総力を挙げて守っている。君たちは何も案ずることなく舞踏会を楽しむがよかろう」

校長は努めて明るく言った。校長も鹿鳴館に招待されているので、生徒たちに同道することになる。

鹿鳴館までの道のりの警護としては、警視庁から十人もの巡査が派遣されていた。生徒一人につき一人の警護がつく計算になる。

続いて、校長に促されて舎監の山川二葉が前に出た。二葉は軽く咳払いをしてから、ドレス姿の生徒たちを厳格な眼差しでねめ回した。一瞬、咲のところで視線を止めたが、すぐに外してもう一度全員を眺め渡す。

「皆様、覚悟でございますよ」

普段と変わらぬ、威厳のこもった声である。生徒たちの背筋が、ぴんと伸びる。

「皆様がいかなる粗相《そそう》をなさろうとも、それが誠心誠意からの行いによるものであれば、恥じることなくここにお帰りなさい。私も共に責めを受けましょう。しかし、華美の風《ふう》にのぼせて油断し、女高師の名を辱めるような振舞いをなさいましたら、山川二葉は二度と皆様に会いませせぬぞ」

一息置いて、二葉は言い切った。

「ならぬことは、ならぬものです」

会津籠城戦を生き抜いた女傑の言葉は、生徒たちの骨の髄《ずい》まで響いた。キンでさえ、引き締まった面持ちで背筋を伸ばしている。

「では、参ろう」

校長の一言で、ドレス姿の生徒たちは居並ぶ人力車に乗りこんだ。一人一台、文部省が用意したものである。

咲と夏は、俥夫のなかに柿崎久蔵の姿をつい探してしまう。いるはずもなかった。久蔵はどこにいるのだろうか。

咲は人力車から身を乗り出し、ちょうど通りかかった藤田警部を呼び止めた。彼が警護隊長である。

「君か。どうした？」

「逃亡中の柿崎久蔵について、何か手がかりはつかめているのでしょうか」

「………」

「お答えいただける範囲でかまいません」

「残念だが、何もつかめておらん。人相書きが出回っているし、目立つ男のようだから、真っ先に見つかるはずなのだがな。どこに潜伏しているのか、居所がつかめん」

「……そうですか」

「君が不安に思うのはわかる。だが、車仁会の残党がもし鹿鳴館を襲撃するなら、そのなかに柿崎久蔵もいるだろう。そこを捕らえればよい」

咲を安心させるための言葉のようであった。だが、咲は逆に、久蔵が襲撃者の中にいないことを願っている。久蔵にはもう、鹿鳴館を襲撃する理由はないはずなのだ。

「君は柿崎久蔵の顔を知っているそうだな。もしもそれらしき人間がいたら、すぐに知らせてくれ」

そう言い残して、藤田警部は人力車の列の先頭に馬を進めた。

次に咲の人力車に顔を寄せたのは、山川二葉であった。

「咲さん、ひとつだけ、あなたには言っておくことがあります」

「……はい」

「昼間のこと、決してあなたが憎くて叱ったわけではありませぬよ」

「それは……わかっています」

「国家に抗《あらが》って己の意志を貫くこと、並の覚悟ではできませぬ。時に命を賭けることにもなります。その苦しみ、辛《つら》み、あなたには引き受ける覚悟がありますか」

勤皇に励みながら朝敵の汚名を着せられた、会津の武家の女の言葉である。明治女の咲には重すぎる問いかけであった。

「しっかりしなさい、咲さん」

人力車がゆっくりと動き出した。二葉はついて歩きながら、最後に言い聞かせた。

「皆に言ったこと、あなたにも同様です。何があろうと、何をしようと、己に恥じるところがなければ、胸を張ってここにお帰りなさい。必ずですよ」

咲は顔を上げた。唇を引き結び、二葉の顔を見て、ただうなずく。

俥は速度を上げ、二葉の姿を遠くしていった。

女高師舎監・山川二葉は、明治三十七（一九〇四）年までその任を務める。勤務年数は、前身の東京女子師範学校時代から数えて二十七年の長きにわたった。威厳と慈愛をあわせもった女傑の姿は、女子教育を担う多くの女性たちの記憶に、深く刻まれることになるのだった。

五

煌々《こうこう》と瓦斯《ガス》灯に照らされる、午後九時半の新橋ステーション。

この夜、鹿鳴館に招待された外国人が横浜から大挙して押し寄せてくる。俥夫にとっても年に何度もない稼ぎ時であった。鹿鳴館までは二十分もあれば往復できる。俥夫たちは、金払いの良い外国人を相手に、新橋ステーションと鹿鳴館をひたすら往復する人間陸蒸気《おかじょうき》と化す覚悟である。

ステーション前の広場は二十人ほどの警察官が巡回している。俥夫をつかまえては、記憶の中の人相書きとつきあわせる。別人と判断したら解放する。そんなことが何度も繰り返された。大柄な俥夫を見つけると警察官は色めきたったが、さすがに、柿崎久蔵がこれほど目立つ場所に現れることはなかった。警察官たちは、もはや客を奪い合って俥夫同士が起こすいざこざの仲裁に忙しい。

外国人たちは一人ずつ俥に乗せられるので、一時的に連れと引き離される。烏のような装束《しょうぞく》の俥夫が、正しく鹿鳴館で再会させてくれることを信じるしかない。

新橋ステーションから鹿鳴館までの道のりは、銀座煉瓦街のように華やかではない。木造家屋の並び、ときおり現れる屋台。瓦斯灯と提灯で照らされてはいるが、闇を放逐《ほうちく》しきれていない。その薄暗がりの中を、鹿鳴館に向かう人力車の黒い行列が、提灯をぶらさげて走る。地面を切りつける車輪の轟音と俥夫の足音で、地響きがするほどだ。その中から一台の俥が道を外れたことに、気付いた者がいただろうか。

その俥に乗っていた若い米国商人は、当然気付いた。

「どこへ行く？」

母国語で俥夫に呼びかけた。外国人に慣れている俥夫なら、通じてもおかしくないはずだった。だが生憎《あいにく》、東京の俥夫は横浜ほど外国人慣れしていないようだ。

「トメヨ！」

わずかに知っている日本語で怒鳴る。だが、俥夫は無視して俥を引き続けた。俥はどんどん街灯の少ない暗がりに入っていく。さすがに剣呑なものを感じた。思い切って飛び降りるかと考えたとき、俥が停まる。

突如、俥の両脇から東洋人が現れて、若者を引きずり下ろしにかかった。抵抗しながら若者は思っていた。こいつらは盗賊か、それとも――俺を殺すつもりか。

ほんの二十年ほど前まで、この国には刀を差したサムライが闊歩《かっぽ》し、異国人を平気で斬り殺していた。我が合衆国の公使館付き通訳も犠牲になった。ヒュースケンという男で、殺されたときの年齢は今の自分とそう変わらなかったという。我が合衆国で唯一、サムライに斬られた男でもあった。自分と同じく、この極東の島国でひと山当てようとしたらしい。同じ志を抱く者として親近感もあったし、先駆者として敬意も抱いていた。

死後に描かれた肖像画を見ると、ヒュースケンはなかなかの男前だったようだ――。

地面に尻もちをついた若者は、周囲を取り囲む男の一人を見て、ぎょっとした。

「ヒュースケン……？」

肖像画とよく似た洋装の男がいる。西洋人か。否、東洋人にも見える。西洋人としても背の高いほうで、自分と同じぐらいだろうか。

「キュウスケってのはどういう意味だ？」

「さあ、助けてくれって言ってるんじゃねえか？」

男たちの日本語の会話は、米国人の若者には当然理解できない。

若者は恐怖と屈辱の中で、こんなときに使うべきと教えられた日本語を使った。

「オカネ、アゲマス……！」

だが、残念ながら男たちは無反応だった。彼らの目的は金銭ではないようだ。

若者の頭に布袋がかぶせられた。視界が閉ざされ、絶望が若者を襲う。暴れた。顎《あご》を強烈に殴られる。脳が揺さぶられ、頭がぼうっとした。

誰かが「コロスナ」と言ったのが聞こえた。たしかこれは、kill の禁止形ではなかったか。若者は生存へのかすかな希望と、日本語の聴き取り《ヒアリング》に成功したささやかな満足感を胸に抱きながら、意識が抜けていく恍惚《こうこつ》に身を任せた。

男たちが若者の懐をさぐり、鹿鳴館への招待状を奪ったときには、若者の意識は眠りの楽園をさまよっていたのだった。

第十一章　鹿鳴館《ろくめいかん》の花火

《日本趣味《ジャポニスム》かぶれの一英国士官による回想録》

切り裂きジャック《ジャック・ザ・リッパー》を名乗る殺人鬼がわが祖国を震撼《しんかん》させていた頃、私の身ははるかアジアの果て、あの魅惑と感傷の地、日本にあった。そのころ私は、誇りある大英帝国の海軍士官であった。

芸術家たちが憧れてやまぬ東洋の国は、私の繊細な感性を虜《とりこ》とせずにはおかなかった。妖《あや》しくぬめぬめと光る極上の漆器、官能をそそる滑らかな肌合いの磁器、頬を赤らめた処女のように愛らしい小間物《コマモノ》たち——。私は折りに触れて町に出ては、それらの品々を買い求めたものである。

やがて夢のごとき日々は過ぎ、私にも帰国の命令が下った。

私が鹿鳴館《ロクメイカン》のパーティーに招かれたのは、帰国まで残り一か月を残すのみとなった頃である。その日は、この国を統《す》べるミカドの誕生日であり、私はその祝賀の宴に招かれる光栄に浴したのである。もっとも、鹿鳴館での祝賀には、ミカドもキサキも出席しないのが通例だそうである。美貌で知られる大山陸軍大臣夫人も欠席するとのことであった。私の周囲の人々は不満がっていたが、正直なところ、私は日本人が西洋人の真似事をするのを苦々しく思っていたので、鹿鳴館のパーティーにはあまり興味をそそられなかった。

横浜《ヨコハマ》の居留地から新橋《シンバシ》までは、およそ一時間の汽車旅である。私は魔物のようにうごめく人力車《リキシャ》の一台をつかまえて、鹿鳴館へと向かった。あとから聞いた話では、私と同じ汽車に乗った米国人青年が、このとき追い剝《は》ぎに遭ったそうである。

鹿鳴館に近づくに従い、街路に警察官の姿が増えていった。というのも、このとき鹿鳴館には爆弾テロの噂があったのである。日本政府が大変に警戒していることが、この光景からも見て取れた。

日本古来の風格をそなえる黒門をくぐると、数多《あまた》の提灯が我々を迎えた。これらと中央の池を囲むガス灯のおかげで、鹿鳴館の広大な庭は昼のように明るい。正面にはガスの火を並べて文字が作られており、漢字で「ロク・メイ・カン」を意味する三字だそうである。

庭園はフランス風に左右対称《シンメトリー》に設計されている。そのわりに植木や灯籠《トーロー》の配置は無頓着であった。中央の池のほとりには巨大なアーク灯がそびえ、招待客の影をくっきりと地面に刻んでいた。

鹿鳴館は窓ごとに白熱電球の光がもれ、軒にも灯りが連なっている。闇の中に白く浮かび上がるその姿は幻想的であったが、とあるフランス人は「温泉街のカジノ」などと酷評したそうである。そこまで貶めるつもりはないが、私もあまり賞賛できなかった。

建物の設計者は西洋人で、全体に洋館の趣ではある。ただ、よく観察すると、中央のドームの屋根は赤いフランス瓦だが、左右の切妻《きりづま》屋根を葺《ふ》いているのは、日本でよく見られる波形をした灰色の瓦である。ベランダの柱はくびれと膨《ふく》らみを強調した雫《しずく》のような形をしており、中東かインドの様式かと思われる。これはヨーロッパとアジアの融合と言えるのだろうか？　私には不幸な同居としか思われない。それは日本の伝説上の怪物「ヌエ」を思わせた。あるいは、施主と設計者の不幸な行き違いが、このようにいとも風変わりな建築を生んだのかもしれぬ。

私の車夫は、建物の正面に突き出たポーチに人力車を停めようとした。だが、ポーチはすでに先行の人力車で満杯だったので、私はその直前で降りた。車夫は適切な料金とチップを受け取ると、休みもせずに猛烈な勢いで引き返していった。見上げると、ポーチの上にはすでに先客がいて、西洋人の紳士淑女が語らっている。ポーチの屋根が二階のバルコニーになっているのだ。

玄関に入ると、お世辞にも似合っているとはいえない燕尾《えんび》服《ふく》を着た日本人の召使いが、招待状を見せるよう要求した。言われるままに招待状を見せると、彼は手元の名簿と素早く照合した。私が正当な招待客であることを確認すると、彼は魅力的な微笑を見せて私を館内に受け入れてくれた。彼の態度は終始慇懃《いんぎん》だったが、その日はわずかの油断もなく、私に怪しむべき点がないかを見抜こうとしていた。招待客を卑劣な爆弾テロから守るための熱意がそうさせるのであって、文句を言う筋合いではなかろう。

鹿鳴館の内部は花と盆栽《ぼんさい》に飾られていた。入ってすぐ右手は食堂だった。ヨーロッパの舞踏会と変わりなく、牛肉や七面鳥の料理が供され、果物のピラミッドができている。撞球《ビリヤード》ができる喫煙室もあるようだったが、私はひとまず二階へ上がることにした。

菊花で飾られた広い階段は、途中で二度直角に曲がる。昇りきったところで、今夜のホストである外務大臣夫妻が我々を迎えてくれた。このときの外務大臣は、かの有名な大隈《おおくま》伯である。この迎賓館を造った井上《いのうえ》伯は、前年に外務大臣を辞していた。

二階に上ってすぐの、この建物の正面にあたる広大な部屋が舞踏室であった。私は日本の国旗と菊花の間を通って入室した。

この年の夜会は爆弾テロの影響で婦女子の参加が少ないと聞き及んでいたが、舞踏室では一ダースほどのカップルが軽やかにカドリールのステップを踏んでいた。

私の目は、そのなかの一人の少女に釘付けになった。日本の女性にしてはめずらしく、すらりと背が高い。瞳は紫水晶《アメジスト》のように輝き、薔薇の花びらのような唇には絶えず魅力的な微笑をたたえている。彼女のドレスは牡丹《ぼたん》の柄に彩られていた。薔薇《ばら》に似た東洋の花で、日本の着物《キモノ》で好まれるデザインである。そのドレスは彼女の魅力を一層引き立てていた。彼女がステップを踏むたびに風をはらんでひるがえり、花びらが舞い散るかのようである。

私はなんとしても彼女と踊る栄誉に浴したいと熱望し、曲が終わるのを待った。ふと見渡すと、フランス人、ドイツ人、イタリア人、オランダ人、そしてアメリカ人など、多くの西洋人が彼女に熱い視線を送っていた。吹奏楽が止むのと同時に、他のライバルに先駆けて彼女に近づく。すでに先約でいっぱいかとも危ぶまれたが、幸運にも、彼女の舞踏会手帳にはワルツ一曲分だけ空白があった。私はすかさずそこに自分の名前を書き込み、満足して壁際に下がったのである。

一旦落ち着いて、私は周囲を観察してみた。思いの外、着物《キモノ》の婦人が多い。これらのご婦人方は、当然踊りの輪に加わることはなく、物憂《ものう》げな表情で壁際の椅子に掛けていた。昨年もこの舞踏会に参加した同僚が言うには、今年は着物《キモノ》のご婦人が目立って多いとのことであった。この甘美なる擬似西洋的催しは、昨年まで外務大臣だった井上伯の強力な後押しあってのものである。彼が退いた今、この国の上流階級の人々は、西洋人の真似をして暮らす苦痛から解放されつつあるようだ。それは好ましいことではあったが、どうかそれが行き過ぎて、再び国を鎖《とざ》すことだけはないように願いたい。

私はこの時、文部大臣の森有礼《もりありのり》子爵との面識を得た。非常に洗練された紳士で、完璧な英語を話す。文部大臣に就任するにあたっては彼がクリスチャンであることが問題になったというが、彼自身に問うと、それは誤解だそうである。事実、彼の葬儀の際には、日本古来の神道形式で弔《とむら》われたと聞いている。

今、広間で踊っている婦人のほとんどは、森子爵ご自慢の高等師範学校《ハイヤー・ノーマル・スクール》の女子生徒だそうである。彼は女子教育こそが富国強兵の根本だという持論を語った。強く賢い母が強く賢い子を育て、強く賢い兵士をつくるという信念を彼は持っていた。

彼は過激な女権拡張論者でもあった。教育があり、家長でもある女子には、参政権を与えるべきだと考えている、と語った。我が英国でさえ、否、西洋のどの国でも婦人参政権を認めてはいない。極東の新興国にこのような意見を持つ者がいることは驚愕《きょうがく》に値した。

私は、国民の政治参加は国民の成熟度に応じて進めるべきと慎重に応じるにとどめた。

森子爵は焦っているように私には見えた。彼らが不平等と考える列強諸国との条約に、いまだ改正への道筋がついていないことを憂《うれ》えていた。私は率直に、たとえ罪人であっても自国の同胞を日本の遅れた司法制度に委ねることには抵抗があると述べた。そして、日本が朝鮮国との間に同様の条約を結ばせたことをどう考えるかと尋ねてみた（森子爵自身もその交渉に当たった当事者であったことを私が知ったのは、後のことである）。彼は鼻白んだ様子で、万国公法はこれを遵守《じゅんしゅ》する国に用いるべきであり、これを厭《いと》い憎む国に用いるべきではないと述べた。彼ほど聡明な人物が、これを強弁と自覚していないはずはない。彼はいささか不機嫌になったようであった。

清国公使の一行が入場したので、森子爵は彼らに挨拶するため席を辞した。この魅力的な紳士と最後にこのような会話の機会が持てたことは、得難い体験であった。

いよいよかの「陶磁の国の姫君」と踊る順番がめぐってきた。

彼女は踊りづめだったが、疲れの色も見せず私の手を取ってくれた。彼女の微笑はこの国の女たちに特有の控えめで謎めいたものではなく、赤い薔薇のように堂々として愛らしく、白百合のように清楚であった。

彼女の名前はサキといった。bloomingを意味する日本語だと教えてくれた。なんと彼女にふさわしい名前であろう。

彼女はとても流暢に英語を話した。残念ながら米国英語《ヤンキー・イングリッシュ》であったが、私がそのことを指摘すると、驚いたことにすぐさま英国英語《クイーンズ・イングリッシュ》に切り替えたのである。なるほど、彼女は開港地横浜の生まれであったのだ。彼女が真実の教えに帰依していることも私を喜ばせた（訳註・この女性がクリスチャンであったことを示す）。

森子爵が言ったとおり、彼女は高等師範学校《ハイヤー・ノーマル・スクール》の生徒であった。

彼女は我が国の文学を読みこなしていた。ディケンズのファンだという。シェークスピアの戯曲では『ヴェニスの商人』が最も興味深いと語った。驚くことに、文学だけでなくベンサムとスペンサーも原語で読破し、特にJ・S・ミルは何度も読んだそうである。なお、アメリカの作家ではポーが好きだとも、こっそり打ち明けてくれた。

繰り返すが、彼女は高等師範学校《ハイヤー・ノーマル・スクール》の生徒である。この国の貴族に相当する家柄でもなく、代々の知識階級の出でもない。このことは私に大きな衝撃を与えた。凡々たる家柄の中からこれほど教養ある女性を、すでにこの国の教育制度は輩出しているのだ。森子爵の計画通り、数十年あるいは数年のうちにこの国が列強の一角を占めていたとしても、何ら怪しむには足らない。我が英国も、この極東の新興国との関わりを真剣に考慮せねばならぬ時が遠からず訪れるやもしれぬ。

ワルツが終わり、私は彼女の手にそっとキスをして別れた。この後、私は誰とも踊らなかった。この国で出会った中で最も魅力的な女性との思い出を、他の記憶で塗り替えたくなかったからである。……


（ウィリアム・A・ボーンナム著／平子章浩訳『菊と扇子』より）

一

これは義務《つとめ》と言い聞かせてはいたが、夏は慣れない舞踏《ダンス》と愛想笑いに疲れ果てていた。

西洋人との会話も、英語なら辛うじて成り立つが、フランス語やドイツ語となるとまるで歯が立たない。そんなときは、夏としても謎めいたジャパニーズ・スマイルで乗り切るしかないのであった。

ようやく舞踏会手帳に書き込まれた予約をこなすと、夏はほっとして、壁際の空いている椅子に腰を下ろした。扇子で控えめに顔をあおぐ。

「夏さま、お疲れですかあ？」

暢気《のんき》に椅子を引き寄せてきたのは、口の端にクリームを付けた後輩であった。階下の食堂で腹ごしらえをしてきたらしい。

「ああキンちゃん、いたの」

「さすが鹿鳴館、食事があんまり豪勢なんで、美味《おい》しいのか不味《まず》いのかもよくわかりませんでしたわ。お茶漬け食べたい」

「あなたね、遊びに来たんじゃないんだから」

「あら、遊びに来たんですよね？」

後輩の言葉に、夏は考えこんだ。おちょくっているようだが、一度整理してみよう。

「……遊びに来たのかしら？」

「遊びに来たんですよ」

夜会である。招宴《パーティー》である。義務《つとめ》などと肩肘《かたひじ》を張ることはないのだ。そう考えると、夏は少し気が楽になった。お礼にというわけではないが、キンの口についたクリームをハンカチーフでぬぐってやる。

「咲さま、ずっと踊りっぱなしですね」

「すごかったもんね、来たとき」

女高師の一行が舞踏室に入ったとき、感嘆の溜息が一堂に満ちたものだ。それはほとんど咲ひとりに向けられたものだった。鹿鳴館が新たな華を迎えた瞬間であった。

女高師の生徒にはたちまち西洋人が群がり、彼女らが手にする舞踏会手帳には次々にアルファベットの名前が書き込まれた。舞踏会手帳には舞踏の曲目《プログラム》が書かれていて、曲目ごとに相方《パアトナー》を申し込む者が名前を書き込んでいく。相方《パアトナー》の予約というわけだ。

咲の舞踏会手帳に名前を書き込む列は最も長く、わずかな空欄も後から入場してきた人が次々に埋めていった。あれでは休む暇もないだろう。

また音楽が始まり、咲は踊りの輪の一部になった。

咲の所作は優雅で、踊る姿は華やかだった。きらびやかなシャンデリアの下、着飾った紳士淑女に囲まれても、一歩も引く所がない。

だが、柔和な微笑の裏にさまざまな想いを隠していることも、夏は知っている。なかなか表に出さないだけに質《たち》が悪い。無理をしていないか、しんどくなってはいないかと気がかりだった。

椅子に腰掛けて落ち着いてみると、改めて周囲の状況がよく見える。踊りの輪の外にいる人たちの多くが咲を見つめていた。つい先ほど咲とワルツを踊り終えた英国士官は、陶酔したように椅子に身を沈め、胸に手を当てている。

だが、賞賛のまなざしだけではなかった。下卑《げび》た目付きで咲を値踏みしている人々が、西洋人、東洋人問わず存在した。中でも日本語の会話は、夏の耳に嫌でも入ってくる。

「見よ、あの艶《なま》めかしい腰つきを」

「あの白き項《うなじ》にむしゃぶりつきたいのう」

「御前《ごぜん》は例の芸者を切ってあの娘を妾になさってはいかが?」

厭《いや》らしい笑い声がつづく。

夏は扇子を折れんばかりに握りしめた。あいつら、死ねばいい。さっちゃんをそんな目で見るな。そんな汚らわしい言葉で語るな。地獄に落ちろ。

西洋人の会話は聞き取れなかったし、聞き取る気にもなれない。だが、軍服の群れの一人が、咲の体の輪郭をなぞるように手を上から下に移動させるのを見てしまった。その仲間と思しき人々も調子に乗って同じ動作を繰り返している。

夏の手の中で、扇子がみしみしと音を立てた。

「壊れますって」

キンに手を抑えられて、夏はようやく力を抜いた。

「あんなもの、気にしていたら身が保《も》ちませんよ」

キンとて不愉快だった証拠に、言葉遣いが改まっている。

不機嫌な顔で押し黙った二人の前に、燕尾服の紳士が現れた。

「あ、森閣下」

あわてて立ち上がろうとする二人を、森有礼は制した。

「そのままでよい。疲れたであろう」

森は二人に檸檬水《レモンすい》のグラスを渡した。夏にはありがたい。血が上った頭に酸味がしみる。

「君たちを招いてよかった。招待客は皆、大喜びだよ。どうなることかと思われたが、今年の天長節夜会はかつてない成功と言ってよいだろう」

夏たちの手前、いくらかの誇張はあるのだろう。だが、森が満足している様子なのはたしかであった。

「君たちは無論のこと、あの野原君の働きは素晴らしい。外国人は皆、かの娘に魅入られておる。この日本にあのような婦人がいることに舌を巻いていよう」

森の賞賛の言葉に、夏は引っかかるものを感じた。「働き」とは何だろう。何かが違う。何かがおかしい。この人は、咲に向けられたあの下卑《げび》た視線に気付かないのか。女子教育を推進し、蓄妾《ちくしょう》を蛮習と断じ、男女同権論を唱えた人である。だが、この人は、もしかして、私たちを国家の手駒のように思っていないか……。

「……暴徒の件は、何かございましたか」

自分の中に生じた違和感をごまかすように、夏は話題を変えた。

「何も動きはない。これだけの警備だ、暴徒の残党が何やら企んでいたとしても、手が出せんだろう。君たちは心配せず舞踏会を楽しみなさい」

森は安心させるように微笑んだ。暴徒の一人である柿崎久蔵とは浅からぬ縁であるはずだが、どのような心情なのか、その表情からは窺《うかが》い知れなかった。

そこへもう一人、五十年配の燕尾服の男が現れた。どこかで見たことのある顔だ。

「こちらが森君ご自慢の娘さんたちかね？」

「女高師の生徒たちですよ。君たち、ご挨拶を」

夏とキンは立ち上がり、気付いた。この人は伊藤博文伯爵ではないか。新聞の似顔絵で見たとおりの顔だ。

二

伊藤は酒が入っているのか、赤ら顔で、人の好さそうな笑みを浮かべていた。

「一曲どうかね、ええ……君」夏とキンを見比べて、伊藤は夏を指名した。「無愛想だが、それがかえってよい」

「あ、あの、私でよろしいのでしょうか」

なぜ私が――思わず、踊っている咲にちらりと視線を走らせる。咲ならば伊藤伯に目をつけられてもおかしくないが、なぜ私なのだ。

伊藤は夏の視線に気付いて咲を見たが、あまり興味はなさそうだった。

「あの娘か。美人だが、わしの好みではないな。外国人に人気があるようじゃ。――で、どうかね？」

夏は暗澹たる気分になった。よりによって伊藤博文である。鹿鳴館の頽廃《たいはい》と淫靡《いんび》を象徴するような男に、踊りの相方《パアトナー》に選ばれてしまった。だが、日本でおそらく最強の権力者の誘いを断ることはできない。正直なところ、恐ろしかった。

夏は伊藤に手を引かれて、踊りの輪に加わった。音楽の途中なので、短い時間で済みそうなことが幸いであった。

「固《かと》うなっておるな。獲《と》って喰われはせぬかと心配かね」

夏の警戒心は見抜かれていた。

「いえ、そのようなことは……」

「まあまあ、わしの評判を聞いておれば仕方のないことじゃろう」

伊藤は変わらず人の好さそうな笑みを浮かべている。

「安心せい、今のわしには人を獲って喰うような気力はないよ。憲法草案の審議が大詰めでね、いささか疲れておる」

赤ら顔なので顔色はわからないが、たしかに表情には疲れの色が見えた。

「それは……ご難儀でございますね」

夏は改めて、自分の腰に手をまわしている男の重すぎる地位を思った。前・内閣総理大臣にして、憲法草案を審議する枢密院の議長である。この男を中心にして、今まさに日本の国のありようが定められようとしているのだ。単なる好色漢ではない、日本の中枢に立つ男である。伊藤の肩に置いた夏の手が、震えた。

「特に、君たちの親分の森文部大臣には、ずいぶん苛《いじ》められておるよ。君たちからも、伊藤にもっと優しくしてやれと言っておいてくれんかね」

夏は急速に緊張がほぐれていくのを感じた。伊藤伯は飾らないお人柄のようだ。たかが一女生徒の夏にも、冗談混じりとはいえ弱音を吐く。見栄を張るばかりの日本の男には、なかなかできないことだ。なるほど、この人が女にもてるのはわかる気がする――

夏の表情は、自然と柔らかくなっていた。

「うむ、笑うといっそう可愛らしいのう」

「そんなことは……」

いつもなら馬鹿にされたように感じるところだが、不思議と悪い気はしない。

伊藤は夏の手を押し包むように取り直し、引き寄せた。

「知っておるかね。西洋人は、日本の女子《おなご》の小さな手に魅力を感じるそうだ」

「そうなのですか」

伊藤の手に包まれた自分の手を見てみる。あまり格好の良い手とも思えない。

「君の手も小さいのう」

伊藤の指がぬるぬると夏の手を撫でた。腰に回された伊藤の腕の力が強くなる。

「紅葉《もみじ》のように小さな、可愛らしい手じゃ……これを食べたら美味《おい》しかろう」

夏の脳天から爪先まで、鳥肌が走った。この男、いま何と言った？

「紅葉《もみじ》の色づく季節じゃ……君ももう、十分色づいているように見えるが、どうかね、この後……」

何か言おうとするが、喉《のど》がかれて声が出ない。伊藤の手が、夏の腰から背中を上下に撫でていく。歯が鳴るのを、必死に食いしばってこらえた。

早く終われ——夏は祈った。早く終われ、この曲。

一秒でも早く、この男の手から逃れたかった。

三

アメリカ人、バングズ商会社員、ナサニエル・キーン、二十八歳。

身ぐるみ剝がした男の旅券と招待状の情報を、頭に叩き込む。

「久蔵、お前、英語が読めるのか」

「多少な」

母の客だった西洋人が、面白がって教えてくれた。会話も多少はできる。母を金で買った男たちには嫌悪感しか抱いていなかったが、今夜は彼らから得た知識が役に立つだろう。

ナサニエル青年の燕尾服は、久蔵の体にぴったりだった。あらかじめ燕尾服は用意されていたが、久蔵が着る予定ではなかったので、とても寸法が合わなかったのだ。シルクハットをかぶり、付け髭をつける。

「どうだ？」

「うむ……奇妙なもんだな」

彫りが深くて西洋人のように見えた久蔵だが、西洋人そのものに化けると、それはそれで違和感があった。日本人のまとう空気感のようなものがぬぐいきれないのだ。

「日本人でも西洋人でも奇妙に見られるのかよ。世話ねえな」

「いや、知らねえ奴が見たらどうだかわからねえよ。俺たちはお前のことをよく知ってるからな」

「そうかい、信じることにするよ」

久蔵は苦笑しながら白手袋をはめた。

「久蔵よう、お前、なんで急にこの役目を引き受けることにしたんだ？」

長年の俥夫仲間である信吉《しんきち》が尋ねてきた。

「ヨシ坊が捕まっちまって、お前ら困ってたじゃねえか。ありがたく思えよ」

ヨシ坊とは、本来、この役目を引き受けるはずだった俥夫である。すでに留置場の中にいた。

「そりゃそうだが、お前が手を挙げるとは思わなかったんでなあ」

「俺だって鹿鳴館は気に入らねえんだ。それで十分じゃねえか」

「だってお前、女高師のアレで金を受け取ったら、足を洗うと言ってただろう」

「お尋ね者になっちまったんだ。どうせなら、お縄につく前に派手にやりたくなっただけさ」

久蔵は小屋の隅にいるナサニエル青年に歩み寄った。身ぐるみを剝《は》がされ、目隠しされたうえに縛られている。

「うぃどんきりゅー、いふ、ゆびへいびゃせるふ」

害意がないことは通じたようで、ナサニエルは何度もうなずいた。

「りりぃしゅー、いん、とぅもろぅもにん、おけい？」

ナサニエルは首がちぎれそうなほど頭を上下させた。

「なんて言ったんだ、久蔵？」

「おとなしくしてろ、明日の朝には放してやるから――って、言ったつもりだ」

「てえしたもんだ、通じてるみてえだぜ。それにしても、お前はやっぱり優しい奴だよ」

信吉の言葉に、久蔵は苦笑した。

「優しい奴が人を縛り上げたりするもんかよ」

「だけどよ、怖がらせねえようにずいぶん気を遣ってやってるぜ？」

「気の毒じゃねえか。親元を離れて遠い異国まで来て、こんな目に遭うなんてよ」

「そりゃあそうだが……女高師の件だって、本当は校舎に仕掛けるはずだったのに、人《ひと》死《じに》が出ねえようにって庭に仕掛けさせたらしいじゃねえか」

仲間たちの目にかすかな不審の色が浮かぶのを、久蔵は見逃さなかった。

「大丈夫だ、ちゃんとやるよ」

「本当かよ。伊藤博文はともかく、お前、森有礼を殺《や》れるのか？　恩人なんだろ？」

信吉のその口調で、久蔵はようやく気付いた。ああ、さっきからこいつ、俺にやめさせようとしてるんだな。その気遣いには感謝したが、あえて平然とした顔を見せる。

「森の旦那様に恩義はある。だが、恩人は一人だけじゃねえんでな」

ろくな人生ではなかったはずである。生まれのために理不尽な扱いを受け続けた。ただそこにいるだけで気味悪がられることもあった。それなのに、いま思うのは、彼に心からの手を差しのべてくれたわずかな人のことばかりである。不思議なものだ。そして、彼に最後の行動を決意させたのも、その恩人の一人であった。

「お前がよく話してた、お吉さんのことか？」

「さあてね。いつか呑んだときに話さなかったか」

「呑んでたんなら覚えてるわけねえよ」

「俺もあんまり覚えてねえな。まあいいか」

勝手に話を切り上げて、久蔵は小屋を出た。仲間の人力車が待っている。

人力車に乗り込む前に、久蔵は見送りの仲間たちを振り返った。

「そっちもうまくやってくれよ。桂木《かつらぎ》さんにもよろしくな」

「ああ、こっちは任せろ」

まだ心配そうな信吉に軽く笑いかけ、久蔵は人力車に乗り込んだ。いつもは乗せるほうだ。客として乗るのは意外に新鮮であった。

「出していいかい？」

俥夫が確認する。

「ああ、出してくれ――鹿鳴館へ」

久蔵は静かに答えた。

四

「伊藤さん、あの娘に何をしたんです？」

森有礼は枢密院議長に尋ねた。口調は静かだが、詰問であった。

伊藤博文は舞踏室の壁際のソファに深々と腰掛け、文部大臣の顔を見上げた。

「あの娘？」

「先刻一緒に踊っておられた、女高師の生徒です」

「ああ、あの娘。何もしとらんよ。愉快に踊っただけじゃが？」

伊藤には本心から心当たりがないようだった。

「それならばなぜ、あのようなことになっているのです」

「あのようなこと、とは？」

「あの娘、便所《トイレ》に閉じこもっています」

伊藤は失笑した。

「それは、君、腹の具合でも悪いのではないかね」

「もう三十分も閉じこもったままです」

森はぴくりとも笑わずに返す。

「知らんよ、そんなことは。わしのせいじゃと言いたいのかね」

「あの娘の後輩が言うには、伊藤さんと踊ったすぐ後、気分が悪いと言って便所に駆けこんだそうです」

「じゃから何かね。心当たりなんぞない」

「本当にないのですか」

伊藤は顎鬚《あごひげ》をなで、しばし黙考した。

「……ちいと、からかいはしたが」

「からかった、と」

「そ、そうじゃ、からかっただけじゃ」

「そうですか」森は淡々と言った。「何をなさったのかは訊きませぬが、列国公使のご令嬢には、決してそのようなことはなさらぬように」

「当たり前じゃ、それぐらいはわきまえておる」

「ほう、公使令嬢にはできぬようなことを、女高師の生徒にはなさったと？」

まんまと誘導されたことに気付いて、伊藤は顎鬚を乱暴にひねった。

森は、軽蔑の色があらわれる寸前の表情で伊藤を見下ろしている。

「少しは控えるようにと、ご忠告申し上げたはずです。しかも、女高師の生徒を相手にとは。あの娘たちは私の部下と言ってもよいのですがね」

「何も無理やり手籠《てご》めにしようとしたわけじゃあない。本当にからかっただけじゃ。冗談じゃ」

「伊藤さんは冗談でじゃれついたつもりでも、一介の女生徒にとっては熊に襲われるに等しかったかもしれませんな。ご自分の地位をお考えなさい」

そんなことまで気にしていられるか。権力を持ったら女をからかうことすら許されないのか。伊藤は苛立たしげに膝を叩いた。

「なるほど、確かにわしも冗談が過ぎたかもしれん。じゃがの、あの娘も大袈裟じゃあないかね。あの年頃の娘が、あれしきの冗談を軽くあしらえなくてどうする。どうせまだ生娘《きむすめ》なんじゃろう。娘盛《むすめざか》りに書物ばかり読んでおるから――」

伊藤の肩に、森の手が強く置かれた。叩きつけるほどの勢いであった。

「伊藤さん、わかりました。もう何もおっしゃらなくて結構です」

その眼光は、伊藤の心胆に冷たいものを残した。

森は踵《きびす》を返し、舞踏室を出て行った。

五

ここしか逃げる場所が思いつかなかった。

夏の目の前には陶製の洋式便器がある。背中は扉にもたせかけている。最初は庭に逃げようと思ったが、伊藤伯は鹿鳴館の庭で何某夫人と事《こと》に及んだという醜聞を耳にしたことがある。庭は駄目だ。どの客間をのぞいても、身を隠せそうな場所はない。吸煙室は、撞球《ビリヤード》に興じる男たちの笑い声と紫煙に満ちていた。今は男の近くにもいたくない。

「夏さま、私も御手水《おちょうず》を使いたいんですけど」

さっきから、生意気な後輩があの手この手で扉を開けさせようとする。

「ほかの個室《へや》が空いてるでしょ」

「ばれましたか」

キンの溜息が聞こえた。後輩に気を遣わせている自分が情けない。

「キンちゃん、ごめん。もう少しこのままにしておいて」

「わかりました。私はここにいますから、何かあったら言ってください」

「……ありがとう」

夏は額に手をあて、天井を向いた。情けない。どうして私はこうだ。情けない。あのとき、なぜ一時でも伊藤伯に気を許したのか。なぜ隙をつくったのか。のぼせて油断してはならないと、二葉先生にあれほど戒められたのに。手玉に取られたのだ。あ、なんと情けない、あさましい、疎ましいことか。この体はなんだ。なぜ女の体に生まれた。この体さえなければ、あのような辱《はずかし》めを受けることはなかったのに。侮りを受けることはなかったのに。この体に生まれて、何か良いことがあったか。何か得をしたことがあったか。ままならぬことばかりではないか。どんなに逃げても厭《いと》うても、生きているかぎり、この体は私にぶらさがり、しがみついてくるのだ。ああ、もう嫌だ。嫌だ嫌だ嫌だ。

扉の外に気配がする。誰か来たようだ。キンと小声で何事か話している。それは今、夏が最も聞きたい声だった。

背中ごしに、扉のそばにその気配が立ったのを感じた。

「――なっちゃん」

夏は両手で顔を覆った。肩が震える。しゃくりあげないように、大きく息をして堪《こら》えた。何度か深呼吸して、夏はようやく咲の声に答えた。

「……さっちゃん」

「なに？」

「私、やっぱり……男に生まれたかったよ」

決して言うまいと思っていたことだった。言っても詮無《せんな》いことだからだ。考えることさえ、いつしか自分に禁じていた。

口にしたことで抑えが外れたのか、とたんに涙があふれてきた。声も出てしまう。今度こそ、泣いていることを咲に気付かれてしまったろう。否、とっくに気付かれていたとは思う。

夏が落ち着くのを見計らうように、背中の扉越しに咲の声が聞こえた。

「――そうね」

短いが、それは心からの同意だった。

「さっちゃんでもそう思うの……？」

「横浜にいた頃は、毎日のように思ってたわ」

意外だったが、考えてみれば当然かもしれない。人目を引く容姿であるだけ、女として嫌な思いも人一倍経験してきただろう。咲の学力からすれば、男に生まれていれば帝国大学にだって行けただろう。いつも朗らかに笑っている人だが、じつは胸に様々な思いを抱え、蓋《ふた》をしている。夏もその一端を垣間見ていたはずであった。

「でもね、女高師に来てからはあまり考えなくなったよ」

「……女ばっかりだもんね」

「それだけじゃない。なっちゃんに会えたから」

夏は息を呑んだ。この人はなぜそんなにも私を高く評価し、信頼してくれるのだろう。私より学業も人柄も優れている生徒が他にもいるのに。口には出さないが、他の生徒もきっと不思議に思っているに違いないことだった。

「この人となら、一緒に戦えると思ったの」

咲の言葉は真剣だった。夏と知り合ったとき、自分の背中を預けられる人だと直感した。自分にないものを持っている人だとも思った。この人はきっと、私に無い強さを持っている。そして、私がこの人に無い強さを持っているならば――

「一緒に戦うべきだと思ったわ。理屈じゃないの。頭で考えたんじゃないの」

「……筋肉で考えた？」

「筋肉？」

「なんでもないよ」

筋肉云々はともかくとして、その直感が正しかったという確信を、咲は日々深めているという。

「なっちゃんと私は一緒に戦うのよ。だから、いつまでも泣いているのは許さない」

戦うという言葉を、咲は何度も口にした。夏はハンカチーフを目に当てたまま苦笑した。

「ねえ……何と戦うの？」

「さあ……何と戦うんだろうね？」

答える咲の声も、苦笑まじりだ。

「馬鹿」夏は涙の最後の一滴を呑み込んだ。「あと一分だけ待って。そうしたら出ていくから」

自分でも驚いたほど、明るい声が出た。

六

女高師の生徒を鹿鳴館に送り届けてから、藤田警部は手持ち無沙汰であった。

一応、庭園内の警備に配置されたので、所在なく提灯と瓦斯灯の明かりの下をうろついている。館内から流れてくる吹奏楽の音がやかましい。

えらく大人数の警備だが、これで大丈夫なのかと、藤田警部は気にかかる。先ほどから、何台もの人力車とすれ違う。この中に暴徒が紛れ込んだら、防ぎようがなかろう。館内の受付で、招待状と招待客名簿を照合しているとはいう。日本人客にかぎって、簡単な身体検査もしているらしい。では、外国人客が暴徒と通じていたらどうなるのだ？外国人相手に身体検査はしづらいだろうが、それならばこんなくだらぬ夜会など開かねばいいのだ。

藤田警部は妙に肌がざわついていた。神経が過敏になっている。なぜなのかはわからない。提灯の列を見上げる。これが良くないのかもしれない。遠い日の祇園祭《ぎおんまつり》を思い出してしまう。聴こえるのは祇園囃子《ばやし》ではなく、よくわからない西洋音楽だが。

腰に提《さ》げた刀の柄を撫でる。刀を触っていれば多少は落ち着く。この頃、警察官に支給されている刀は、日本刀の刀身に洋刀の拵《こしら》えを施したものである。そんな中途半端なことをせずに拵えも日本刀でよかろうが、と藤田警部は思うが、これが文明開化というものらしい。わけがわからぬ。

瓦斯灯に照らされたベンチに、洋装の婦人が二人座っていた。日本人だ。気にせず通りすぎるつもりだったが、それが見知った顔だったので、藤田警部は足を止めた。

「君たち、こんな所にいていいのか」

「少し気分が悪くなったので、風にあたっています」

「私は付き添いです」

最初に夏が、次に咲が答えた。

「山川校長は知っているのか」

「はい。森閣下にも許可をいただきました」

夏はともかく、咲が席を外すことに森有礼は良い顔をしなかった。咲にはまだ舞踏の予約が残ってもいた。だが、キンが代役になると申し出て、勢いで押してしまったのである。遠慮を知らない後輩が、こんなときは頼もしかった。

「森有礼か」

藤田警部は文部大臣を呼び捨てにした。森有礼は廃刀論を最初に唱えた男である。武士の誇りを蔑《ないがし》ろにしたとして、彼を嫌う旧士族は多い。四方八方から嫌われている男であった。

「気分が治ったら館内《なか》に戻れ。あまり出歩かんほうがいい」

藤田警部はつい注意してしまう。さすがに、背の高いほうの娘は勘が良かった。

「まだ危ないのですか?」

もうずいぶん夜も更けた。暴徒の襲撃はなかろうと、皆が安心し始めている頃合いである。

「いや、これだけの警備で滅多なこともなかろうが——念のためな」

藤田警部は、まだ嫌なざわつきを感じていた。この大人数による警備が、逆に警察官ひとりひとりの気を緩ませている。それがよけいに危うい。

爆発音がした。

藤田警部は鋭い動作で音のほうを振り返ったが、すぐに緊張を解いた。

「花火か……」

夜空に炭火色の花が咲いた。続けざまに二つ、三つ。隣の日比谷練兵場で打ち上げているものだ。

炭火色の花火に続いて、緑や赤の鮮やかな花が開いた。

「きれい……」

咲と夏が異口同音に感嘆の声を上げる。

「ずいぶん派手だな」

藤田警部が首をひねる。彼が知っている夜花火《よるはなび》は、炭火色の光しか発しない。それに、なぜあんなにも光が強いのだ。

咲が解説した。

「あれは西洋から輸入した薬品を火薬に混ぜているそうです。その調合によって、いろいろな色が出せるようになります。あんなに明るいのは、塩素酸カリウムという燃焼温度の高い薬品の作用です」

「ほう、さすがだな」

いわゆる西洋花火が本格的に使用されるのは、三か月後の憲法発布の祝祭の折である。この夜はさながら、西洋花火の打ち上げの予行演習であった。

「あれだけ強い光なら、夜戦《よいくさ》にも使えそうだな」

なんと風流心のない人だろうと、夏は呆れた。だが、同時に、「いくさ」という言葉が引っ掛かった。何か重要なことを示唆《しさ》していないか。

藤田警部も、花火を見ながら刀の柄を撫でている。

咲だけは楽しげに花火を眺めていた。

桜色の花火が夜空に弾けたとき、夏の頭に閃《ひらめ》くものがあった。笑われるかもしれないが、思い切ってぶつけてみる。

「藤田警部、あの、花火は火薬の爆発力で玉を打ち上げるものですよね?」

「まあそうだな。大砲と同じことだ」

自分で発した言葉に、藤田警部は目を剝《む》いた。のんびり花火を楽しんでいた咲の顔にも、一瞬で緊張が走る。

「砲撃ということか――!」

「いえ、素人の思いつきなので……」

夏は恐縮したが、歴戦の勇士は決して笑わなかった。

「いや、素人でなければ思いつかんことだ」

一応、ほめてくれたようだ。

「――とすれば、日比谷練兵場からではないな」

花火師は厳重に選定されているであろうし、警備も過剰なほどだ。そもそも、日比谷練兵場は鹿鳴館から見て側面にあるため、爆裂弾を打ち込んでも効果は薄い。狙うとしたら、正面二階にむき出しの舞踏室だろう。正面から打ち込める位置にあるのは――。

「東京府庁か」

黒門の向こうに、東京府庁の黒い影が浮き上がっていた。祝日の夜なので灯りの気配もない。容易に侵入できるだろう。

「憎らしいほどお誂《あつら》え向きだな」

振り返って鹿鳴館を見れば、ガラス窓が並んで、いかにも脆《もろ》そうだ。花火玉でも容易に窓を突き破るだろう。鶴ケ城《つるがじょう》と同じようなわけにはいかぬ。花火とて一種の爆裂弾である。至近距離で爆発すれば、人間の体など簡単に吹き飛ばすほどの威力がある。

藤田警部は近くを巡回していた部下に人数を集めるよう指示した。ベンチの咲と夏に向きなおる。

「というわけだ、君たちは館内《なか》に戻れ。なるべく一階の、奥の部屋にいるように」

「ほかの皆さんも避難させます」

咲が決然と言った。

「無駄だと思うがな。何と言っても、今はまだ素人の思いつきでしかないからな」

夜会がぶち壊しになれば、政府も面子《めんつ》が立たない。一介の女生徒の警告など、真面目に取り合うとも思えなかった。

「校長に話してみます。山川校長から伝えていただきます」

夏が言い添える。

「そうか。まあ、やるだけやってみるのもよかろう」

「藤田警部も、どうかお気をつけて」

咲と夏は日本風のお辞儀をして踵を返した。
五、六人の巡査が集まると、藤田警部は東京府庁を検《あらた》めることを手短に告げた。
咲と夏は館内に戻りながら、藤田警部たちを何度も振り返った。相手の数もわからないのに、たったあれだけの人数で大丈夫なのだろうか。

「お前たちは表と裏を固めろ。俺が一人で庁内《なか》の様子を見に行く」

藤田警部の声は花火と吹奏楽の音にかき消されて、二人には聞こえなかった。

同じ頃、森有礼は鹿鳴館内の撞球台のある喫煙室にいた。彼は撞球《ビリヤード》を好んだ。執務がいかに多忙でも、時間をつくって球を撞《つ》くようにしている。運動によって身体壮健を保つためでもあった。

森は先刻言葉を交わした英国士官との一ゲームを終えた。体も温まったし、今夜はこのあたりにしておこう。ハンガーに掛けておいた燕尾服を探した。

森の後ろから、燕尾服が背にあてられた。誰かは知らないが、気を利かせて着せてくれるらしい。森は首を傾けてちらりと相手を見てみたが、背の高い西洋人のようだった。

「どうぞ」

なかなか自然な日本語を話す西洋人である。

「ありがとう」

相手が日本語で話しかけてくれたのだから、日本語で返すのが礼儀だろう。そう思いながら片方の袖に腕を通したとき、森の動きが止まった。この状況に既視感があった。

「久蔵か……？」

森の背後に立っているのは、今やお尋ね者となっている柿崎久蔵であった。

第十二章　昨日《きのう》の花は今日《きょう》の夢

一

日比谷から霞ヶ関《かすみがせき》一帯に形成されつつある官庁街は、多くが旧大名屋敷の敷地を利用している。ほとんどの大名屋敷は取り壊されて西洋建築の庁舎に変えられつつあるが、東京府庁舎の外装はいまだ旧大和郡山藩の上屋敷のままだ。

東京府庁舎は、道路を隔てて鹿鳴館に横腹を見せるような形になっている。藤田警部は正門と通用門を巡査に固めさせ、単身、暗がりの府庁舎の敷地に乗りこんだ。

とりあえず、偵察だけするつもりであった。これだけ広い大名屋敷をひとりで回るのは骨だ。暴徒がいるかどうかもわからない。いたとしても、人数もつかめず斬り込むのは無謀である。もう若い頃のような無茶はできない。四十路《よそじ》をとうに越え、腕に覚えのある仲間がいるわけでもないのだから。

足音を殺し、物陰づたいに歩く。瓦斯《ガス》灯も設置されているが、灯りはついていない。それがかえって幸いした。月も出ていない。音をたてないかぎり、「敵」に先に見つけられる心配はなさそうだ。

鹿鳴館に花火玉を打ち込むとすれば、このあたりか。

藤田警部は見当をつけて、周囲を観察した。庭には誰もいない。建物は閉め切られていて様子がわからないが、人の気配は感じられない。屋根の上はどうか。見通しが利くので、発射台を設置するにはよさそうだが。

「……なんと」

藤田警部は半ば呆れたようにつぶやいた。

瓦屋根の上に人影があった。鹿鳴館からの灯りを背にしているので、人の形がくっきりと見える。竹を太くしたような筒を抱えているのもわかる。花火の発射筒だろう。もうひとつ小さな筒があり、時折、目にあてて鹿鳴館のほうを見ている。遠眼鏡《とおめがね》と思われた。

「あの娘の言ったとおりか。馬鹿にしたものではないな」

屋根には梯子《はしご》が架けられている。梯子の下に見張りが一人。屋根の上に三人。この場にいるのは四人と見えた。

さて、どうするか。思案のしどころであった。

気付かれぬよう見張りを斬り殺し、屋根に上る。屋根の上の三人も、手向かいすれば斬り捨てる。

「……というわけにはいかぬからな」

そんな血なまぐさい時代は過去のものだ。腰に提げた刀にも、支給されて以来、血を吸わせたことは一度もない。

かすかに、屋根の上の会話が聞こえてきた。なぜかと思えば、鹿鳴館から聞こえていた吹奏楽の音が消えたのだ。藤田警部は見張りに気付かれぬよう近づき、耳をそばだてた。

「……おい、あれは久蔵じゃねえか？」

遠眼鏡で鹿鳴館の方向を見ていた者が、困惑の声を上げる。隣の者が「貸してみろ」と遠眼鏡を取り上げ、同じ方向を見た。

「なんてこった、たしかに久蔵だ。なんであんなところにいるんだ」

藤田警部は戦慄《せんりつ》した。柿崎久蔵が鹿鳴館に侵入しているのだ。

二

時間は少し戻る。

森有礼は、背後に立っている男がかつてのお抱え俥夫であることを知った。お尋ね者となった久蔵が、なぜ鹿鳴館《ここ》にいる。どうやって入った。何をしに来た。

「こうでもしなけりゃ、旦那様にお目にかかれなかったもので。ご勘弁願います」

半分は独り言のように聞こえた。

「そのままで聞いてください。急ぎの、大事な話です」

背中にあてられた燕尾服に、森はゆっくり袖を通した。

「……言いなさい」

久蔵はもう片方の袖を差し出しながら、さらに小声で告げた。

「鹿鳴館に花火が打ち込まれます。客を逃がしてください」

「なんだと……⁉」

「大声を出しちゃいけません。それをお知らせしに来たんです」

森は両袖を通すと、平静を保って久蔵に向き直った。久蔵は燕尾服を着て、ご丁寧に口髭までつけている。たったそれだけの変装だが、知らぬ者が見れば西洋人に見えるだろう。しかし、どうやって入ったのか。招待状もなく、正当な手段で入れたはずがない。

だが、森は一旦、その疑問を呑み込んだ。久蔵が告げたことを吟味しなければならない。真実ならば一大事である。

「なぜお前がそれを知っている？」

「お答えする前に、場所を変えられませんか。日本語を話しているところを見られると面倒なんで」

周囲では紳士連が撞球に興じている。たしかに、西洋人に扮した久蔵が日本語で話していると目立つだろう。

「わかった」

森はしばし考えた結果、大胆にも舞踏室に久蔵を連れていった。

「旦那様……」

久蔵は小さく、だが吹奏楽に消されない程度に呼びかけた。どんな考えがあるのか知らないが、ここは目立ちすぎる。

「安心しなさい、この先だ」

森は舞踏室の正面奥のガラス戸を押しあけた。床から頭の上までガラスが張られた、いわゆるフランス窓である。そこを出ると、六畳間ほどの広さの露台《バルコニー》がある。正面玄関の車寄せ《ポーチ》の屋根にあたる場所だった。

夜も更けて肌寒さを感じる頃合いとあって、露台は無人だった。死角になっている両翼のベランダでは、楽隊が演奏している。盗み聞きの心配がないので、密談をするには好都合であった。

「ここならばよかろう」

森は露台の正面の手すりまで歩き、久蔵に隣《となり》に来るよう促した。

「花火が打ち込まれると言ったな。仲間がそう言っていたのか」

「俺もその謀《はかりごと》に嚙《か》んでるんです。仲間が鹿鳴館に花火を打ちこむ。あらかじめ忍びこんでいた俺が、騒ぎに乗じて伊藤博文と――あなたを殺す」

少なくとも表面上、森は動揺を見せなかった。

「伊藤さんはわかるが、私もか」

「欧化主義を推し進めている張本人ですからね」

「なぜ、それを私に話す」

「馬鹿げてるからです。旦那様や伊藤を殺しても、真実《ほんとう》のところは何も変わりゃあしない」

「真実《ほんとう》のところ」の意味するところが森は気になったが、今は問わなかった。それよりも確認すべきことがある。

「花火はどこから打ち込む。日比谷練兵場からか」

「いえ、あそこです」久蔵が指す方向には、東京府庁舎の黒々とした屋根がある。「仲間の人数は四人。警察《おまわり》を差し向けて、捕まえてください」

「仲間を売ることになるが、よいのか」

「やる前に捕まれば、多少は罪が軽くなるでしょう。ひどく傷《いた》めつけられるでしょうが、死刑になるよりはましです」

「警察官による拷問は禁止されている」

「建前だけじゃねえですか」

森も、それは否定しなかった。

「花火を打ち込む時間は？」

「午後十一時きっかりです」

森は懐中時計を取り出した。

「……あと十五分か」

懐中時計をしまうと、森は久蔵に告げた。

「お前の言葉を信じる」

根拠もなく信じたわけではない。森は久蔵を知っていた。悪ぶっていても実は甘い男だ。花火が打ち込まれて人死が出ることにも、仲間を人殺しにすることにも、耐えられないのだろう。まして、今日は久蔵ともいささか縁のあるらしい女高師の生徒も招かれている。

「まずは伊藤さんや大隈《おおくま》さんに話をつけて、客を一階に避難させよう」

ガラス窓ばかりの二階よりは、頑丈な玄関のある一階のほうがまだ安心であった。奥の部屋に移れば申し分ない。

「府庁に警察官も急行させる」

「そうしてください」

「お前はここにいなさい。話がついたら戻る」

森は立ち去ろうとして、さりげなく久蔵を振り返った。

「中から鍵をかけるが、構わんな?」

「どうぞ」

森はガラス戸を開けて舞踏室内に入っていった。戸が閉まり、鍵を下ろす音。

露台に一人残された久蔵は、懐をまさぐった。平たく湾曲した、金属製容器の感触。

携帯用のウイスキーボトルである。だが、中身を口にする気にはなれなかった。

「やっぱり怖いお人だよ」

森がこの露台に久蔵を連れてきたのは、密談のためだけではない。久蔵を外から目立つ位置に立たせ、仲間を牽制《けんせい》するためだ。久蔵を盾にしたのである。恐ろしいのは、森有礼自身も平然と我が身を危険に晒《さら》したことだった。

三

「どういうこと……？」

咲と夏は異口同音に問いを発していた。

一階の食堂にいた山川校長に掛け合って、招待客の避難を呼びかけてもらおうとしていたときのことである。

二階からぞろぞろと降りてくる足音が聞こえた。十人や二十人ではない。二階にいたほとんどすべての招待客が、一階に降りてきていた。階段が崩れ落ちないかと心配になるほどだ。

先導している男を見て、夏は目を背けた。伊藤博文である。首相の黒田清隆《くろだきよたか》、外相の大隈重信《おおくましげのぶ》もいた。文相の森有礼の姿は見えない。

一群の中にキンを見つけて、咲は近づいていった。キンは初老の西洋人と楽しげに喋りながら降りてくる。キーニャなどと呼ばれて悦に入っていた。相手は咲と踊るはずだった紳士である。会話が通じているかどうかは怪しいところだが、期待以上に代役を果たしてくれたようで、何よりではある。

「ちょっと、キンちゃん」

咲は後輩をつかまえた。

「あら咲さま、キーニャと呼んでくださいませ、おほほほ」

「これは何？　みんなどうして降りてくるの？」

後輩のたわごとを完璧に無視して、咲は尋ねた。

「一階の部屋で仮装舞踏会《ファンシーボール》みたいな演し物《だしもの》をするそうですよ。伊藤伯が急に発表されて」

仮装舞踏会《ファンシーボール》。昨年、伊藤の首相在任中に官邸で行われ、世間の大不評を被った催しである。そんなものを、なぜ今やるのか。

「それはわかりませんけど、鎧武者や白拍子《しらびょうし》の仮装もあるみたいで、外国人が喜ぶからじゃないですか？」

一応、筋は通る。キンはもうひとつ付け加えた。

「森閣下が伊藤伯や大隈外相に提案したみたいですよ」

「森閣下が？」

「私、踊りながら見ていたんですけど、なんだか深刻そうに何人かで集まって話してました。何か重大な話かと思ってたのに、仮装舞踏会と知って拍子抜けしましたね」

その文部大臣の姿が見えないが、どこに行ったのだろう。

「二階に残ってらっしゃるみたいですよ」

「お一人で？」

「いえ、ずっと西洋人と一緒にいました」

咲はその言葉がなぜか気になった。

「その西洋人、どんな人だった？」

「背が高くて、なかなか男振りがよろしくって……」

自分の言葉で、キンは記憶を呼び起こされたようだ。

「そうそう、誰かに似てると思ったら、前に森閣下が女高師にいらしたときの俥夫に似てるんですよ！　ほら、あの人相書きの！」

頭の中の引っかかりが解消されて、キンはすっきりした顔をしている。正装の西洋人と人力車夫では違いすぎるのか、ここまでたどり着いていながら、両者が同一人物とはまったく思い到らないようであった。

咲はうなずくと、伊藤伯と目を合わさぬよう広間の隅で顔を伏せている学友を振り返った。

「なっちゃん、お願い、一緒に来て！」

四

藤田警部はなおも屋根の上の男たちの動向を窺《うかが》っていた。柿崎久蔵のことも気になるが、こちらの状況もめまぐるしく変化している。

「おかしいですぜ、二階から人がどんどんいなくなってやがる」

遠眼鏡で鹿鳴館を観察している男が言う。

「なんだと……!?」

別の声が応える。

藤田警部は頭の中で状況を整理した。あの娘たちか。客を避難させると言っていたが、成功したのか。たいしたものだ。

そうなると、今のうちにこの場を離れ、柿崎久蔵が鹿鳴館に侵入していることを伝えるべきか。屋根の上の男たちについては、応援を呼び、万全の態勢で捕物を行うのが得策ではあろう。人死が出る心配がないのなら、花火の一発ぐらい打ち込ませてやってもかまわぬ――藤田警部は不穏なことを考えた。

「かまわぬ、打て！」

「冗談じゃねえや、久蔵に当たっちまう」

屋根の上の男たちが言い争っている。ひとりの男は武家言葉である。士族のようだ。

おそらく、車仁会《しやじんかい》の会頭の桂木《かつらぎ》だろう。

「久蔵も死ぬ覚悟ぐらいしておろうが！」

「待ってくれよ、伊藤と森を殺《や》るのはあいつの役目じゃねえか」

「構わぬ、政府の面子《めんつ》を潰せればそれでよい！」

耳をすまさなくても聞こえるほど、声が大きくなっていた。

一瞬、屋根の上に一筋の光が見えた。

「仕込杖《しこみづえ》か」

内部に剣を仕込んだ杖だ。桂木が抜いたらしい。

「早くしろ、誰もいない部屋に打ち込んでも話にならぬ」

「お、おい、桂木さん」

「早くやらぬか、信吉《しんきち》！」

「あんたおかしいぞ。久蔵を俺の手で殺れるか！」

また光が閃《ひらめ》いた。「ぎゃっ」という呻《うめ》き声がしたかと思うと、屋根から男が転がり落ちた。

「おい、信吉、大丈夫か！」

見張りの男が駆け寄る。落ちた男はぴくりとも動かない。

「桂木さん、あんた、何てことしやがる！」

見張りの男が梯子を駆け上がっていった。これで地上には、斬られた男と藤田警部だけになった。

藤田警部は靴を脱ぎ、裸足になった。

屋根の上では、仕込杖を抜いた桂木の前に、二人の男が動けなくなっていた。

「信吉のようになりたくなければ、早くやれい！」

花火の発射筒を抱きかかえた男に命じる。

「ふざけやがって、やってられるかよ！」

男は発射筒を地上に投げ捨てた。

「貴様、正気か！」

「正気じゃねえのはどっちだ！」

「穢《けが》れた血を引く男の命など、何が惜しいものか！」

「……てめえ！」

男は飛びかかろうとしたが、仕込杖を振り回されて近づけない。

桂木は二人の仲間を牽制しているうちに、いつの間にか、もうひとりの男が屋根の上に立っていることに気づいた。

「警察か！」

「見てのとおりだ。桂木清輔《せいすけ》だな。武器を捨てろ」

警察官の炯々《けいけい》とした眼光が、桂木をひるませた。警察官の手は、すでに刀の柄にかかっている。

「手向かいすれば殺す」

茶を出されれば呑《の》む、というほどの何気ない口調であった。

「おぬし、一人ではないか……」

「それも見てのとおりだ。この暗闇で、加勢もなく足場も悪いときては、俺とて手加減できん。斬るしかない」

他の二人の男は、抵抗をあきらめたのか、馬鹿馬鹿しくなったのか、座り込んでいた。

「桂木清輔。今は一介の俥夫とはいえ、元は旗本家の嫡男《ちゃくなん》だったそうだな。俺に斬られて死ぬのもそれなりに名誉かもしれんが、最後ぐらい武士らしく、潔《いさぎよ》くしてはどうだ」

桂木は悟らざるを得なかった。この警察官には到底、太刀打ちできぬ。身に纏《まと》う殺気が違いすぎた。

桂木は仕込杖を屋根瓦に叩きつけた。瓦が割れる音がして、仕込杖と屋根瓦のかけらが闇に落ちていく。

「それでいい」

藤田警部は柄から手を離さず、桂木に近づいた。奇襲を警戒してのことだが、桂木はどっかと屋根に腰を下ろし、観念した様子であった。近くで見ると、若い。実際、まだ三十路にもなっていないはずであった。

「……芋侍《いもざむらい》が！」

薩摩武士を罵《ののし》る言葉である。

「薩摩と間違われるのは心外だな。俺は会津の侍だ」

桂木は屹《きっ》と藤田警部をにらみつけた。

「会津か。ならばかつては同志だったはずだ」

桂木は旗本の家柄に生まれたが、維新によってその地位を失った。父は金禄公債《きんろくこうさい》を元手に商売を始めたものの、やはり士族の商法で、たちまち困窮に陥った。家財道具はすべて売り払い、桂木の妹は苦界《くがい》に落ちた。それでも生活は立ちゆかず、父母は病に斃《たお》れ、妹は遊里で梅毒を伝染《うつ》されて短い一生を終えた。自らは俥夫として口に糊《のり》するのが精一杯であった。

「上様の世が続いていれば、俺の家族はあんな惨めな死に方をせずにすんだのだ。会津の侍ならば、俺の無念がわかるはずだ」

桂木は最初から明治政府への復讐を考えていたわけではない。彼がつくった車仁会も、最初は純然たる俥夫の互助組織《たすけあい》だった。会員には給金からわずかずつを会に納めさせ、病気や怪我で休業せざるを得ない仲間にそこから見舞金を出す。功労者には報奨金を与える。桂木は会の金を一銭も私《わたくし》せず、誰よりも率先して会のために働いた。桂木の周囲には自然と人が集まるようになった。

父親と違って桂木には金融の才があったのだが、ついに過去を捨てることはできなかった。

人と金が集まるようになると、桂木の胸に眠っていた新政府への怨み辛みが、再び頭をもたげてきた。折しも、倅夫の間でも民権の希求が叫ばれはじめる。もともと倅夫の間には、陸蒸気《おかじょうき》や鉄道馬車の路線を次々に拡張し、仕事を奪っていく政府への反感は強い。

桂木を動かしていたのは新政府への復讐心だけだった。民権など、どうでもよかった。ただ、民権を訴え、欧化主義の排撃に同調すれば同志が得られた。都合が良かっただけだ。

高等師範学校女子部を爆裂弾で襲撃したのは、妹の仇討ちのつもりであった。妹は学問が好きだった。両親は女が学問をすることを許さなかったが、桂木は気の毒に思い、こっそり漢籍を読み聞かせたりもした。そのときの妹の目の輝きが忘れられない。

その妹は、苦界に落ちて死んだ。何ひとつ好きなことをできずに死んだ。それなのに、女高師の女たちはどうだ。洋装を着飾り、誰憚《はばか》ることなく学問をし、男に頼らず自立した生き方をしたいなどとうそぶいている。あの女たちは世の変化の恩恵を存分に受け、妹はその犠牲になった。あまりに理不尽ではないか。

桂木は信用できる者を選び、高額な報奨金と引き換えに女高師を襲撃させた。女高師の娘たちを震え上がらせ、思い上がりを懲《こ》らしめたつもりであった。

だが、女高師は本丸ではない。やはり鹿鳴館である。もとより、新政府を倒せるなどとは思っていない。薩摩の西郷《さいごう》でさえ叶わなかったことだ。だが、大久保利通《おおくぼとしみち》が暗殺されたように、一矢《いっし》報いることならできるはず。それならば、新政府の象徴たる鹿鳴館で、新政府の実質上の長たる伊藤博文を。そして、女子教育の推進者であり、西洋にかぶれて日本古来の美風を貶《おとし》め、廃刀論を唱えて武士の誇りを蔑《ないがし》ろにした森有礼を討《う》つのだ。

桂木の長い演説を、藤田警部は黙って聞いていた。積もり積もった怨念を一気に吐き出しているのだ。好きにさせてやることにした。

「おぬしは悔しくないのか。賊軍呼ばわりされ、新政府の犬に成り下がって、それで良いのか」

藤田警部は答えなかった。好きに言わせておけばいい。

「あの山川家の者どもはどうだ。新政府から将軍だの教授だのと地位をもらい、挙句に末の娘は薩摩の将軍に嫁ぎおった。恥というものを――」

桂木の鼻先に白刃が突きつけられた。刀を抜く瞬間がまったく見えなかった。この警察官には敵わぬ、そう観念したのが正しかったことを、桂木は冷汗とともに実感した。

「弁士《べんし》、中止だ」藤田警部は静かに告げた。「おぬしの境遇に同情はする。だが、女高師の生徒を恨むのは筋違いだな。なんら咎《とが》なき娘たちを私憤に巻き込むなど、士道不覚《しどうふかく》悟《ご》も甚《はなは》だしい」

桂木はうなだれた。

藤田警部が今更ながら呼子笛を吹こうとすると、無数の角灯《ランタン》が暗闇の中から現れた。二十人ほどの警察官である。誰が呼んだのか、いつの間にか応援が来ていたらしい。江戸の昔であれば「御用だ、御用だ」の声が聞かれたであろう。

「あとは柿崎久蔵か」

藤田警部は鹿鳴館を見やった。正面二階の露台に人影が二つ見える。背の高いほうが柿崎久蔵だろうか。もう一人は誰だ。

「そうだ、まだ久蔵がいる」

大人しくなっていた桂木が、また喋り出した。

「奴はすでに捨て身になっている。不治の病だからな。必ずや本懐を遂げるであろうぞ」

藤田警部は何も応えず、ただ屋根の上から鹿鳴館を見つめていた。

五

森有礼が露台《バルコニー》に戻ってきた。

二階の招待客は、あらかた一階に降りていった。どんな手を使ったのか久蔵には知るよしもないが、招待客には脅えた様子も混乱もなく、むしろ楽しげであった。

「久蔵、お前が教えてくれたとおり客を避難させたよ。伊藤さんも、こういうときは行動が早い」

「府庁にも警察《おまわり》が向かったみたいですね。ここから見えました」

舞踏室はがらんどうになり、楽隊も階下に降りていった。露台は奇妙に静かである。窓掛け《カーテン》は閉められており、舞踏室からはわずかな光しか漏れてこない。庭園の巨大なアーク灯が、発電機の回転音とともに強烈な光で森と久蔵の影を露台に映していた。

「訊きたいことはいくらでもあるが、今はひとつだけだ。人相書きが出てから今まで、一体どこにいた？」

「よりによって、一番答えにくい質問ですよ」

「仲間の元にいたのか」

「答えられません」

「常子《つねこ》が匿《かくま》っていたのではないのか？」

久蔵は表情を変えないよう努力して答えた。

「旦那様、東京には身を隠せる場所なんていくらでもあるんです。赤穂義士《あこうぎし》なんて四十七人も潜伏してたんでしょう？」

あえて冗談めかして答える。これ以上、追及するなと言外に匂わせたつもりである。

森はその意を察したのか、話題を変えた。

「お前のことは、無罪放免というわけにはいかぬ。だが、今回の密告の功で、罪は軽くできるはずだ。悪いようにはさせせぬ」

「ありがとうございます。ですが、そんなお心遣いは無用です」

「私に遠慮しているのか？　そんな気遣いは、それこそ無用だ」

「いえ、俺はこれから、もうひとつ罪を重ねます――文部大臣暗殺の罪を」

「なに？」

久蔵は懐に手を入れた。森は反射的にその手を押さえようとした。短刀でも取り出すものと思ったのだ。だが、森の手は簡単に振り払われた。

久蔵が取り出したのは、携帯用のウイスキーボトルだった。

「こいつは爆裂弾なんです。露西亜《おろしや》の皇帝を殺したやつと同じです」

金属製のボトルが、アーク灯の光を反射した。

ロシア皇帝アレクサンドル二世は、爆裂弾によって暗殺された。使用された爆裂弾は、火種がなくても使える特殊な仕組みだった。作成者の名前を取って、「キバリチッチの爆裂弾」と呼ばれる。

久蔵が手にするボトルには、火薬のほかに、酸性の薬液が入ったガラス容器が内蔵されている。どこかしらに打ちつけてガラスを割ると、容器内の薬液が火薬に浸透し、化学反応を起こす。そうして爆発させる仕組みであった。後年開発される手榴弾と、原理は同じである。車仁会は加波山事件の残党に接触しており、彼らから爆裂弾製造の知識を入手したのだった。

「ここで爆裂弾を使えば、お前も巻き添えになるぞ」

「どうせ死ぬ身です。旦那様もご存知でしょう」

久蔵は腎臓に癌《がん》があった。数年前に広瀬家で血尿と腹痛に苦しみ、診察したドイツ人医師にその疑いが濃いと診断されたのである。現代の医学では治療できない、とも。ドイツ人医師を手配したのは森有礼であり、森有礼にそれを依頼したのは常子である。常子が元夫に直接連絡を取ったのは、久蔵が知るかぎり、それ一度きりであった。

尿とともに血の塊《かたまり》が出た後は自覚症状がほとんどなかったので、久蔵は自身の異変に半信半疑だった。だが、咳が続いて痰《たん》に血が混じるようになれば覚悟するようにと言われ、そのとおりの症状が今年の夏から出始めたのだ。受け入れるより仕方なかった。

「私を殺しても意味がないと、先ほど申していたな」

「ええ、俺の気が済むだけです」

「どういうことだ」

久蔵が答える前に、森の背後のガラス戸が激しく開かれた。

「君たち、なぜここに……」

野原咲と駒井夏が、緊迫した面持ちでそこに立っていた。

六

巨大なアーク灯を背にした久蔵が、夏にはひときわ禍々《まがまが》しく見えた。

早く戻れという森有礼の指示を、咲は聞かなかった。

「私はこの人の古い知り合いです」

「へえ、覚えてたのかい？」

「思い出しました」微妙に訂正する。「窓掛け（カーテン）の後ろで聞いていました。

久蔵さん、もうやめてください」

「誰かいるとは思ってたんだ」久蔵が苦笑する。「俺には旦那様を許せねえ理由がある。

悪いが、お咲《さき》ちゃんの頼みは聞けねえな」

そうか、私はこの人にそう呼ばれていたのか。咲にとって小さな発見があった。

「その理由というのは、常子のことか？」

森有礼の問いに、久蔵は本気で驚いたような顔をした。

「なんでここで常子様が出てくるんです？」

「私は常子を幸せにしてやれなかった」

「そりゃそうかもしれませんね。でも、常子様はもう大丈夫ですよ。ずいぶん元気にな
られましたから」そして久蔵は言い添えた。「常子様のことをお知らせするのは、これ
が最後です」

森はアーク灯の光に目を細めながら、次の問いを口にした。

「では、お吉《きち》という女のことは、何か関係があるのか」

これには久蔵も、咲も夏も、心底驚いた。なぜ文部大臣が「お吉さん」のことを知っ
ているのだ。

「お前の身辺を調べさせていた。女高師の事件に俥夫の組織が関わっているという内偵

があったからな。お前を信用してはいたが、万一、暴徒に関わる者が常子の屋敷に出入りしているとあっては、看過できぬ」

咲と夏には、合点のいくところがあった。下岡蓮杖の店にお吉のことを訊《き》きに来た男というのは、森有礼の手の者だったのだ。

「結局、信用を裏切られたわけだが――それについては、とやかく言わぬ」

「旦那様がお吉さんのことをご存知とはね。それなら話は早い」

夏にはわからなかった。お吉さんが今回の久蔵の行動と、どう結びつくのか。なぜ森有礼を暗殺しなければならないのか。

「お吉という女を、お前は母のように慕っていたそうだな。今は物乞いに身を落として、唐人《とうじん》お吉などと呼ばれているそうだが」

「やめろ」久蔵は語気を強めた。「いや、やめてください。たとえ旦那様でも、お吉さんのことをそんなふうに言われたくねえ。赤の他人のあなたに」

そう、赤の他人のはずであった。森有礼とお吉には何の結びつきもないはずである。

「お吉さんは奉行《ぶぎょう》に請われて従っただけです。誰にも後ろ指を差されるようなことはしちゃいねえ」

「アメリカ公使のハリスに侍《はべ》ったそうだな。だが、十分な謝礼を受け取ったとも聞いている。その女の運命に理不尽を感じておるのやもしれぬが、零落《れいらく》したのは自業自得であろう。お吉のほかにもアメリカ公使に侍った女は幾人かいるようだが、多くは幸せに暮らしているというではないか」

なんと心無い言葉を吐く人だろう。夏は森有礼という人間がわからなくなった。慈悲深いかと思えば、恐ろしく酷薄な一面を見せる。

「たとえ落ちぶれたのが自業自得でも、唐人と蔑《さげす》まれることが自業自得とは思いませんね」

彼の母は横浜で洋妾《らしやめん》と蔑まれ、あげくに大火で焼死した。お吉さんだって下田に帰ってから、故郷の人々とうまくやっていた時期があったのだ。それなのに、関係がこじれたら蒸し返すように「洋妾《らしやめん》」「唐人」などと侮蔑されるようになった。下田で洋妾をしていた女たちは、皆静かに暮らしている――そう捨蔵は言っていた。気性の激しいお吉さんは、周囲と軋轢《あつれき》を生じても自分を曲げなかった。静かに控えめに生きることを選ばなかった。ただそれだけだ。

「だが、お吉をアメリカ公使に侍らせたのは下田奉行であり、ひいては幕府だ。新政府に咎《とが》はない。まして、この私に何の責めがあるというのだ？」

「お吉さんのことで旦那様を責めちゃあいませんよ。ですが、旦那様は幕府がお吉さんにしたのと同じことをしたんです」

「何だと？」

「異人をたぶらかすために、その娘たちを鹿鳴館に連れてきたでしょう」

女高師の生徒のことであった。咲と夏は思わず顔を見合わせた。

「待て久蔵、それとこれとは話が違う！」

「同じですよ。異国と条約を結ぶために、幕府はお吉さんを道具に使った。今度はその条約を改正するために、政府がお咲ちゃんたちを道具に使っている。何も変わらねえじゃねえですか。相変わらず女を政《まつりごと》の道具に使ってるじゃねえですか」

久蔵の声は大きくはない。静かな告発であった。

「……命じたのではない。招待したのだ」

森の声には明らかな動揺がある。英邁《えいまい》な文部大臣が、一介の俥夫に気圧《けお》されていた。

「命じたも同然でしょう。その娘たちが言ってましたよ、国から学資《かね》をいただいている身だから応じるのが義務《つとめ》だとね」

森は沈黙していた。

「国から学資《かね》をいただいてる女たちは、いずれ戦場《いくさば》に駆り出されたって文句は言えなくなるんでしょうよ」

「……つまらぬ冗談はよせ」

「冗談じゃありませんよ。いつかそうならねえって、言い切れるんですか」

森は深く息を吐くと、顔を上げた。動揺が消えて、妙に醒めた表情になっている。

「言いたいことはそれだけか、久蔵」

「……なんですって？」

「お前は見込みがあると思っていたが、やはりただの俥引《くるまひ》きに過ぎぬか。大局を見よ。

この世界で、我が国の置かれた立場を鑑《かんが》みよ」

森の声が熱を帯びる。演説の名手が、こんなときにその本領を発揮しようとしていた。

「開国した以上、我が国は西洋列強に伍《ご》するだけの力をつけねばならぬ。さもなくば印度《インド》や支那《シナ》のように植民地となる運命が待っているのだ。力をつけるには、民の力を結集せねばならぬ。西洋は基督《キリスト》教の教えによって民をまとめている。然《しか》るに、我が国は何をもって民をまとめるか。国家だ。国家そのものだ。ひいては、国家の中心たる万世一系の皇室だ。皇室を主とし、男も女も国家のために尽くし、国家に身命《しんめい》を捧げるの覚悟を持つのだ。すなわち、臣民である」

森は拳を振り上げんばかりだった。

「お吉とやらは憐《あわ》れむべき女ではない、国家に身を捧げた誉《ほま》れ高き臣民なのだ。女高師の生徒たちも同様である。女を戦場に駆り出すと申したが、国家のため身命を捧げるの精神覚悟に、男女の区別のあろうや！」

健康な子供を生み、育て上げ、強く賢い兵士として戦場に送り、その名誉の戦死を誇りとする母の像。森有礼が全国の女学校・女子師範学校に提示しようとした「臣民」たる女の生き様とは、そのようなものであった。それが森有礼の描く良妻賢母の理想像だった。

森が熱弁をふるうほど、久蔵の表情は醒めていく。久蔵と森有礼の間には、もはや越えられない断絶があった。

「そんなことをおっしゃったら、本当にお命を頂戴《ちょうだい》したくなるじゃねえですか……」

久蔵は手の中の爆裂弾を弄《もてあそ》んでいる。

「お吉さんが誉れ高き臣民。そうしてください。少なくとも、今より千倍万倍もお吉さんの身の上はましになる。ですがね、俺が旦那様に望んだのは、そういうことじゃあないんですよ……」

久蔵の碧みがかった瞳には、悲しいまでの失望の色があった。この人には決して声が届かないと悟った眼であった。

夏はふわりと風を感じた。隣にいた咲が音もなく動いたのだ。

咲は、森有礼と久蔵の間に立った。割って入る格好である。咲はまず久蔵の目を見て、それから文部大臣を振り返った。爆裂弾を持った相手に堂々と背中を晒《さら》す。

文部大臣も爆裂弾犯も、この女生徒が何をしようとしているのか理解できず、立ち尽くしている。

咲の視線が、文部大臣の背後にいる夏に一度だけ向けられた。それで十分だった。夏は自分の役割を理解した。ガラス戸の把手《ノブ》に、そっと手をかける。

七

「閣下にひとつだけお尋ねします」

この状況で、おそろしく冷静な咲の声である。

「何かね……？」

「今日、学校の式典で聖影《せいえい》に最敬礼をするよう言われました。これも、万世一系の皇室によって臣民の心をまとめるためのものですか」

森はわずかな間の後、明確に答えた。

「そのとおりだ。国家を、皇室を思わぬ者は、国家の内には容《い》れられぬのだ」

咲はゆっくりと瞼《まぶた》を閉じ、開いた。決意を固めるための、それは儀式であった。

「私は閣下に感謝しております。それは言葉に尽くせぬほどです。なぜなら、私は閣下の推し進めてこられた女子教育の恩恵に、ずっと浴してきた身だからです」

私もそうだ――夏は心の中で、咲に同調した。咲は女高師に入るまで私学に通っていたが、自分はずっと公立学校に通ってきた。自分はおそらく、ほかの誰よりも、政府による女子教育の恩恵を受けている。

「国家のご恩に報いたいとは思います。人々のために尽くしたいとも思います。ですが私は、国家の道具にされたくはありません。人間として扱われることを望みます」

「……道具などと、この男が勝手に申しておるだけだ」

「いいえ。私は今日、ここに来るべきではありませんでした。悪しき前例をつくってしまったと、後悔しています」

「君……」

「女であることを道具に使われたくありません。見世物にされたくもありません。私は――私たちは、博覧会の展示品ではありません」

咲はほとんど傲然《ごうぜん》と顔を上げ、決別の言葉を発した。

「私は、私の信じる神に身命を捧げます」

その眼差しを見たとき、森有礼は「女子教育の理想形」が彼を拒絶したことを知った。背中に生ぬるい風を感じたかと思うと、物理的な衝撃が彼の胸を襲った。野原咲に突き飛ばされたのだと気付いたときには、すでに三歩ほども後ずさっていた。これが女の力か。ようやく踏みとどまると、今度は後ろから腕をつかまれ、めいっぱい引っ張られる。体勢を崩していた森は、あっけなく引き倒され、尻餅をついた。そこは無人の舞踏室だった。いつの間にかガラス戸が開けられていたのだ。

森が顔を上げると、二人の女生徒がガラス戸を閉めようとしているところだった。急いで立ち上がったが、目の前でそれは閉ざされてしまった。

森は把手《ノブ》をつかみ、力尽くでガラス戸を開けようと試みた。いくら身体壮健とはいえ、女の力である。こじ開けられるはずであった。

「なっちゃん、開けちゃ駄目！」

「わかってる！」

咲と夏は、それぞれ把手《ノブ》を両手でつかみ、体重をかけてガラス戸を押さえこんだ。咲も全力である。

ドン、と音がした。爆裂弾かと、夏は背筋が凍った。だが違う。咲が目を丸くして、ガラス戸から外れた把手《ノブ》を見つめている。

「壊したの⁉」

「勝手に壊れたのよ！」

理不尽な言い訳とともに、咲は把手《ノブ》を投げ捨てた。

把手《ノブ》が壊れて押さえを失ったガラス戸が、室内から強引に押し開けられていく。

咲の牡丹《ぼたん》柄のスカートが大きくひるがえった。

「えいっ！」

ガラス戸に後ろ蹴りをたたきこむ。文部大臣ごと吹き飛ばす勢いであった。二葉先生が見ていたらどんな顔をするかと、夏は場違いなことを考えた。

咲と夏はガラス戸に背中を押し付け、どちらからともなく手を握り合った。さらに腕をからませ、再び閉ざされたガラス戸に人力の鍵を掛けた。

八

森有礼はガラス戸を開けるのを断念し、無人の舞踏室に佇《たたず》んでいた。シャンデリアの灯りが虚しい。仮装舞踏会《ファンシーボール》に沸く階下では、誰ぞが義太夫節《ぎだゆうぶし》を披露しているらしい。合いの手や笑い声が聞こえてくる。誰が持ちだしたか、洋館に不釣り合いな三味線の伴奏つきである。楽隊もそれに合わせて適当な音色を奏でていた。

あの目を見たことがあるな、と森は思った。前妻の常子の中に、あの目を何度か見たような気がする。だが、野原咲の目はそれよりもさらに強い意志と、獰猛《どうもう》なまでの生命力に満ちていた。

これでよかったのかもしれない——不思議と、そんな気がした。時に己の掌中に収まらぬほどの者が育つことこそ、教育の醍醐味《だいごみ》ではないか。順良な者ばかりでは面白くあるまい。発展もなかろう。森は自己の教育観の一部を否定するようなことまで考えたのであった。

森は乱れた窓掛けを直した。隙間から一度だけ、久蔵の姿を見る。視線は合わなかった。久蔵はもう、森有礼を見ていなかった。森は窓掛けを閉じ、背を向けた。招待客が舞踏室に戻る前に、この件を片付けねばならない。あくまで秘密裏に。夜会は混乱なく終わらねばならなかった。国家の威信に傷をつけてはならないのだ。

森は歩きだした。無人の舞踏室に乾いた足音だけが響いた。

「余計なことをしてくれたもんだ」

久蔵は呆れたように二人の女生徒を眺めた。

咲と夏は手をつないだまま、ガラス戸を背にしていた。久蔵は庭園の巨大なアーク灯を背にして、笑っているようにさえ見えた。

「余計なことをしたとは思いません。あなたには、森閣下を殺すつもりなどなかったはずです」

咲は断言した。先刻、久蔵は森にこう言ったのだ。「そんなことをおっしゃったら、本当にお命を頂戴したくなる」と。

「そのときの気分で決めるつもりだったんだがね」

「嘘です。気分で人を殺せますか」

「本当さ。正直、殺す気も失せたがね。ああいうお人だとは……いや、わかっていたのかな」

どこか寂しそうな、久蔵の表情だった。

「あなたは人を殺せるような人ではありません」

「お咲ちゃんが俺の何を知ってる」

「わかりません。ただ、お吉さんのこと、実のご両親のこと……勝手に調べさせていただきました」

久蔵は顔をしかめた。

「あんまりいい気分じゃねえな。他人のことを詮索《せんさく》するのは行儀悪いって、学校では教わらねえのかい？」

「ごめんなさい」

「……まあ今さら、どうでもいいか」

諦念《ていねん》そのもののような、久蔵の表情だった。

「やるだけのことはやったから、もう思い残すことはねえ。誰を殺す気もねえよ。おとなしくお縄につくさ」

「本当ですか？」

夏が初めて口を開いた。

「本当さ。だからあんたたちは室内《なか》に戻って、警察《おまわり》を呼んできてくれねえか」

そうすべきだろうかと、夏は学友の顔を見た。だが、咲の表情は固かった。

「いいえ、駄目です」

「なんでだよ」

「あなたが自決するつもりだからです」

「おいおい、何言ってんだ？」

「最初から、森閣下に伝えるべきことを伝えたら、そうするつもりだったのではありませんか」

「そんなに殊勝じゃねえよ。いいから早く行きな」

「それならば、なっちゃん——友達を行かせて、私はここに残ります。それでいいですね？」

久蔵はしばし無言だったが、溜息まじりに苦笑した。

「お咲ちゃんは可愛気《かわいげ》のねえ子に育っちまったもんだ。わかってるなら尚更《なおさら》だ。ここにいたら巻き添えにしちまう。そんなに大きな爆発じゃねえはずだから、一階にいればまず大丈夫だよ」

夏の背筋に冷たいものが走った。自分に危険が及んでいるからではない。自ら死のうとしている人を目の前にするのが初めてだったからだ。得体の知れない虚無に、自分まで引きこまれそうだった。

「自ら命を絶つなんて許しません。神も、私も」

「そうか、お咲ちゃんは耶蘇《ヤソ》なんだな」

「命を粗末にすることを許す神なんていません！」

「……そうかな、神様はずいぶん人の命を粗末にしてるように見えるがね。まるで面白半分に」

静かな絶望のこもった久蔵の言葉に、咲は絶句した。

「さあ、俺が森の旦那様に言ったことを聞いてたろう。頼むから向こうへ行ってくれ。お咲ちゃんを巻き込んだら、元も子もねえんだ」

「誰が頼みましたか……こんなことをしてほしいなんて、誰が頼みました。私はこんなこと、望んでいません！」

夏は危惧を覚えた。咲の言葉は久蔵を逆上させかねない。久蔵の義憤を否定しているようなものだからだ。

だが、久蔵は極めて冷静だった。そんなことは先刻承知とでもいうように。

「たしかに、かえって迷惑だったかもしれねえな。だが、俺が女高師に爆裂弾を仕掛けたせいで、お咲ちゃんは鹿鳴館《ここ》に来ることになったんだ。俺なりに落とし前をつけなきゃ、いい気分であの世にも行けねえさ」

「勝手なことを言わないでください。あなたが死んだら、お吉さんだってきっと悲しみます」

その言葉は、たしかに久蔵の最も弱い部分を突いたようだ。

「……わかってるんだよ。だが、もう、どうしようもねえんだ」

立身出世など、本当はどうでもよかった。お吉さんの喜ぶ顔が見たかっただけだ。お吉さんと二人、助けあって静かに暮らせればそれでよかった。何度かそうしようと思ったが、お吉さんは拒絶した。今思えば、自分が負担になるのを恐れたのだろう。

今となってはもう、何もかも叶わない。お吉さんにも自分にも、這い上がる力は残っていない。

久蔵は咲と夏に背中を見せ、露台《バルコニー》の手すりに歩み寄った。

「あの世ってのがあるんなら、お吉さんと暮らす家をつくって、そこで待ってるさ」

ウイスキーボトルを逆手に持ち、振り上げる。だが、手すりに叩きつける寸前、咲が飛びかかるようにその腕にしがみついた。

「やめなさい！」

「離れろ！」

しばらくもみ合った末、久蔵は全力で咲を振り払った。咲は後ろ向きにたたらを踏んだ。夏がしっかりと抱きとめる。咲の簪《かんざし》と髪留めが落ち、夜会結びが乱れた。

久蔵が爆裂弾を手すりに叩きつけた。パキッと、内部のガラス容器の割れる音がした。久蔵は手すりに後ろ向きに腰掛けると、胸の内ポケットから竹の簪《かんざし》と紙片を取り出した。アーク灯の光でそれを見つめ、爆裂弾とともに胸に抱く。上体を手すりの外側に向かって傾けた。地上に落ちて死ぬつもりである。

そのとき、久蔵の胸に赤黒い花が開いた。咲と夏は見てしまった。二人が銃声を認識するのに、わずかな時間差が必要だった。

二発、三発。

久蔵の首筋から鮮血が噴き上がったかと思うと、その大きな体は人形のように力を失った。

駆け寄ろうとする咲を、夏は必死で抱きとめた。咲の力があまりに強いので、ついには自分もろとも全体重をかけて引き倒さねばならなかった。咲の夜会結びがほどけて、艶《つや》やかな黒髪が滝のように流れた。

久蔵の手から、竹簪と紙片、そして爆裂弾がこぼれ落ちた。久蔵の上半身が手すりの外側に倒れ、下半身がそれに引きずられるように消えていった。

爆裂弾が露台に残された。すでに着火されているはずだ。拾いに行き、投げ捨てる時間があるだろうか。夏は極限の選択を迫られた。

咲が体を起こした。爆裂弾に気付いていないようだ。その瞬間、夏の行動は決まった。

咄嗟に咲の上に覆いかぶさる。

「なっちゃん……⁉」

「頭、上げるな！」

どれほどの時間が流れたのかわからない。ずいぶん長かったような気がするが、張り詰めた時間がそう思わせただけかもしれない。

爆裂弾はいつまでも爆発しなかった。金属製のウイスキーボトルは、ただアーク灯の明かりに鈍く光っているだけである。

ガラス戸が静かに開けられた。森有礼であった。

「不発か……」

キバリチッチの爆裂弾は、加波山事件の暴徒も開発しようとして果たせなかったものである。実験ではうまくいったのかもしれないが、「本番」では作動しなかったようだ。久蔵を狙撃するよう夜会に出席中の警視総監に掛け合ったのは、森有礼だった。爆裂弾を着火させたのは大失態だったが、結果的には不発に終わったので、善しとすべきであろう。

森は露台の奥に進み、手すりごしに下をのぞいた。しばらく見つめた後、目を瞑《つぶ》る。黙禱《もくとう》であった。

振り返ると、二人の女生徒が体を起こしたところだった。

もとより、二人とも見る勇気はなかった。放心したように座り込んでいる。

森は爆裂弾のそばに落ちている紙片を見つけた。手を伸ばしたとき、靴の下で何かが折れる音がした。拾い上げる。

それは竹製の簪《かんざし》であった。火で炙《あぶ》られたかのように、表面が半ば炭化している。古くて粗末なものだった。

森は簪を打ち捨て、紙片を拾い上げた。写真である。一瞬ためらった後、久蔵の血の付いたそれを二人の女生徒に見せた。

「この女に心当たりは？」

それは、下岡蓮杖が久蔵に贈ったという横浜の芸者の写真だった。若い頃のお吉さんに似ているから、という理由で。

咲は嗚咽《おえつ》した。ほどけた黒髪が、むせぶごとに揺れる。

やがて子供のように声を上げて泣き出した咲の肩を、夏はしっかりと抱き寄せた。

開いたガラス戸から、階下の宴の音がかすかに流れてくる。三味線の音。女性の唄声。明烏《あけがらす》がきこえたような気がした。

終章

初代文部大臣・森有礼が暴漢に襲われたのは、天長節夜会から三か月後のことである。それは年が明けて明治二十二年の二月十一日（紀元節）、憲法発布の当日であった。

その朝、憲法発布式典に出席するため官邸で身支度を整えていた文部大臣は、訪問客を装った暴漢に腹部を深々と刺された。暴漢はその場で秘書官に斬殺《ざんさつ》され、翌日、森有礼は手当の甲斐なく、満四十一歳の若い命を終えた。

暴漢の懐にあった斬奸状《ざんかんじょう》によれば、暗殺の動機は、前年に森有礼が伊勢神宮を参拝した折、土足で社殿に上り、御簾《みす》をステッキで持ち上げた非礼を誅《ちゅう》すためとのことであった。車仁会との連累《れんるい》が一時は疑われたが、単独犯ということで結論が出つつあるようだ。

暗殺者は世間の同情を集め、その墓に詣《もう》でる人々が今も絶えないという。四方八方から嫌われていた文部大臣は、同時代の多くの人々から最後まで理解されなかった。

森有礼の葬儀が営まれる二月十六日になっても、街は憲法発布の祝祭気分にあふれていた。提灯行列が繰り出し、家々の軒先に日の丸の旗が垂れ下がっている。聞きなれない「万歳《ばんざい》」の声が轟《とどろ》く。夜には派手な色の西洋花火が惜しみなく打ち上げられた。

昼下がりの竹橋《たけばし》、雪の残る冷たい道に、女高師の生徒が整列していた。女高師だけでなく、帝国大学の学生、高等師範学校男子部、各小中学校の生徒たちが、道の両側に並んでいる。日本の近代教育制度の基礎を確立した、大功ある文部大臣の葬列を見送るためであった。

故人の平素からの言動を尊重し、葬儀は質素を旨とされた。とはいえ、大臣の葬列ともなればそれなりに威儀を正さねばならない。造花《つくりばな》や紅白旗に儀仗兵、祭官《さいかん》、楽人《がくじん》が居並び、棺を先導した。

森有礼の棺が近づき、咲と夏は頭を下げた。夏の首から、柿渋色の襟巻きが垂れ下がる。

葬列はゆっくり、ゆっくりと通りすぎた。キンちゃんが痺《しび》れを切らさないだろうか、と二人は心配した。

棺の後には、森家の親族に、辻《つじ》文部次官、渡辺《わたなべ》帝国大学総長、そして山川浩高等師範学校長がつづいた。

長い時間をかけて葬列が通りすぎ、生徒たちは頭を上げた。

「みなさん、帰りますよ」

引率の山川二葉が声をかけ、生徒たちはそれに従った。

咲と夏は何とは無しに去りがたく、最後尾からついていった。

「君たち」

二人を呼び止めたのは、顔馴染みの警察官であった。

「藤田警部、お久しぶりです」

年が明けてからは初めて会う。藤田警部の眼は相変わらず炯々《けいけい》として鋭いが、心なしか、少しだけ柔らかくなったような気がする。

「野原君に伝えておこうと思うことがあってな。いや、伝えないほうがよいかとも思ったのだが……」

めずらしく逡巡《しゅんじゅん》しているようだ。

「お話しください」

咲が促すと、藤田警部はひとつうなずき、話しだした。

「柿崎久蔵のことなのだがな」

咲よりも、夏が緊張した。あれから咲は、久蔵のことを一言も話さない。ただ、日曜日ごとに萬世《よろずよ》橋まで出かけては、久蔵の代わりに子供たちに字を教えていた。咲が行けないときは、夏が代理を頼まれたこともある。子供たちが言うには、咲の「授業」はなかなか厳しいそうだ。

「これは、柿崎久蔵の仲間だった信吉《しんきち》という男の話だ」

夏は記憶をたどる。たしかあの天長節の夜、仲間割れで重傷を負ったという男の名だ。

「君は小さい頃、横浜の居留地で迷子になったことがあるそうだな」

「は、はい」

咲が戸惑うのも無理はない。ずいぶん昔の話から入ったものだ。

「そのとき柿崎久蔵に助けられたというのは、本当か？」

「本当ですが……」

「久蔵が一度だけ話したことがあるそうだ。自分が本当に人の役に立てたのは、人生であのとき一回きりだ、と」

迷子になった童女が、自分の顔を見つけるなり、涙と鼻水と食べかけの饅頭で顔をぐしゃぐしゃにして駆け寄ってきた。汚い顔でしがみついてきたので面喰らったが、あんなに無心で人に頼られたことはなかった。その子の家族にも、とても感謝された。ちっぽけでも、あのときのことが俺の誇りだ。親代わりと思っていた夫婦がいなくなり、一人ぼっちになった俺に、生きていてもいいのだと思わせてくれたのはあの子だった。

「あの子は俺の恩人なんだ――柿崎久蔵はそう語っていたそうだ」

夏は心の中で首を傾げた。野原家で聞いた話と、少し食い違っている。咲が泣きながら駆け寄ったのは、兄の松之介に対してだったはずだ。久蔵は「きったねえなあ」と笑いながらその様子を見ていたという話ではなかったか。

「覚えているかね？」

咲はわずかに間を置いて、はっきりと答えた。

「覚えています」

藤田警部は「そうか」と頷いた。

「それなら、奴も少しは浮かばれるだろう」

「教えてくださって、ありがとうございます」

「礼には及ばん。この件では君たちにも手を借りたからな」

皮肉が混じっているように聞こえたのは、気のせいだろうか。

「学のある女というのも、なかなか面白いものだ。女が学問をする世の中は、今とはずいぶん違ったものになるのかもしれんな」

長生きして、そんな世を垣間見るのも一興《いっきょう》か――藤田警部はそう言い残すと、警帽の鍔《つば》に軽く手をあてた。去り際、かすかに優しげな笑顔を見せたような気がしたが、二人は目の錯覚だと思うことにした。

旧会津藩士・藤田五郎《ごろう》警部は、二年後に警視庁を退職。高等師範学校の守衛を務めた後、女子高等師範学校（高等師範学校から独立）の庶務掛《がかり》兼会計掛《がかり》に落ち着く。附属高等女学校の生徒たちが通学する時間帯には、門前で人力車の交通整理をする彼の姿が目撃されることになるだろう。

沿道の人々が三々五々、帰り始めていた。

その中に洋装の喪服を着た婦人がいるのを、咲と夏は見つけた。顔は薄いベールに覆われているが、美しい人のように思えた。故人の縁者なのだろうか。その婦人は二人の横を通り過ぎるとき、軽く会釈をしてくれた。制服で女高師の生徒とわかったのだろう。咲と夏も会釈を返した。背筋を伸ばした婦人の後姿を、二人はしばし見送った。

広瀬常子のその後については、記録がない。

遠くなった文部大臣の葬列を、咲と夏はもう一度振り返った。

咲は翌年、夏は翌々年に、女高師を卒業する。洋装で卒業式を迎えるのは彼女たちが最後となり、以後、女高師は着物に戻る。五年弱の短い鹿鳴館時代に、特異な学校生活を送った乙女たちがいた。

「なっちゃん、私ね」葬列を遥かに見ながら、咲が言った。「子供が不幸になる社会《よのなか》はおかしいと思う。どんな理由があっても。私は、子供たちが幸せに生きるための手助けをしたい。そのために人生を使いたい」

野原咲は卒業後、女高師の附属幼稚園や母校の女学校などで教える傍ら、貧民街に保育園を設立。多くの貧民と混血児を救うことになる。

夏は胸をそらし、顎を上げた。

「私は兵士をつくるの」それは亡き文部大臣が言っていたものとは違う。「自分の足で立って、自分の手で人生を開いて、社会《よのなか》を変えていける、強くて賢い女兵士を」

そう、さっちゃん、あなたのような――胸の中で夏は付け加えた。

駒井夏はやはり卒業後、母校である女高師をはじめ各地の教職を歴任。英国留学も果たす。後に東京で女子大学の設立に参画し、その二代目学長となる。

遠くから祭囃子《まつりばやし》が聞こえた。世の中はまだ、憲法発布の祝賀に酔いしれている。雪に濡れた日の丸は、赤の染料がにじんで血まみれのように見えた。

「咲さま、夏さま、置いて行っちまいますわよー」

キンが遠くから呼んでいる。待っていてくれたらしい。二人は後輩に手を振った。

咲は学友に笑いかけた。

「ねえ、まだ校庭に雪が残ってたよね」

「うん」

「帰ったら雪合戦しようよ、みんなで」

「……手加減してよね」

雪の残る冷たくぬかるんだ道を、二人は確かな足取りで歩いていくのだった。


（終）

主要参考文献

文部省編『学制百年史』帝国地方行政学会（ＷＥＢサイト閲覧）
『お茶の水女子大学百年史』「お茶の水女子大学百年史」刊行委員会（ＷＥＢサイト閲覧）
『女子高等師範学校一覧　明治二五―二八年』女子高等師範学校☆
犬塚孝明『森有礼』吉川弘文館
長谷川精一『森有礼における国民的主体の創出』思文閣出版
木村匡『森先生伝』大空社
歴史群像シリーズ特別編集『【決定版】図説・明治の地図で見る鹿鳴館時代の東京』学習研究社
江戸東京博物館監修『復元　鹿鳴館・ニコライ堂・第一国立銀行』ユーシープランニング
近藤富枝『鹿鳴館貴婦人考』講談社
アリス・ベーコン著／久野明子訳『華族女学校教師の見た明治日本の内側』中央公論社
久野明子『鹿鳴館の貴婦人　大山捨松』中央公論社
黒川龍編『山川二葉先生』桜蔭会（国立国会図書館蔵）
木村哲人『テロ爆弾の系譜』三一書房
齊藤俊彦『人力車の研究』三樹書房
村松春水『実話唐人お吉』平凡社☆
宮永孝『開国の使者――ハリスとヒュースケン（東西交流叢書）』雄松堂出版
尾形征己『ハリスとヒュースケン・唐人お吉　物語の虚実』下田開国博物館
森重和雄『幕末明治の写真師列伝　下岡蓮杖』日本カメラ財団（ＷＥＢサイト閲覧）
『肥田実著作集　幕末開港の町　下田』下田開国博物館
『横浜開港資料館総合案内　たまくす』横浜開港資料館

『横浜もののはじめ考』横浜開港資料館
横浜プロテスタント史研究会編『図説　横浜キリスト教文化史』有隣堂
八木谷涼子『なんでもわかるキリスト教大事典』朝日新聞出版
三宅花圃『藪の鶯』青空文庫
近まゆみ「資料紹介 内海乙女『転居』」『お茶の水女子大学女性文化資料館報』第一巻所収
貝出寿美子「野口幽香の生涯」『東京女子大學附属比較文化研究所紀要』27・28号所収
青山なを『安井てつ伝』岩波書店

☆は国立国会図書館デジタルコレクション（http://dl.ndl.go.jp/）にて閲覧

※本作品における「内藤吉《ないとうきち》」の人物造形は、右の参考文献をもとに、実在の「斎藤《さいとう》きち」の人物像を作者が脚色したものです。

解説　知的で華やかな乙女たちが切り拓く、新しい時代

中島京子

この解説を書くために、あらためて読み直しましたが、いい小説だと思います。じつは何度も泣きました。女の子たちがけなげで。ああもう、この子たち、こんなにいっしょうけんめいで、がんばってて、えらいよね、と思うと泣けてくるのです。

明治、鹿鳴館《ろくめいかん》の時代。

舞台は高等師範学校女子部。お茶の水女子大の前身です。物語は、この「女高師」の講堂で開催される舞踏会で幕を開けます。当時の文部大臣、森有礼《もりありのり》の肝入りで開かれるこのダンスパーティーは、しかし校庭の藤棚で爆弾が炸裂するという不穏な事件に見舞われ、読む者をいきなりサスペンスの現場へと引きずっていくことになります。

乙女と爆弾。

ものすごい組み合わせです。

この小説には二つの大きなラインがあり、一本が「女高師」を舞台にした、生徒の野原咲と駒井夏を中心とした青春ミステリー、もう一つは、久蔵と名乗るエキゾチックな顔立ちの俥夫《しゃふ》の物語です。久蔵は、物語の初めから登場し、「女高師」のミステリーとも絶妙に絡みつつ、別の物語をも紡ぎ出します。

二〇一七年に、『明治乙女物語』は松本清張賞を受賞したわけですが、このときの選

考委員は、葉《は》室麟《むろりん》さん、石田衣良さん、角田光代さん、三浦しをんさん、私の五人でした。圧倒的な票が集まり、誰の文句もなく受賞が決まったように記憶しています。そしてもしかしたら当然といえば当然のことですが、女性選考委員三人の評価が、非常に高かったのです。この小説は、作品そのものが女性たちへの応援歌であり、わたしたちはみんな、このひたむきな登場人物たちをそれこそ端役に至るまで応援したくなり、学校生活に戻ったような楽しさを味わい、はたまたうっかりすると自分の人生の中で直面したあれこれなども思い出し、気がつくと泣かされていたりしたわけです。

　明治になって、女子教育の道が開かれたけれど、世間の目は教育を受ける若い女子にちっとも温かくない、というのがストーリーの背景にあります。そんな中で、「女高師」の生徒たちは自分の手で自立の道をつかもうとしています。女の子たちだけの学園の中では、バットを握ってボールをかっ飛ばすこともしますし、原書で英語の小説や哲学書を読み、シャーロック・ホームズばりの捜査と推理を展開することもします。でも、彼女たちはみんな、世間の冷たい視線に抗いながら日々を過ごしているのです。だから、学園の友人たちは同志であり、姉妹でもある。そんな彼女たちの絆に、強く心を揺さぶられる思いがします。

　たとえば、駒井夏がいままでいうセクハラに遭う場面があります。半ば戦場に臨む兵士のような決意で鹿鳴館のダンスパーティーに参加した彼女が、おっさん政治家、伊藤博文と踊る羽目になる。そこで見事にセクハラ発言に晒されて、化粧室に閉じこもって出て来なくなってしまいます。

その小さな個室で、彼女はひたすら自分を責める。いやらしいおっさんをではなく、いやらしいおっさんに性的な含みをもったからかいを許した、自分の隙を責めてしまうのです。「なぜ隙をつくったのか。（略）手玉に取られたのだ。ああ、なんと情けない、あさましい、疎ましいことか。この体はなんだ。なぜ女の体に生まれた。この体さえなければ、あのような辱《はずかし》めを受けることはなかったのに。侮《あなど》りを受けることはなかったのに。この体に生まれて、何か良いことがあったか。何か得をしたことがあったか。ままならぬことばかりではないか。どんなに逃げても厭《いと》うても、生きているかぎり、この体は私にぶらさがり、しがみついてくるのだ。ああ、もう嫌だ。嫌だ嫌だ嫌だ。」

気の毒な駒井夏。あなたは悪くない、あなたの体も悪くない、自分を責める必要はどこにもないと言ってあげたいけれど、性犯罪の被害に遭った女性は（あるいは男性も）いまでも、自分の体を脱ぎ捨てたいような自己嫌悪にかられてしまうというし、実際、こうした感覚を理解できない女性は少ないのではないでしょうか。その駒井夏に、盟友である野原咲は、自分も同じように考えていた時期があったけれど、「女高師」で夏という友人に出会ってから変わったのだ、と告白するのです。

「なっちゃんと私は一緒に戦うのよ。だから、いつまでも泣いているのは許さない」

そうしてこの明治の乙女たちは、じっさいに（それは対男性というような狭い意味ばかりではなく）戦友のような振る舞いを見せることになるのだけれど。

小説の作り方として、この作品はいくつもの声が響く構造になっています。中心人物は咲と夏ですが、下級生のキンちゃんこと尾澤キンとみねちゃんこと高梨みねも、いいキャラクターです。「フタ婆《ばあ》」と身もふたもない綽名をつけられている舎監の山川二葉先生もりりしい。会津出身の二葉先生は、あのNHK大河ドラマ『八重の桜』にも登場した実在の人物です。二葉先生の妹で、鹿鳴館の華だった大山捨松も顔を見せます。彼女たちはそれぞれに物語を持っていて、それらはなんらかの形で、女として生きることの困難さと結びついています。だから、襞《ひだ》のように折り重なった女性たちの声を、読者は聞くことになるのです。

圧巻は、けなげな女生徒たちの物語とは直接には交わることのない、下田の悲しい唐人お吉の声でしょう。それは久蔵の物語で重要な役割を果たします。そして、これらのすべての女たちの声が終盤、鹿鳴館の華やかな舞踏会での事件の背景に、読者の胸の中でギリシャ悲劇のコロスのように響き渡ります。

この作品が世に出たのは二〇一七年でした。この年の十月、ニューヨークタイムズ紙が、ハリウッドの映画プロデューサーの数十年に及ぶセクハラを告発しました。それに続いて、性犯罪の被害にあったことを実名で告発する #MeToo という運動が起こり、世界中を席巻《せっけん》しました。

『明治乙女物語』は、なにしろ明治の話ですし、セクハラ反対運動を描く小説では毛頭ありませんけれども、わたしは、世界中の女性たちが「一緒に戦うのよ」と言い始めた記念すべき年に、この小説が日本で出版されたことを、ただの偶然のようには思えないのです。保守的と言われるこの国で、男性作家が、しかし特別の気負いなく普通の感覚で、女性を応援する小説をデビュー作にしたという事実も嬉しかった。新しい時代の空気を感じました。

この小説に登場する女性たちがみんな魅力的であること、そして元気のよい、明るさに満ちていることはいうまでもありません。困難を描いた小説ではなくて、それに立ち向かう勇気と元気と友情を描いた、正真正銘の青春小説だからです。

そして、女たちだけが魅力的なわけでもない。どう考えても、この小説のヒーローは久蔵で、おいしいとこを全部持っていくとまではいいませんが、その外見からいでたちから喋り方から生い立ちから、正統派ヒーローの条件をすべて備えていて、じっさい、とてもかっこいいということも申し添えておきたいと思います。

作者の滝沢志郎さんはすべての登場人物たちを生き生きと描き出すことに成功しました。それは丹念なリサーチを背景にした細部の丁寧な描き方が実現したものだといえるでしょう。まあよく調べたなあと驚くディテールがたくさんあり、それがさらりと一行だけで書かれているのにも舌を巻きました。

なにより読んで楽しい小説ですし、読後感が爽快で気持ちがいいというのも、強くお勧めするポイントです。そして、古い時代を扱った小説でありながら、新しい時代の到来を祝福してくれるような感覚を、存分に味わっていただきたいです。

（作家）

単行本　二〇一七年七月　文藝春秋刊

イラスト　加藤美紀
デザイン　関口聖司

本書には、今日では差別的、不適切とされる表現が含まれていますが、あくまで小説の時代性を重んじて用いたものです。差別を助長する意図はないことをご理解いただきますようお願い申し上げます。

作者・文春文庫編集部

文春文庫

明治《めいじ》乙女《おとめ》物語《ものがたり》

定価はカバーに
表示してあります

2019年6月10日　第1刷

著　者　滝沢《たきざわ》志郎《しろう》

発行者　花田朋子

発行所　株式会社　文藝春秋

東京都千代田区紀尾井町 3-23　〒102-8008
TEL　03・3265・1211㈹
文藝春秋ホームページ　http://www.bunshun.co.jp

落丁、乱丁本は、お手数ですが小社製作部宛お送り下さい。送料小社負担でお取替致します。

印刷・萩原印刷　製本・加藤製本

Printed in Japan
ISBN978-4-16-791296-3